Kristian Kapp

Jeff Tomlinson

Blindes Vertrauen

ISBN 978-3-03977-067-0 Sonderausgabe

1. Auflage Dezember 2025
Erschienen bei 8280-edition.ch

Umschlaggestaltung: 8280-edition.ch
Korrektur: www.scribigo.de

Satz und Umschlaggestaltung: 8280-edition.ch
Druck: Scandinavian Print Group DE GmbH; Rudolf-Diesel-Str. 10;
91413 Neustadt a. d. Aisch; info@scandinavianbook.de

Verantwortliche Person (Verlagsauslieferung):
GVA Gemeinsame Verlagsauslieferung
Göttingen GmbH & Co. KG
Postfach 2021
37010 Göttingen
E-Mail: info@gva-verlage.de
Telefon: (+49) 551-384 200 0

In the end all you can hope for
is the love you felt to equal the pain you've gone through.

Are your eyes showing off for mine?
Your face in my hands is everything good I need.

«Bones» (©Thomas Smith)

Vorwort von Patrick Fischer, Schweizer Nationaltrainer

Manchmal schreibt das Leben Geschichten, die so unfassbar sind, dass sie wie Legenden klingen. Geschichten von Schmerz, Verlust und tiefster Dunkelheit; aber auch von Mut, Stärke und unerschütterlichem Lebenswillen. Dies ist die Geschichte von Jeff Tomlinson.

Jeff hat Dinge durchlebt, die sich die meisten von uns kaum vorstellen können. Schritt für Schritt hat er etwas verloren, das für einen Eishockeyspieler, einen Trainer, einen Vater von unschätzbarem Wert ist: sein Augenlicht.

Doch so abrupt, wie sich sein Leben veränderte, so unaufhaltsam war sein Kampf, sich in dieser neuen Realität nicht zu verlieren. Über Jahre hinweg hat er sich in einer Welt behauptet, die von Schnelligkeit, Präzision und scharfem Blick bestimmt wird, obwohl er längst im Dunkeln stand. Er spielte eine Rolle, die kaum jemand erahnte, täuschte eine Normalität vor, die in Wahrheit nicht mehr existierte.

Dann kamen die tiefsten Tiefpunkte: der Moment, in dem er seine eigene Tochter nicht mehr erkannte, die bittere Gewissheit, dass er seinen Beruf nicht mehr ausüben konnte, das Gefühl, ein Stück seiner Identität zu verlieren. Doch Jeff gab nicht auf. Im Gegenteil: Er fand einen Weg, ohne Sehkraft wieder Licht in sein Leben zu lassen. Nicht, indem er seine Vergangenheit festhielt, sondern indem er sich selbst neu entdeckte.

Heute ist er mehr denn je Vater, Ehemann, Coach und Mensch. Nicht trotz seines Schicksals, sondern wegen allem, was er durchgemacht hat. Er hat gelernt, das Leben aus einer neuen Perspektive zu sehen, es tiefer zu begreifen, es ruhiger zu nehmen. Statt sich hinter einer Fassade zu verstecken, fand er seine wahre Stärke in der Akzeptanz. Und das Erstaunlichste: Obwohl ein kleiner Kreis Vertrauter wusste, was er durchmachte, blieb sein Geheimnis lange bewahrt – ein Zeichen für den immensen Respekt, den ihm sein Umfeld entgegenbringt.

Diese Geschichte ist eine Hommage an meinen Freund Jeff. An seinen Mut. An seine Entschlossenheit. An seine Fähigkeit, im tiefsten Dunkel eine neue Klarheit zu finden. Und sie ist eine Erinnerung für uns alle: Das Leben gibt uns nicht immer, was wir uns wünschen, sondern was wir brauchen und die Möglichkeit, daran zu wachsen.

Einleitung

Es ist der 7. April 2021. Ich sitze im Teambus der Rapperswil-Jona Lakers, wir sind unterwegs nach Biel. Es ist unsere bislang wichtigste Partie der Saison: Spiel 1 im Pre-Playoff, wir sind Aussenseiter im Best-of-3-Duell. Wer zuerst zweimal gewinnt, qualifiziert sich fürs richtige Playoff der acht besten Teams, dort wird der Schweizer Meister ausgespielt. Die National League ist hinter der grossen NHL in Nordamerika eine der besten Eishockeyligen der Welt. Ausländische Top-Spieler kommen gerne in die Schweiz, sie lieben das attraktive und schnelle Spiel, die Lebensqualität im Land, die kurzen Reisedistanzen – und natürlich die sehr guten Löhne.

Normalerweise zieht so ein Spiel wie heute die Fans an, eine volle Halle mit begeistertem Publikum. Doch in diesen Tagen ist nichts normal. Es ist die Corona-Saison, wir werden darum wieder, wie so oft in den letzten sieben Monaten, ohne Publikum spielen. Die Fans müssen draussen bleiben. Doch all das beschäftigt mich nicht. Meine Gedanken drehen sich im Moment um etwas ganz anderes. Wie schaffe ich das Spiel? Wie werde ich es durchstehen? Kann ich es durchstehen? Geht das überhaupt?

Ich habe die Woche vor diesem Spiel grösstenteils im Universitätsspital Zürich verbracht. Es wurden diverse Tests mit meinen Augen durchgeführt. Die ersten beiden unserer letzten vier Spiele vor dem Pre-Playoff sind wegen Coronainfektionen in den Teams abgesagt worden – das kam mir entgegen, weil ich ohnehin nicht bei der Mannschaft hätte sein können.

Doch die zwei letzten Partien der 52 Spiele langen Qualifikation konnten gespielt werden, allerdings ohne mich. Nik ist als Cheftrainer eingesprungen – er weiss noch nicht, wie sehr ich in den nächsten Tagen und Wochen auf ihn angewiesen sein würde. Nik, das ist Niklas Gällstedt, einer meiner Assistenztrainer bei den Lakers. Er ist einer der wenigen im exklusiven Club der Eingeweihten, ebenso wie Sven Berger, mein anderer Assistent. Normalerweise coachen wir Spiele so: Als Cheftrainer kümmere ich mich um die Stürmer und entscheide, wann welches Trio aufs Eis geht. Nik macht dasselbe mit den Verteidigerpaaren. Und Bergi steht in der Mitte der Bande, beobachtet das Spiel und gibt uns beiden ständig Inputs. Damit ist jetzt Schluss.

Meinen Spielern erklärte ich die Abwesenheit – halbherzig. Anlügen wollte ich sie nicht, doch die ganze Wahrheit? Noch nicht. Also erzählte ich ihnen von Augenproblemen und Spezialisten-Terminen.

Nach aussen flunkerten wir. Kurz vor der wichtigsten Saisonphase wollten wir mich nicht in den Mittelpunkt rücken. Offiziell verpasste ich die beiden letzten Spiele wegen meiner Nierenprobleme. Das respektieren alle – Fans wie Medien. Keine zwei Jahre zuvor rettete mir eine Organspende meines Bruders Darryl das Leben. Zystennieren. Seit der Transplantation kämpfe ich mit vielen Hürden. Darüber sprach ich bereits öffentlich.

Meine Nieren funktionieren als perfekte Entschuldigung, ohne Verdacht zu erregen. Das werde ich künftig nutzen.

Es ist kurz nach 17.30 Uhr, als wir in Biel ankommen, in gut zwei Stunden ist Spielbeginn. Normalerweise steige ich aus dem Bus und gehe in die Trainergarderobe. Es ist aber nichts normal, und das hat mit Corona nichts zu tun. Ich habe mit Bergi und Nik besprochen, wie wir den kurzen Weg bewältigen werden. Es wird in Zukunft die typische Vorgehensweise sein, wie ich in die Kabine komme. Bergi geht voraus, und ich bin ihm hautnah auf den Fersen, damit ich nicht stolpere, stürze oder in etwas oder jemanden hineinrenne. Er führt mich: «Links!». Er warnt mich: «Stufe!» Die erste Hürde ist geschafft, ich bin im Trainerbüro und setze mich erleichtert hin. Wohlfühlen ist anders, ich bin weit ausserhalb meiner Komfortzone.

Wieder frage ich mich: Wie schaffe ich das Spiel? Vor 13 Jahren hatte sich Rapperswil-Jona das letzte Mal für die Play-Offs qualifiziert. Natürlich hoffe ich für die Jungs auf den Sieg und den Erfolg in der Serie. Das Erreichen der Playoffs wäre für die Lakers eine grosse Sache. Für mich geht es hier nicht um Sieg oder Niederlage. Der Druck ist anders, als ich es normalerweise als Headcoach eines Teams kenne.

Zeit zu denken bleibt nicht: Das Warm-up ist vorbei, die Spieler sind zurück in der Garderobe, es geht los. Ich laufe hinter meinen Assistenten hinaus zur Bank, das Spiel beginnt.

Ich kann das Spiel zunächst sogar geniessen, ich kenne nach all diesen Jahren dieses Gefühl, den Flow. Es fehlen die Fangesänge, der Aufschrei von Tausenden Zuschauern bei Torchancen und Fouls. Daran haben wir uns in dieser Saison gewöhnt. Wir und die Schiedsrichter – wir sind unter uns, man hört all die Details, die normalerweise im Getöse untergehen.

Nun spüre ich aber plötzlich Angst. Ich habe zwar versucht, mir vorzustellen, wie es sein würde, doch jetzt erlebe ich es – und es fährt richtig ein: Ich erkenne auf dem Eis kaum die eigenen Spieler, geschweige denn die gegnerischen.

Ich sehe bloss Umrisse von Figuren, die sich hin und herbewegen. Das Coaching haben wir umgestellt. Nik kümmert sich wie immer um die Verteidiger, Bergi übernimmt für mich die Stürmer – ich bin es nun, der in der Mitte steht. Ich kann den beiden aber keine Inputs liefern, ich bin bloss ein Cheerleader, der den Spielern auf die Schultern klopft, sie aufmuntert.

Dank ihnen spüre ich die Partie. Ich höre meinen Spielern zu: Nice Shot! Schöner Schuss! Nice Hit! Schöner Check! Ich weiss aus Erfahrung, welche weiteren Reaktionen zu welchen Spielszenen passen. Ich verlasse mich darauf und verfolge das Spiel auf diese Weise. Es wird ein langer Abend, nach den regulären 60 Minuten steht es 1:1 – es geht in die Verlängerung. Unser Verteidiger Dominik Egli, der bereits den Ausgleich erzielt hat, trifft in der Overtime zum 2:1-Sieg. Ich juble mit dem Team, feiere die Treffer, die ich nicht gesehen habe. Doch jetzt muss es schnell gehen, die Gedanken sind bereits bei den nächsten Augenblicken, in denen ich wieder als normaler Coach funktionieren muss: Was sage ich den Jungs unmittelbar nach dem Spiel in der Garderobe? Ich stelle mir vor, wie hart sie gekämpft haben müssen, um den Favoriten auswärts zu besiegen. Und wie gut Melvin Nyffeler, unser Torhüter, gespielt haben muss: Ich habe unzählige Male das typische «Ouuuu!» der Spieler gehört, wenn ich in die Richtung unseres Tores blickte, wo ich eine verschwommene Ansammlung von Spielern zu sehen glaubte. Es müssen also viele vereitelte Torchancen des Gegners gewesen sein.

Ich gratuliere zum Sieg und rede über die Möglichkeit, dass wir in zwei Tagen mit einem Sieg zu Hause uns für die Playoffs qualifizieren können. Ich fühle mich wohl in der Nähe der Mannschaft, in der Nähe meiner Assistenten. Sie alle werden in den nächsten Tagen und Wochen meinen Happy Place bilden, den Ort, an den ich vor der Realität fliehen kann. Die exakte Diagnose meiner Augenspezialistin werde ich den Spielern nach wie vor nicht verraten, in diesem Raum wissen nur meine Assistenten über alles Bescheid. Die Spieler meinen, ich hätte irgendwelche Probleme mit den Augen. Jeder kennt jemanden, der schlecht sieht und darum nun eine sehr starke Brille brauchen wird.

Ich aber habe vor gut einer Woche einen Sehnervinfarkt auf der linken Seite erlitten – dass auf der rechten Seite dies schon exakt vor einem Jahr passiert war, wusste bis vor Kurzem aber nur meine Ehefrau Andrea. Links beträgt meine Sehkraft noch fünf Prozent, rechts ist sie stärker, doch mein Gesichtsfeld ist stark eingeschränkt.

Ich bin der blinde Cheftrainer einer Profimannschaft, und ich habe mein erstes Spiel in diesem Zustand hinter mir. Doch das ist erst der Anfang.

Kapitel 1:
«Jeff! Du musst coachen!»

«Du bist ein Coach, Jeff! Du musst coachen!» Der Geschäftsführer des EHC Kloten sagte diese Worte im Juni 2021, zwei Monate waren seit meinem ersten Spiel als «blinder Cheftrainer» vergangen. Die Saison mit Rapperswil-Jona war beendet und mein Abschied stand fest. Ich musste davon ausgehen, dass sich die Sehkraft meiner Augen nicht mehr verbessern würde. Deshalb musste ich meinem nächsten Arbeitgeber absagen.

«Du bist ein Coach, Jeff! Du musst coachen!» Signer hatte recht, mittlerweile war aus mir ein Coach geworden. Dass ich einmal Trainer werden würde, war lange nicht klar. Selbst in den Jahren als Profispieler hätte ich niemals gedacht, dass ich auf diese Weise viele weitere Jahre im Eishockeysport bleiben würde.

Mitten in Kanada hat es angefangen. Ich kam am 23. April 1970 in Winnipeg zur Welt. Dort, in der Hauptstadt der Provinz Manitoba, begann als vierjähriger Knirps auch meine Eishockey-Karriere. Besonders erfolgreich war ich zunächst nicht: Erst im zweiten Jahr schoss ich mein erstes Tor.

Ich könnte nun als Entschuldigung vorbringen, dass ich ein Jahr lang in Schlittschuhen spielte, die nicht fürs Eishockey gedacht waren: Es waren die Weissen für Mädchen mit den Zacken an der Spitze der Kufen. Wir hatten kein Geld für die Echten, und so musste ich halt ein Paar nehmen, das niemand wollte. Mein Vater feilte die Zacken weg und malte die Schuhe schwarz an, damit es nicht allzu peinlich war. Heute gibt es gute Spieler, die bewusst in weissen Schuhen spielen. Ich kann Ihnen aber versichern, dass es in den frühen Siebzigern für Jungs nicht cool war, so Eishockey zu spielen.

Eishockey in Kanada, das ist wie Fussball in Brasilien – jeder hat sich irgendwann daran versucht. Wie die meisten meiner Landsleute kam ich darum schon früh mit Eishockey in Berührung. Vor allem an einem Ort wie Winnipeg, wo es meist sehr kalt ist, ist es naheliegend, dass du Hockey spielst. Es war auf der Strasse oder Parkplätzen möglich, weil alles gefroren war. Auch darum war und ist Eishockey so populär. Jedes Kind wohnte um die Ecke von einem der vielen Quartierclubs. Und weil du nie alleine warst, lerntest du das Eishockey auf eine sehr spezielle Art. 60 bis 70 Kinder, und alle wollten mitmachen. Kreuz und quer gemischt: Da spielten Sechsjährige mit bis zu 18-jährigen Teenagern.

Du lerntest schon früh zwei Dinge: Kommunikation und Teamfähigkeit. Wie wir die Teams bestimmten? Wir warfen unsere Schläger auf einen grossen Haufen, und dann kam einer wie Moses und teilte das Meer an Stöcken. Weil wir aber innerhalb eines Teams ein bunt gemischter Haufen waren und keine Trikots oder farbige Leibchen trugen, musstest du immer gut darauf achten, wer mit dir spielte und wer gegen dich. Du musstest mit deinen Mitspielern sprechen, ansonsten bekamst du den Puck nie. Pässe zu spielen war elementar. Wehe, du spieltest den Puck nie zurück zu deinen Mitspielern! Dann hätten sie dich auch nie mehr mit ihren Pässen berücksichtigt. Es ging also ums Überleben: Entweder du spielst so schnell wie möglich gute Pässe oder du sahst den Puck nie wieder. So lernten wir wichtige Techniken auf eine ganz andere Weise, als es heute in strukturierteren Trainings üblich ist. Ich bin davon überzeugt, dass unsere Methode, mit 60 bis 70 Kindern, die gleichzeitig einem Puck nachjagen, effektiver war. In einer Art «Überlebenskampf» musste jeder selber merken, dass der Pass gespielt werden soll – ohne, dass Coaches dies ständig gefordert hätten.

Meine Eltern trennten sich, als ich acht Jahre alt war. Mein Vater Terry war mein sportliches Idol und selbst ein Top-Leichtathlet gewesen. Und als echter Kanadier hatte er natürlich auch Eishockey gespielt.

Er war die treibende Kraft hinter meinem jungen Sportlerleben und vor allem meinem Eishockeyspiel. Er coachte mich, er brachte mich ins Training – natürlich bewunderte ich ihn. Mein Bruder Darryl war nicht so begeistert vom Sport wie ich. Meine Mutter Linda musste nach der Scheidung und Wegzug meines Vaters einspringen. Wenn ich heute zurückdenke, wird mir bewusst, wie schwierig diese Rolle für sie als eher unsportliche Person gewesen sein musste. Und vor allem, welch unglaublich grosse Mühe sie sich dabei gab. Sie tat einfach alles für mich. Und zwar nicht nur im Eishockey. Im Baseball war ich Pitcher, also übte sie mit mir und klagte auch nicht, wenn ich sie hart mit einem Ball traf.

Erschwerend kam hinzu, dass es uns nach der Scheidung finanziell noch schlechter ging als zuvor. Es spielten sich kleine Dramen ab: Ich hatte keine Schläger mehr, also musste meine Mutter das letzte Geld zusammenkratzen, um mir zwei neue zu kaufen. Und was machte ich als dummer Neunjähriger? Noch am selben Abend zerstörte ich beide Schläger.

Mir kam nichts Besseres in den Sinn, als bei Minus-25-Grad Schlagschüsse zu üben. Das ist so kalt, dass Holzschläger zersplitterten. Ohne Stöcke für die Spiele am nächsten Wochenende musste mein Grossvater einspringen, da meine Mutter pleite war – ich fühlte mich furchtbar.

Meine Mutter fand immer wieder Wege, damit ich keine sportlichen Aktivitäten verpasste und an den Reisen zu Turnieren teilnehmen konnte. Dazu gehörte sogar, dass sie bei ihrer Arbeit, wegen der besseren Bezahlung, um die Nachtschichten bat. Der Nachteil war, dass sie tagsüber schlafen musste und wir uns kaum noch sahen. Das war keine dauerhafte Lösung. Sie liess sich in Stenografie ausbilden und fand einen neuen Job in einer Speditionsfirma. Für die Prüfung musste sie eine bestimmte Anzahl Anschläge pro Minute tippen können. Jetzt half ich ihr beim Lernen, indem ich ihr Texte vorlas, die sie abtippen musste. Sie nahm die schlechtere Bezahlung in Kauf, um häufiger bei Darryl und mir und bei den Eishockeyspielen am Abend zu sein. Zusätzlich vermieteten wir ein Zimmer in unserem Haus unter. Im Nachhinein ist es unglaublich, wie sie all das schaffte: zu arbeiten, für uns da zu sein und unser Haus behalten zu können.

Erst im Jahr 2010 heiratete sie erneut, mein Stiefvater Larry kam so in das Leben von Darryl und mir – und mit ihm seine beiden Kinder Marcel und Danielle. Nun hatten wir also zwei Stiefgeschwister. Durch meinen Vater Terry hatten wir in der Zwischenzeit bereits Leah und Trevor als Halbgeschwister.

Als Kind kann es dir durchaus passieren, dass du den neuen Freund deiner Mutter nicht magst und dass du keinen gut genug für sie findest.

Ich war zum Glück bereits 39, als ich Larry kennenlernte – und wir kamen von Anfang an sehr gut miteinander aus. Das gilt bis heute: Wir telefonieren häufig, die Gespräche nehmen oft kein Ende.

Mein erstes richtiges Eishockey-Team war der Glenlee Community Club, benannt nach einem Stadtteil Winnipegs. Trainings und Spiele fanden zu Beginn immer draussen statt, dort war es sehr kalt – bis zu minus 25 oder 30 Grad zeigte das Thermometer. Eine meiner Kindheitserinnerungen dreht sich um regelmässig fast abgefrorene Füsse und den daraus resultierenden Tränen. Es waren eigentlich gute Absichten meines Vaters: Er wollte meine eiskalten Füsse warmrubbeln, doch das sorgte nicht nur für grosse Schmerzen, sondern auch für ungewollte Folgen. Wegen zerstörter Bindegewebe kann ich bis heute keine Berührungen an den Füssen ertragen. Um die Nägel schneiden zu lassen, muss ich wegen meiner neuen Lebenssituation zur Pediküre, eine gut gemeinte Fussmassage sorgt dort höchstens dafür, dass ich vor Schmerzen am liebsten aus dem Stuhl springen würde.

Schmerzen in der Kälte von Winnipeg hin oder her: Ich hatte eine grosse Motivation, nicht aufzugeben: Wenn es dir mit elf Jahren gelungen ist, ins Top-Team aufgenommen zu werden, konntest du danach in der Eishalle trainieren. Das bedeutete bis zu 20 Grad Temperaturunterschied, deshalb wollte ich das unbedingt. Selbstverständlich war das aber nicht: Meinem zwei Jahre jüngeren Bruder Darryl gelang das nie.

Mit sieben wechselte ich zu einem anderen lokalen Team in Winnipeg, zu den Greendell Falcons. Für sie spielte ich auch noch American Football, Fussball und Baseball. Der Greendell Community Club im Stadtteil St. Vital war meine eigentliche Heimat, dort wuchs ich auf. Es gab für uns Kinder nur Schule oder Sport. Mister Auerbach war mein Coach – und zwar in allen vier Sportarten. Gerade die Erinnerungen ans Eishockey sind fantastisch, wir reisten wegen der Spiele an alle möglichen Orte in Kanada. Speziell war auch: Wir waren in allen Sportarten mehr oder weniger dieselben Kinder, die ein Team bildeten. So entstanden Bindungen fürs Leben. Einige meiner damaligen Freunde treffe ich heute noch, wenn ich meine Familie in Kanada besuche.

Vier Jahre später, mit elf Jahren, wurde es langsam ernst mit dem Eishockey: Ich wechselte für die kommenden sechs Jahre zu den St. Boniface Saints.

Die Mannschaft spielte um die Provinz-Meisterschaft Manitobas und gehörte regelmässig zu den absoluten Top-Teams.

Die Saints waren meine letzte Station, bevor ich zu den Raiders ins 1000 Kilometer entfernte Prince Albert, Saskatchewan, in die Western Hockey League durfte. Die WHL ist eine der drei gleichwertigen Juniorenligen, die gemeinsam das höchste Level im kanadischen Nachwuchs-Eishockey bilden. Die drei Champions ermitteln dann Ende der Saison beim Memorial-Cup-Turnier mit dem jährlich wechselnden Gastgeber-Club den Juniorenmeister Kanadas. Der Memorial-Cup ist übrigens eine der weltweit ältesten Trophäen im Sport überhaupt.

Es war das erste Mal, dass ich meine gewohnte Umgebung verliess: Mein Team für die nächsten drei Jahre waren die Raiders. Ich hatte dort mehrere gute und später richtig prominente Mitspieler: Aus Mike Modano zum Beispiel wurde ein echter NHL-Star. Für mich selbst war die NHL nie ein Thema. Mir wurde schon früh klar, dass mich mein Weg als Profi nach Europa führen würde. Ich hatte da ein Idol: Darren Boyko war ebenfalls aus Winnipeg. Er ging schon mit 21 Jahren nach Finnland, wo er bei IFK Helsinki in elf Saisons zu einer Club-Legende wurde.

Zuvor spielte er ebenfalls für St. Boniface, bevor er es in die WHL schaffte – unsere Wege sind also ziemlich ähnlich. 1997, in seinem letzten Jahr vor dem Rücktritt, wurden wir sogar kurz zu Teamkollegen in Berlin. Auch er war ein eher kleiner, schmächtiger Spieler, der damals einfach zu klein für die NHL war – auch wenn er es schaffte, ein Spiel für die Winnipeg Jets zu bestreiten. Als er nach Helsinki wechselte und dort sogleich erfolgreich war, stand für mich fest: Ich werde irgendwann auch in Europa spielen.

Für mein letztes Jahr als Junior ging ich wieder zu den St. Boniface Saints in Winnipeg zurück. Ende der Saison hiess es dann, mein erstes Erwachsenen-Team zu finden. 1991 sollten die Roanoke Valley Rebels in der drittklassigen East Coast Hockey League meine erste Station sein.

Roy Sommer als Cheftrainer kannte ich, weil er während einer Saison ein Assistenztrainer in Prince Albert war. Aus Roy wurde eine Trainerlegende in der zweithöchsten Stufe im Eishockey Nordamerikas, der AHL (American Hockey League): Er war von 1998 bis 2022 ununterbrochen Headcoach des Farmteams der San Jose Sharks. 24 Saisons – das ist sogar ein Jahr mehr, als Arno Del Curto beim HC Davos tätig war! Doch in Roanoke, einer Stadt im US-Bundesstaat Virginia, waren wir beide zunächst Rookies, also Anfänger: Er war erstmals Cheftrainer eines Profiteams, ich erstmals Spieler.

Niklas Gällstedt
«Sei ehrlich! Immer!»

Wenn Niklas Gällstedt seine Geschichte mit und über Jeff erzählt, dann will er, dass schöne Dinge hervorgehoben werden. Erfolge zum Beispiel. Darum beginnt seine Story deutlich vor dem 7. April 2021, jenem Tag in Biel, als sich die Rolle des Schweden als Assistenztrainer von Rapperswil-Jona schlagartig veränderte.

Es ist April 2018, Gällstedt ist Assistenztrainer beim EHC Kloten. Der Club aus der höchsten Liga beendete zunächst die Saison als Letzter, nun verliert er auch noch das Best-of-7-Duell der Ligaqualifikation gegen den Meister der B-Liga und steigt ab. Trainer beim Gegner und damit Rapperswils Aufstiegsheld: Jeff Tomlinson. Doch heute sagt Gällstedt: «Ich freue mich für ihn, denn dieser Moment gehört zu seinen Erfolgen. Und diese dürfen wir nie vergessen. Wir denken grundsätzlich viel zu häufig an die negativen Dinge und schaukeln uns auch noch hoch mit ihnen.»

Einer der besten Ratschläge, die Gällstedt je erhalten hat, lautet so: «Nick, du musst das Leben viel mehr geniessen!» Es war Jeff, der ihm dies gesagt hatte.

Und zwar erst, nachdem dieser auf beiden Augen kaum noch etwas sah. Ausgerechnet. «Darum sind das für mich grosse Worte, die mir geblieben sind», sagt Gällstedt. Jetzt, da er Jeff nicht mehr regelmässig sieht, da er 2023 zurück nach Schweden ging, erwische er sich hin und wieder dabei, häufiger an die negativen Dinge in Jeffs Leben zu denken. «Darum will ich hier die positiven Sachen betonen. Den Aufstieg mit Rapperswil. Unsere gemeinsamen Erfolge, als ich ein Jahr später dort sein Assistent wurde. Seine beiden letzten Jahre in Kloten mit einem weiteren Aufstieg und der guten letzten Saison in der höchsten Liga. Und vergessen wir nicht Jeffs Familie, seine Kinder. Er hat all das Schöne verdient, weil er ein so guter Mensch ist.»

Vergessen hat er auch diese Tage nicht: wie Jeff ihn einweihte, dass es nun auch mit dem anderen Auge schlagartig immer schlechter werde. Als er ihm mitteilte, dass alles nur noch grau und verschwommen sei. Beängstigend sei das gewesen, erzählt Gällstedt. «Wir wussten da noch nicht einmal, ob dies ein vorübergehendes Problem oder ein dauerhafter Zustand sein würde. Ich hatte Angst um Jeff, Angst um seine Emotionen, Angst um seine Arbeit.»

Im April 2021, als sich in Jeffs Leben alles veränderte, wurde Gällstedt in den ersten Tagen und Wochen die wichtigste Hilfe auch ausserhalb der Eishalle. Die häufigen Besuche zu Hause bei Jeff, die Kontrolle der Esswaren im Kühlschrank, die Begleitung beim Einkauf. «All das zu tun, war für mich selbstverständlich», sagt Gällstedt. Längst waren die beiden da mehr als ein Gespann aus Cheftrainer und Assistent.

Als Gällstedt im Sommer 2019 nach Rapperswil-Jona wechselte, stimmte die Chemie zwischen den beiden von Anfang an. Eine Phase des Abtastens brauchte es kaum. «Wir hatten gemeinsame Freunde, was sicher half», sagt Gällstedt. «Und wir waren in der gleichen Situation: Unsere Familien waren in ihrer Heimat, die von Jeff in Deutschland, meine in Schweden. Ich verbrachte also mehr Zeit mit Jeff, als das mit einem anderen Trainerkollegen der Fall gewesen wäre.» Gemeinsame Mittagessen, Abendessen, Spaziergänge, oder blosses «Abhängen» auf der Couch am Abend: Es gab viel mehr als nur Trainings und Spiele für die beiden. Und, wie Gällstedt betont: «Wir hatten immer Spass. Jeff ist ein Mensch, der immer das Beste für die Leute um ihn herum will. Er ist immer positiv. Er zeigt seine Emotionen nicht, wenn es ihm schlecht geht. Er ist auch in der Garderobe der Typ, der Situationen, in denen es zu ruhig wird, mit einem Lächeln 'flickt'.»

Dies war also die Ausgangslage, als Jeff plötzlich auf mehr Unterstützung denn je angewiesen war. «Für mich fühlte sich unsere Situation an wie für zwei Brüder, die sich in der Not helfen», beschreibt es Gällstedt. Und zu helfen war ihm wichtig: «Das für mich Frustrierende war, nichts tun zu können. Ich wollte mehr als nur unterstützen.» Auch Gällstedt musste einsehen, dass oft kleine Dinge grosse Wirkung haben können. Dazu gehörten die wenigen noch verbleibenden Auswärtsreisen mit Rapperswil-Jona. Der Playoff-Modus ist hart: Der Erfolg und das abrupte Ende der Saison liegen dicht nebeneinander. Und so galt es, jeden gemeinsamen Moment zu geniessen.

Die Rückfahrten spät in der Nacht. Für Jeff waren sie sein «Happy Space» in den ersten schwierigen Wochen. Für ihn und seine beiden Assistenten wurden sie zu einem gemeinsamen Ritual. In diesem Zirkel waren nicht nur Jeff und Niklas Gällstedt, sondern auch Sven Berger. Der Schwede hat diese Fahrten so in Erinnerung: «Wir konnten still gemeinsam feiern, nachdem für Jeff so vieles schiefgelaufen war. Er hatte diese Momente verdient. In diesen Stunden waren wir uns nahe und freuten uns füreinander. Das ist eine andere Freude als jene, die du an der Bande nach einem Sieg empfindest.»

Es gab aber auch nach wie vor den Alltag. Trainings, auch wenn sie kurz und selten sind während der Playoffs, da die Erholung zwischen den Spielen immer wichtiger wird. Aber auch das Coaching der Partien: Es galt, alles neu zu organisieren. Alle mussten im neuen Setting funktionieren und dabei die Mannschaft nicht zu sehr in ihren Gewohnheiten zu stören. «Die Situation hatte auch etwas Seltsames», sagt Gällstedt. «Die Spieler wussten etwas, aber nicht alles. Für uns galt es, das Beste daraus zu machen. Ich denke, dass uns dies gut gelang.» Die Assistenten mussten mehr Verantwortung übernehmen. «Und wir fragten uns immer wieder: Will Jeff es genauso haben, wie wir es machen? Denn er war der Cheftrainer und nahm diese Rolle wahr: Er erklärte stets genau, wie er die Dinge haben wollte. Und wir wollten ihn unbedingt zufriedenstellen.»

Die Saison endete mit dem Ausscheiden im Halbfinal gegen den späteren Meister Zug. Niemand hatte von Rapperswil-Jona erwartet gehabt, derart weit zu kommen. In der ganzen Clubgeschichte war dies vorher nur einmal geschafft worden. «Darum war es eine gute Saison für uns», sagt Gällstedt in seiner zurückhaltenden Art. «Wir waren happy, weil der Club einen Schritt vorwärts machte. Und wir als Trainerteam hatten den Jungs geholfen, diesen Schritt zu tätigen.» Das letzte Spiel fand zu Hause in Rapperswil statt, Gällstedt erinnert sich an diesen gleichzeitig von Trauer und Freude geprägten Moment in der Garderobe.

«Auch die Spieler fühlten, wie nahe wir einander gekommen waren und genossen diesen Moment. Auch wenn wir soeben ausgeschieden waren, wir fühlten uns erfolgreich.»

Was auch alle wussten: Die Wege von Jeff, Gällstedt und Berger würden sich trennen. «Aber es war klar, dass unsere Freundschaften bestehen bleiben würden. Wir telefonieren bis heute rund alle zwei Wochen miteinander und erkundigen uns, wie es dem anderen geht. Und stets fühlt es sich an, als wäre alles erst gestern gewesen.» Gällstedt wechselte ausgerechnet zum letzten Gegner Rapperswil-Jonas: In den nächsten zwei Jahren wirkte er auch beim EV Zug in der Rolle des Assistenztrainers. Hatte man bei seinem neuen Arbeitgeber während der Serie bemerkt, dass mit Jeff irgendetwas nicht stimmen könnte? «Nein, niemand ahnte etwas», sagt Gällstedt. «Sie kannten bloss die Sache mit den Nieren.»

Dass Jeff nach Kloten weiterzog und noch zwei weitere Jahre als Cheftrainer weiterarbeiten würde, hätte Gällstedt nicht für möglich gehalten. Er ist überzeugt: «Damit das klappen konnte, brauchte es auch dort Menschen, denen er hundertprozentig vertrauen konnte. Gerade auf der Bank, wenn du dir während des Spiels die Situationen erklären lassen musst, muss sehr viel Vertrauen vorhanden sein.»

Kapitel 2: Rassismus, Gefängnis und die Hanson-Brothers

Mein Start ins Profileben war nicht vom Glück gesegnet. Während der Saisonvorbereitung landete ein Schlagschuss mitten in meinem Gesicht: Mein Kiefer war gebrochen, ans Spielen war nicht mehr zu denken. Das war eine Katastrophe, da in der ECHL Verträge nur bis zur nächsten Woche dauerten und jeweils um weitere sieben Tage verlängert werden mussten. Meine Zeit in Roanoke hätte also bereits vorbei sein können, wenn mich das Team nach Hause geschickt hätte. Sie taten das aber netterweise nicht. Ich blieb also, mein Kiefer wurde für die nächsten fünf Wochen verdrahtet. Alles fiel schwer: Reden und vor allem auch Essen. Ich verlor rund acht Kilogramm Körpergewicht.

Die ECHL (East Coast Hockey League) gilt bis heute als «Crazy League» – damals zu Recht. Anders als heute verteilte sich die Liga nicht über die ganze USA, sondern konzentrierte sich auf Teams entlang der Ostküste. Trotzdem war vieles speziell, besonders der Spielplan: Fünf Spiele in sechs Tagen waren keine Seltenheit. Als 21-Jähriger in Roanoke schockierten mich andere Dinge. Rassismus war Alltag, nicht jeder war willkommen.

Die Spannung zwischen Weissen und Schwarzen war greifbar. Viele Leute verhehlten ihre Waffenliebe nicht, sie zelebrierten sie: Bei einer ersten Begegnung zeigte mir der Teambesitzer stolz die riesige Pistole aus seinem Handschuhfach.

Schockierend für einen Kanadier, der noch grün hinter den Ohren war.

Solche Erlebnisse prägten meine kurze Zeit in Roanoke – ebenso wie die Drähte im Mund, wegen derer ich kaum etwas essen konnte. In Erinnerung geblieben sind mir darum auch die gemeinsamen Besuche von Sandwich-Bars mit Teamkollegen: Ich hatte grosse Lust auf einen Bissen in diese riesigen Brote, doch ich konnte den Jungs beim Essen nur zuschauen und Suppe mit einem Strohhalm trinken. Als ich die Drähte endlich los war, wollte ich unbedingt sofort dorthin und das grösste Sandwich verdrücken! Doch nach dem wochenlangen Fasten und Flüssignahrung rebellierte mein Magen. Nach drei Bissen war ich satt.

Das Team war nicht erfolgreich, wir verloren häufiger, als wir gewannen. Es war für jene Zeit nicht ungewöhnlich, dass Roys Trainings am Vormittag vor allem aus den berüchtigten «Bag Skatings» bestanden: So nennen wir in Nordamerika die Übungseinheiten ohne

Puck, bei denen du nichts anderes tust, als bis zur Erschöpfung auf und ab zu rennen. Nach sechs Spielen rief mich Roy ins Büro. Wegen des Gewichtsverlustes war ich noch nicht auf der Höhe. Er wollte mich einen Monat an ein anderes Team ausleihen, damit ich dort wieder fit würde. Die ECHL-Regeln spielten gegen mich: Als Kanadier belastete ich das Importkontingent. In meiner Verfassung war ich für das Team praktisch nutzlos.

Roy gab mir drei Teams zur Auswahl: Raleigh, Nashville oder Johnstown. Sportfilm-Fans werden bei Johnstown aufgehorcht haben – ja, genau dort wurde 1977 der Kultfilm «Slap Shot» mit Paul Newman gedreht. Viele Szenen entstanden in der Arena der Johnstown Chiefs.

Wer «Slap Shot» kennt, erinnert sich an die Hanson Brothers – drei irre Brüder, die die Liga aufmischen. Steve Hanson wurde von Steve Carlson gespielt, einem ehemaligen Spieler. 1991 coachte derselbe Steve Carlson die Johnstown Chiefs. Noch absurder: Er trug fast dieselbe Brille.

Stellen Sie sich vor, wie verrückt das war – man schaut zur gegnerischen Bank und sieht Steve Carlson mit genau dieser Brille und ist sofort mitten im Film.

Wer den Film kennt, weiss, wie rau das Eishockey in meinem ersten Jahr Profiliga war.

Statt Johnstown wählte ich aber die Raleigh IceCaps in North Carolina. Diese Entscheidung hatte immensen Einfluss auf mein Leben. In Raleigh lernte ich meine erste Ehefrau, Ginny, kennen. Damit wurde die Stadt zur Heimat unserer Söhne Zac und Conner.

Raleigh gefiel mir von Anfang an. Doch mein Start mit den IceCaps war tough und zeigte, wie unpersönlich das Eishockey-Business auf der ECHL-Stufe sein konnte. Als ich Roy meine Wahl mitteilte, sagte er: «Raleigh? Okay! Übrigens, sie haben heute Abend ein Heimspiel – du wirst bereits erwartet.»

Wie sollte ich auf die Schnelle nach Raleigh gelangen? Die 300 Kilometer waren ohne Auto ein Problem. Roy empfahl einen Mietwagen – also los. Normalerweise dauert die Fahrt dreieinhalb Stunden. Bei Greensboro, 100 Kilometer vor dem Ziel, erwischte mich der Abendverkehr. Stau. Zu spät angekommen, keine Zeit fürs Einlaufen. Die leere Garderobe – nur Trainer Kurt Kleinendorst war da und begrüsste mich.

Kurt und ich würden uns gut kennenlernen. Sechs Jahre später kreuzten sich unsere Wege in England wieder. Es entstand eine Freundschaft, die bis heute hält.

Doch im Moment unserer ersten Begegnung war Kurt im Game-Modus: «Bist du bereit, Junge?».

Feurig zeigte er auf einen Platz in der Garderobe: «Das ist deiner! Zieh dich um!» Da lagen aber die Sachen von einem meiner neuen Teamkollegen – er wärmte sich auf dem Eis auf, fest im Glauben, gleich zu spielen. Ich schaute verdutzt zu meinem Coach: «Ach so, das räumen wir weg.» Die Mannschaft kam zurück – inklusive des Spielers, dessen Platz ich einnehmen würde. Dana Janis hiess er. Man «bat» ihn sofort, seine Sachen woanders hinzutun und mir Platz zu machen. Er sei out für den Abend.

Ein furchtbarer Start für mich. Und es wurde schlimmer.

Man fragte mich, welche Rückennummer ich wolle. Meine Bevorzugte war stets die 14. Die 14? Das treffe sich wunderbar, weil dann könne ich auch gleich das Leibchen des soeben Verscheuchten anziehen – es war seine Nummer. Alles, was es noch gebraucht hätte, wäre, seinen Namen zu überkleben. Doch ich schluckte leer. Ich sollte also nicht nur seinen Platz im Team, sondern auch noch seine Nummer wegnehmen? Das wollte ich nicht, das war mir zu viel. Ich fragte also, ob vielleicht die 15 frei sei.

Das war glücklicherweise der Fall: Ich bestritt mein erstes Spiel für die Raleigh IceCaps mit der 15 auf dem Rücken. Meine Flügelstürmer an jenem Abend hiessen Lyle Wildgoose (Wildgans) und Jim Powers – wunderbare Namen für Eishockeyspieler!

Nach dem Spiel fragte ich die Teamkollegen nach einer Übernachtungsmöglichkeit. Der Club hatte sich nicht um eine Wohnung gekümmert – üblich in der ECHL. Dort gab es für Spieler häufig buchstäblich nichts.

Raleigh war mir lieber als Roanoke. Das Leben dort war allerdings eher ungewöhnlich. Selbst heute noch wird im Ort auf die ungewöhnlich hohe Anzahl an Gefängnissen hingewiesen. Die vier «ortsansässigen» Haftanstalten beherbergen bis zu 5'000 Insassen – etwa ein Prozent der Stadtbevölkerung. Auf den Strassen trifft man deshalb häufig Entlassene.

Häftlinge mit guter Führung durften unter Aufsicht ausserhalb der Gefängnismauern arbeiten. Sie reinigten beispielsweise unsere Eishalle.

Irgendwann nach einer Trainingseinheit fehlten meine Armbanduhr und mein Ring.

Gestohlen.

Eine Woche später wurde ich ins Büro gerufen und gefragt, ob ich einen Anruf aus dem Gefängnis entgegennehmen würde. Am anderen Ende der Leitung erzählte mir einer der Insassen folgende Geschichte: Er habe gesehen, wie einer seiner Mithäftlinge meine Uhr und meinen Ring tragen würde. Woher er wusste, dass die Wertsachen mir gehörten? Auf die Uhr war mein Name graviert, ich hatte sie als Eishockeyspieler als Preis gewonnen. Er nahm richtigerweise an, dass mir beide Gegenstände viel bedeuteten und er mir einen Gefallen täte, wenn er sie von seinem Kollegen für mich abkaufen würde.

Mir war klar, dass das alles erfunden war. Der Klassiker: «Ich frage für einen Freund». Den «Kollegen» gab es nicht und er war es, der mich bestohlen hatte. Aber was blieb mir anderes übrig, als mich zu bedanken? Ich wollte die Uhr und den Ring wieder zurückhaben. Sein Preis? 100 US-Dollar. Damit investierte ich fast die Hälfte meines Wochenlohns in den Rückkauf meiner Sachen – in dieser Woche ass ich darum fast nichts. Zudem war die Gravur auf der Rückseite der Uhr leider weggekratzt worden.

Ich habe auch diese Story unter dem Kapitel «So war die East Coast Hockey League» abgespeichert.

Nach meinem ersten Monat in Raleigh erhielt Trainer Kurt Kleinendorst einen Anruf aus Roanoke: Roy Sommer wollte mich wieder haben – so war das ursprünglich abgemacht. Da es sportlich gut lief in Raleigh, wollte ich bleiben. Ich bat Kurt um einen Trade, damit ich fixer Bestandteil der Raleigh IceCaps werden könnte, statt nur Leihspieler zu bleiben. Diesen Wunsch konnte er nicht erfüllen. Also stellte ich mich darauf ein, nach Roanoke zurückzukehren.

Der nächste Tag war eine Fügung des Schicksals.

In Roanoke verletzte sich ein wichtiger Verteidiger, und Roy Sommer benötigte sofort Ersatz. Als Mittelstürmer hatte meine Rückkehr plötzlich keine Priorität mehr. Die Chancen, dass ich doch noch in Raleigh bleiben könnte, standen plötzlich besser.

Die kurze Kurzversion dessen, was nun passierte, lautet: «Ich wurde für Chelios eingetauscht.» Damit kann ich Eishockeyfans beeindrucken, denn Chris Chelios ist eine Eishockey-Legende. Der Verteidiger ist dreifacher NHL-Champion und trat erst 2010 mit achtundvierzig Jahren zurück – seine sechsundzwanzig Jahre in der besten Eishockeyliga sind Rekord. «Die Raleigh IceCaps tauschten Chelios für Tomlinson!» Das klingt cool, oder?

Die ganze Wahrheit ist aber weniger glamourös und etwas komplizierter. Ja, es war Verteidiger Chelios, den die Roanoke Valley Rebels im Tauschgeschäft erhielten. Es handelte sich aber «bloss» um den jüngeren und weniger bekannten Bruder Steve.

Für mich zählte nur eines: Ich durfte in Raleigh bleiben. Ohne dieses Tauschgeschäft hätte ich am nächsten Tag nach Roanoke zurückgehen müssen. Weder hätte ich meine erste Frau kennengelernt und später geheiratet, noch wären unsere beiden Söhne Zac und Conner auf die Welt gekommen. Raleigh wurde für über zwanzig Jahre unsere gemeinsame Heimat. Das Zuhause, in das ich auch dann noch im Sommer nach der Eishockey-Saison zurückkehrte, als ich schon längst in Europa spielte oder als Trainer tätig war. Ich habe es erwähnt: Schicksal …

So sehr es mir in Raleigh auch gefiel, ich wusste dennoch: Ich wollte kein ECHL-Spieler bleiben. Selbst als Profi war es in dieser Liga nicht möglich, genug Geld zu verdienen, um davon leben zu können. Mein Lohn betrug pro Woche rund 230 US-Dollar, das musste für alles reichen: Wohnung, Essen, Kleider, Reisen.

Von Zahltag zu Zahltag lebend suchte ich mir eine zweite Arbeit, um mir Restaurantbesuche leisten zu können.

Immerhin durfte ich den Nebenjob in Schlittschuhen ausüben: Als Aufpasser beim freien Eislaufen war ich wie ein Bademeister im Schwimmbad.

Die zweitklassige AHL interessierte mich auch nicht wirklich. Und von der NHL träumte ich gar nicht erst. Das stimmt nicht ganz, denn jeder junge Eishockeyspieler möchte in der weltbesten Liga spielen. Mit meinen 1,77 Metern Körpergrösse und knapp achtzig Kilogramm Gewicht war das sehr unwahrscheinlich. Das wurde mir schon als Junior bewusst, wie die Episode bei den Prince Albert Raiders zeigt. Mit achtzehn Jahren dürfen dich NHL-Organisationen im Draft auswählen – sie sichern sich jeweils die Profi-Rechte an den Junioren. Es war darum üblich, dass ihre Scouts dich in deinem Draft-Jahr besonders unter die Lupe nahmen.

1988 kam ein Beobachter der Washington Capitals auch nach Prince Albert. Er lud alle potenziellen künftigen NHL-Athleten zum Abendessen in eine Pizzeria ein. Als Spieler hatte er uns schon intensiv beobachtet, nun wollte er uns als Menschen kennenlernen. Der spätere NHL-Star Mike Modano spielte ebenfalls in meinem Team – er würde ein paar Wochen danach im Draft als Nummer 1 von den Minnesota North Stars ausgewählt werden. Dies war [illegible]n Monate zuvor absehbar gewesen, es war allen klar, dass Mike der Beste seines Jahrgangs war. Genauso früh war schon klar, dass Washington zu gut für Modano platziert sein wird. Die Reihenfolge im Draft wird vereinfacht erklärt aus der umgekehrten Tabelle der aktuellen Saison bestimmt: Die schlechtesten Teams haben damit die besten Chancen auf die besten Junioren. Mit diesem System sorgt die NHL für grosse Ausgeglichenheit und verhindert, dass sich die reichsten Teams alle guten Junioren schnappen und die Liga dauerhaft langweilig wird.

Nun waren wir in der Pizzeria, einer nach dem anderen musste während des Essens zum Tisch des Scouts. Zu Modano sagte er bloss dies: «Wenn wir im Draft an der Reihe sind, wird dich schon längstens ein anderes Team genommen haben. Geniess deine Pizza!» Bei mir war es ähnlich – und doch ganz anders. Er sagte: «Ich mag, wie du spielst. Aber du bist zu klein. Und du bist leider nicht Theo Fleury. Geniess deine Pizza!» Für die, die den früheren Superstar nicht kennen: Der zwei Jahre ältere Fleury war nur knapp 1,70 Meter gross, aber bereits mit zwanzig Jahren ein Top-NHL-Spieler und zu jener Zeit die absolute Ausnahme in der damals von fast ausschliesslich grossen und schweren Athleten geprägten Liga.

Ich sah meine Zukunft also in Europa, dort wollte ich hin.

Ich war es gewohnt, im Sommer in Winnipeg mit in Europa spielenden Kanadiern zu trainieren. Sie hatten mich bereits gefragt, ob ich Interesse an einem Job haben würde. Sie meinten, dass ich in Europa ein guter Spieler sein könnte. Ein paar Wochen nach dem Beginn meiner zweiten Saison in Raleigh wurde ich tatsächlich aus Übersee angerufen: Am anderen Ende war Mark MacKay. Er war einer jener Kanadier, mit denen ich im Sommer trainierte. Mark wurde später in Deutschland zu einem Star und nach seiner Einbürgerung spielte er auch für die Nationalmannschaft. Heute ist er als Spieleragent tätig, er war damals einer meiner besten Freunde. Er fragte mich, ob ich für einen Monat in seinem Team in der dritten deutschen Liga einspringen könnte. Nur ein Monat war mir zu wenig, für den Rest der Saison aber würde ich zusagen. Wir einigten uns. Im Dezember 1992 wechselte ich zum ETC Timmendorfer Strand und kam nach Deutschland.

Beinahe hätte ich meinen Transfer selbst sabotiert. Als Mark MacKay anrief – damals kannte man die Nummer des Anrufers nicht – hielt ich es für einen Scherz meiner Raleigh-Teamkollegen. Das war üblich unter uns ECHL-Spielern. Wir kannten die Träume der anderen von einem besseren Leben in einer höheren Liga. Auch ich hatte schon Kollegen angerufen und mich als General

Manager der Washington Capitals ausgegeben, um ihnen einen NHL-Job zu offerieren.

Deshalb glaubte ich nicht, dass wirklich Mark MacKay ein Europa-Angebot machte. Überzeugt, dass mich ein Teamkollege hochnehmen wollte, sagte ich ihm mehrmals, er solle zur Hölle fahren. Zum Glück liess sich Mark nicht abwimmeln.

Ein Abschnitt meines Lebens schloss sich endgültig: In Nordamerika spielte ich nie wieder Eishockey.

Ein neues Kapitel begann.

Die Augenärzte
Jeffs Fall ist eine absolute Ausnahme

Als Jeff im Universitätsspital Zürich auf seinen Termin wartete, fiel ihm auf, dass er der Jüngste war, der da sass. Er dachte sich nichts dabei, und wahrscheinlich war dies ohnehin Zufall. Erst recht konnte er auch noch nicht ahnen, dass sein Problem normalerweise deutlich ältere Menschen als fünfzigjährige wie ihn betrifft. Es war zudem «nur» das rechte Auge, das betroffen war. Der Tag, an dem er auch mit dem linken Auge kaum noch etwas erkennen würde, war noch ein Jahr entfernt.

Wobei: Was heisst normalerweise? Selbst bei Senioren kommt es nur selten vor, dass beide Augen einen Sehnervinfarkt erleiden. Jeffs Fall, in Kombination mit seiner ganzen Vorgeschichte mit den schwer beschädigten Nieren, ist eine absolute Ausnahme.

Bis heute begleiten die Augenspezialistinnen und Augenspezialisten im Universitätsspital Zürich Jeff auf seinem Weg. Schon während der ersten Untersuchung merkten sie: Die Suche nach den Ursachen würde schwierig werden.

Was sofort erkannt wurde: Die Schwellung der Papille, also des Sehnervs. Bald kam auch ein Gefässverschluss dazu. Was ebenfalls schnell klar war: Man musste davon ausgehen, dass es keine Besserung geben würde, sobald eine zunehmende Atrophie vorlag. Sprich: Wenn sich das Gewebe der Nerven und der Netzhaut abbaut, kann sich das Auge nicht mehr erholen.

Jeff holte sich später auch Zweitmeinungen ein, die Diagnosen waren immer ähnlich oder gleich: Man kann nichts tun, was für eine Besserung sorgen würde.

Doch woran lag dies? War es ein Problem der Durchblutung? Oder eine Entzündung? Und dann war ja noch das relativ junge Alter Jeffs. Im Spital in Zürich ging man davon aus, dass die Probleme mit seiner Nierenerkrankung zusammenhängen.

Doch ganz sicher wird man das nie herausfinden können.

Nun ging es darum, Risikofaktoren zu erkennen und zu minimieren: hoher Blutdruck, Rauchen, Diabetes. Im Hinterkopf blieb stets, dass auch Jeffs zweites Auge betroffen sein könnte.

Bei einer Grunderkrankung der Nieren lässt sich nichts mehr prophylaktisch behandeln. Ein Jahr später war auch das andere Auge betroffen.

Dass bei Jeffs linkem Auge die Verschlechterung so schnell voranschritt, war normal. Die Ärzte wussten: Bei Durchblutungsstörungen im Sehnerv ist es typisch, dass es von einem auf den anderen Tag geschieht. Etwas voraussehen oder verhindern? Unmöglich.

Der Krankheitsverlauf bestätigte die Annahme, dass eine Durchblutungsstörung vorliegen musste und keine Nebenwirkungen von Medikamenten. Theoretisch infrage gekommen wären zum Beispiel die Immunsuppressiva nach Jeffs Nierentransplantation, weshalb da sicherheitshalber auf andere Präparate umgestellt wurde.

Jeff und seine Ärzte mussten sich schnell mit neuen Fragen beschäftigen. Was bedeutete das für den Alltag? Wo würde er sich Unterstützung holen? Die Medizin kommt bei Durchblutungsstörungen des Sehnervs schnell an ihre Grenzen – es gibt bis heute keine wirksame Therapie, weder akut noch langfristig.

Es kann immerhin davon ausgegangen werden, dass keine weitere Verschlechterung eintreten sollte – dies deckt sich auch mit Jeffs Erfahrungen. Sein Fall hat nichts mit einer angeborenen Genstörung zu tun, bei der die Augen immer schlechter werden. Und dennoch: Viele Patienten wissen nicht, wie sie mit dieser Diagnose umgehen sollen. Denn der Verlust des Augenlichts ist traumatisch – etwa achtzig Prozent aller Sinneswahrnehmungen laufen über die Augen. Das Sehvermögen zu verlieren bedeutet, die Welt grundlegend anders zu erleben: Vertraute Gesichter verschwimmen, Lesen wird unmöglich, die räumliche Orientierung geht verloren. Die psychische Belastung ist riesig.

Die Ärzte beobachten oft Folgendes: Die Menschen verlieren den Mut, sie wollen nichts mehr tun und sehen keinen Ausweg mehr aus ihrer Situation. Bei Jeff hingegen stellten sie etwas ganz anderes fest: Er beeindruckte sie, wie positiv er von Anfang an damit umging und bis heute umgeht. Er war derart positiv, dass man sein Umfeld sogar überzeugen musste: Es ist wirklich ein dramatisches Problem vorhanden und nicht etwas, das man einfach so wegsteckt.

Jeff sorgte mit seiner Art für ironische Momente: Weil er seine Situation so gut meisterte, weckten seine Auftritte oft zu grosse Erwartungen. Man merkt ihm kaum etwas an, sodass die Einschränkungen seinem Umfeld oft gar nicht bewusst wurden. Jeffs Ärztinnen und Ärzte betonen: Viele Leute verstehen nicht, wie enorm die tatsächlichen Behinderungen sind, die Jeff erlebt.

Erst wenn man weiss, wie schlecht seine Sehkraft und sein Gesichtsfeld ist, realisiert man das wirkliche Ausmass.

Was sieht Jeff und was nicht? Zahlen alleine greifen es nicht. Nur fünf Prozent Sehkraft im linken Auge klingt für jeden dramatisch. Das ist je nach Land der gesetzliche Wert, ab dem man als blind respektive hochgradig sehbehindert gilt. Das Wort «sehbehindert» kann irreführen. Wer seine Sehschwäche mit einer Brille korrigieren kann, gilt medizinisch nicht als sehbehindert.

Komplizierter wird es bei Jeffs rechtem Auge, bei dem die Sehschärfe noch 25 Prozent beträgt. Weil bei Jeff auch das Gesichtsfeld betroffen ist – er sieht an gewissen Stellen weniger oder gar nichts – ist das nicht die ganze Wahrheit. Für Spezialisten ist darum klar: Sinnvoll lässt sich Jeffs Behinderung nicht in Zahlen ausdrücken. Die Sehfähigkeit ist auch auf dem rechten Auge viel geringer als die besagten 25 Prozent.

Jeff selber vergleicht seine Sicht mit einem beschlagenen Badezimmerspiegel nach dem Duschen. Er sieht Schemen und Bewegungen, aber nichts Klares. Seine Welt ist dunkler und benebelt geworden. An einem sonnigen Tag, wenn mehr Kontraste vorhanden sind, erkennt er etwas mehr, bei Regen deutlich weniger.

Das, was Jeff hier beschreibt, ist laut seinen Ärzten typisch für eine Sehnerverkrankung.

Bei medizinisch blinden Menschen beobachtet man häufig, wie sich andere Sinne wie das Gehör und der Tastsinn verbessern. Wie ist das in Jeffs Situation? Er spricht davon, dass zumindest seine Toleranzgrenze für Fehler immer grösser wurde und der Frust über Missgeschicke durch Humor ersetzt wurde. Sinn für Humor habe er immer gehabt, dieser wurde nun stärker.

Verbringt man Zeit mit Jeff, erlebt man beides, positive wie negative Überraschungen. Fragen wie «Das erkennst du wirklich nicht?» kommen dann genau so vor wie «Wie konntest du das erkennen?» Die Erklärung seiner Ärztinnen und Ärzte: Das Gehirn beginnt, auch nicht Gesehenes zu kompensieren. Man lernt, mit dem wenigen, das man hat, das Maximum herauszuholen. Man kann dann nicht zentral fixieren und sieht die Dinge nicht scharf. Aber mit dem vorhandenen Gesichtsfeld kann man sie dennoch erfassen. Dieses Phänomen stellt sich nicht sofort ein, es braucht Zeit. Wenn Jeff über sein erstes Spiel in Biel als «blinder Coach» spricht, dann mag das zwar medizinisch nicht korrekt sein, in der Wahrnehmung der Person ist das aber dennoch richtig. Das betonen auch explizit seine Ärzte.

Und dass sich Jeff vor allem zu Beginn wie blind fühlte und darum auch selbst so beschrieb, ist völlig legitim. So positiv er auch mit seiner neuen Behinderung umging, so sehr wurde es auch zur Normalität, dass kleinste Hindernisse sich in grosse Herausforderungen verwandelten. Die eigene Wohnung alleine zu verlassen, war zunächst mit starken Angstgefühlen verbunden. Vertraute Wege mögen vertraut geblieben sein, auch weil das Gehirn die vielfach schon gelaufenen Wege gespeichert hat. Er mag bei guten Lichtverhältnissen zwar Umrisse erkennen und erahnen können, dass auf der Strasse zum Beispiel irgendwo ein Auto in seiner Nähe ist. Oder dass im Bahnhof gerade ein Zug einfährt. Doch welche Nummer hat die S-Bahn? Er muss fragen, damit er nicht den falschen Zug nimmt.

Jeff denkt manchmal, er erkennt etwas und liegt komplett daneben. Sogar zu Hause: Als er einmal auf dem Sofa sass, meinte er, seine Tochter Olivia mit dem I-Pad auf dem Tisch vor sich auf dem Boden kniend zu sehen. Es handelte sich aber um einen Puppenkopf in Lebensgrösse, den Olivia zum Spielen und Üben mit Frisuren verwendet. Olivia war gar nicht im Zimmer!

Umrisse kann Jeff erkennen, räumliches Sehen ist trotz Kompensation und Übung mühsam. Diese Fähigkeit benötigen wir, um zum Beispiel zu erkennen, wie weit ein Objekt entfernt ist oder wie gross und breit es wirklich ist. Treppensteigen? Jedes Mal eine Herausforderung, auch wenn es Jeff mittlerweile aussehen lassen kann, als erkenne er die Stufen problemlos. Nur schon, um eine Treppe vor sich besser zu erkennen, würde der Blindenstock helfen. Doch obwohl er ein Anrecht darauf hätte, verzichtet Jeff darauf. Also heisst es für ihn, Stufe für Stufe mit dem Fuss kurz abzutasten. Dies kann er mittlerweile deutlich schneller als noch zu Beginn. Dennoch schätzt er das Treppenende manchmal falsch ein – Stürze gehören weiterhin dazu.

Unzählige Beispiele aus Jeffs Alltag zeigen seine Herausforderungen: Wenn er beim Öffnen einer Türe den Griff nicht findet und sich die Hand einklemmt. Wenn er in Bahnhöfen dankbar über die grossen Bodenmarkierungen ist. Wenn er zwar richtig vermutet, dass jemand ein Hi-Five anbietet, die ausgestreckte Hand aber ignoriert – sein Gesichtsfeld ist vor allem in den unteren Bereichen stark eingeschränkt oder nicht mehr vorhanden. Will er nach unten blicken, muss er den Kopf stärker neigen.

Einkäufe für Ehefrau Andrea? Diese will Jeff immer noch erledigen. Doch der Ausflug in den Laden, am liebsten immer in den gleichen, kann zu längeren und grotesken Abenteuern mutieren.

Wenn niemand zum Helfen in der Nähe ist, muss halt das ganze Regal von oben nach unten und von links nach rechts mit der Lupenfunktion des Handys durchsucht werden, um das exakt richtige Produkt zu finden – ein Produkt, das Jeff schon früher kaum gefunden hat... Und vielleicht nimmt er heute zudem etwas mit nach Hause, das gar nicht auf der Einkaufsliste stand, dessen Verpackung aber ähnlich aussah. Macht nichts, vielleicht schmeckt es trotzdem. Auch wegen solcher und ähnlicher Vorfälle musste Jeff seinen Sinn für Humor weiter vergrössern.

Jeffs Termine bei der behandelnden Augenärztin sind seltener geworden. Die regelmässigen Kontrollen zur Dokumentation der Arbeitsunfähigkeit sind nicht mehr nötig. Ein Termin pro Jahr genügt. Es geht dabei um Fragen wie diese: Steigt der Augendruck? Gibt es altersbedingte Veränderungen? Droht etwas, das zwar keinen direkten Zusammenhang hat, aber dennoch Jeffs Augen verschlechtern könnte? Der Kontakt mit seiner Augenärztin ist für Jeff darum nach wie vor wichtig. Auch, um vertraute Ansprechpersonen zu haben.

Kapitel 3: Jean-Marc Bosman, Ryan Giggs und Mike Tyson

Mein Start in Deutschland war erfolgreich: In der dritten Liga gehörte ich bei Timmendorfer Strand zu den dominanten Stürmern, mir gelangen in 20 Spielen rund 80 Scorerpunkte – jeweils einen Punkt gibt es für ein Tor oder einen Assist, das ist einer der letzten beiden Pässe vor dem Treffer. Ähnliche Werte wurden in den nächsten vier Jahren für mich und einige meiner Teamkollegen normal: Selbst nach dem Aufstieg in die zweite Liga schossen wir viele Tore. Gegen Ende meiner fünften Saison verliess ich Timmendorfer Strand und beendete die Spielzeit in der höchsten deutschen Liga, der DEL. Die Berlin Capitals gaben mir dort eine Chance, ich kam in 16 Spielen zum Einsatz. Gerne wäre ich in der folgenden Saison geblieben, mir wurde aber kein Vertrag angeboten. Im Nachhinein war das eine gute Sache, denn erst dies ermöglichte mir die nächsten drei Jahre, in denen ich in meiner Karriere als Spieler den meisten Spass haben würde: Ich ging nach England und wurde Spieler der Manchester Storm.

Jean-Marc Bosman spielte eine massgebende Rolle bei meinem Wechsel auf die Insel.

Sie erinnern sich vielleicht an den belgischen Fussballer, der mit seiner Klage gegen das damalige Transfersystem Ende 1995 ein Erdbeben auslöste und die Märkte öffnete. Dies galt eineinhalb Jahre später auch im Eishockey, so landete ich im Sommer 1997 in der höchsten britischen Liga BISL. Es war Kurt Kleinendorst, der als neuer Trainer verpflichtet wurde – er erinnerte sich an unsere gemeinsame Zeit in Raleigh und rief mich an. Ich lehnte zunächst ab, weil ich auch Offerten aus Österreich prüfte. Kurt liess nicht locker. «Schau dir Bilder der britischen Liga an! Danach reden wir wieder», sagte er. Heute wäre das ein YouTube-Link. 1997 schickte er mir eine VHS-Kassette per Kurier – am nächsten Tag konnte ich die Spiele anschauen.

Ich war begeistert: Mir gefiel das kanadisch geprägte Eishockey, und es waren 10'000 Zuschauer bei Manchesters Heimspielen im Stadion – was für eine Stimmung!

Dann nannte Kurt die Namen der Spieler, die er ebenfalls nach England holen würde – ich war endgültig überzeugt. Eine Ausländerbeschränkung gab es nicht mehr, und so würden wir in meinen drei Saisons nie mehr als zwei echte Engländer im Team haben. Der Lohn war gut. Ich sagte also zu und sollte es nicht bereuen. Denn auch sportlich waren wir erfolgreich.

Im Europacup spielten wir gegen Top-Clubs wie Dynamo Moskau und überraschten mit Siegen gute Teams aus Schweden, Tschechien oder Finnland. Die Duelle 1999 gegen IFK Helsinki sind mir in besonderer Erinnerung geblieben. Wir überrumpelten sie im Hinspiel zu Hause mit unserem (nennen wir es mal «nordamerikanischen») Stil. In der BISL war Fighting erlaubt, anders als in den meisten europäischen Ligen gab es keinen automatischen Ausschluss vom Spiel. Wir schlugen IFK mit Toren und Fäusten.

Im Rückspiel in Helsinki drei Monate später waren die Finnen aber bereit für die Revanche (und zwischenzeitlich wahrscheinlich im Boxtraining), diesmal waren wir es, die verkloppt wurden. Auf YouTube finden sich ein paar Bilder der beiden Begegnungen. Über 20 Jahre später überraschte mich mein Assistent Saku Martikainen in Kloten eines Tages, als er uns die Clips zeigte und damit für viel Gelächter in der Garderobe sorgte – man sieht auch mich kurz, wie ich auf die Strafbank muss, weil ich wild um mich geschlagen hatte.

Ich genoss meine Zeit in Manchester und nutzte die Zeit, auch Heimspiele der beiden weltberühmten Clubs City und United zu besuchen. Wir trafen Spieler wie David Beckham, Gary Neville oder Ryan Giggs.

Letzterer gehörte zu jenen Fussballstars der Stadt, die auch zu unseren Spielen kamen. Und ich lernte gemeinsam mit zwei Teamkollegen Mike Tyson vor seinem Kampf gegen Julius Francis am 29. Januar 2000 kennen, als wir ihm im Rahmen seiner Pressekonferenz ein Manchester-Storm-Jersey überreichen durften. Das war eine wunderbare Episode – und zwar nicht nur, weil wir ein gemeinsames Foto machten und er ausgerechnet als Boxer Witze über meine Nase und meine Zähne machte. Wir erlebten seine beiden Gesichter hautnah: das böse und das freundliche. Während er in unsere Richtung kam, sahen wir ihn mit seinem typischen Kampfblick, er sah richtig böse aus – alles gespielt, damit man ihn vor dem Kampf in der Öffentlichkeit nicht anders wahrnimmt. Kaum war er bei uns und die Türe hinter ihm zu, wechselte er in den normalen Modus. Mit freundlicher Stimme rief er: «Hallo Jungs! Wie geht es euch? Es freut mich sehr, euch zu treffen!» Er war sehr nett und sehr lustig. Dann verabschiedeten wir uns. Tyson verliess den Raum und Bamm! Sofort war da wieder der Bösewicht.

Im Sommer 2000 kehrte ich nach Deutschland zurück. Es waren immer noch andere Zeiten als heute. Ja, wir hatten Agenten. Als Spieler von Manchester musstest du aber aktiv auf dich aufmerksam machen – die Eisbären Berlin, mein Wunschclub, würden kein aktives Scouting in der britischen Liga betreiben. Also machte ich dasselbe, was Kurt getan hatte:

Ich schickte dem Sportchef der Eisbären, Peter Lee, eine Videokassette mit Highlights von mir als Spieler. Peter schaute sich das Ganze an und richtete meinem Agenten aus, dass er sich aus England noch weitere Informationen über mich besorgen würde – und zwar von Chris McSorley. Ausgerechnet! Der Start von Chris' 20 Saisons langer Ära bei Genf-Servette war noch ein Jahr entfernt. Er coachte da die London Knights in der BISL. Und natürlich machte es Sinn, dass Peter bei Chris nachfragen würde: Die Eisbären Berlin gehörten damals wie die London Knights der Anschutz Entertainment Group aus L.A., die auch den Genf-Servette HC übernehmen und so McSorley ein Jahr später in die Schweiz bringen würden.

Ein paar Wochen zuvor, kurz vor dem Ende meiner Zeit in Manchester, war es aber zu einem Zwischenfall mit Chris gekommen, als wir gegen London spielten. Er schrie während des Spiels von der Trainerbank aus in meine Richtung, als ich vorbeifuhr. Er forderte mich auf, einen seiner Spieler auszuwählen: «Sag mir, welchen du willst!» Irgendetwas an meinem Spiel hatte ihm offenbar nicht gepasst, nun wollte er mich wohl massregeln lassen. Ich aber zeigte auf ihn und schrie zurück:

«Ich will dich, Chris! Nur dich!» Diese Szene kam mir in den Sinn, als ich hörte, dass Lee ausgerechnet McSorley über mich befragen würde. Ich dachte: Das war es wohl mit meinem Transfer zu den Eisbären Berlin. Aber Chris erzählte nur Gutes über mich und empfahl ihm, mich zu verpflichten – Peter Lee war nun endgültig überzeugt von mir.

Ich war wieder zurück in Berlin, diesmal aber der Rivale im damaligen Stadtderby: die Capitals aus Westberlin, die Eisbären aus Ostberlin. Meine allerletzten Spiele mit den Capitals waren Playoff-Duelle gegen die Eisbären – ich erlebte diese Rivalität hautnah. Was ich da noch nicht wusste: Die nächsten zehn Jahre würde ich in Berlin bleiben. Nach drei Saisons trat ich als Spieler zwar verletzungsbedingt zurück, wurde aber Trainer der Junioren und im Anschluss knapp zwei weitere Saisons Cheftrainer der Eisbären.

Sven Berger
«Blindes Vertrauen – der Beginn»

Eine Eishockeykabine ist vieles, auch ein Arbeitsplatz. Bloss, wirklich vergleichen lässt sich dieser für Spieler wie Trainer heilige (und oft übel riechende) Ort nicht mit einem Büro ausserhalb der Sportwelt. Die Emotionen fahren Achterbahn, man kommt sich nahe, näher, als es sich die meisten in gewöhnlichen Arbeitswelten wünschen würden. 25 Menschen feiern und weinen gemeinsam auf engstem Raum. Und manchmal ist die Luft so dick, dass eine Explosion nur eine Frage der Zeit ist.

Sven Berger erinnert sich auch an solche Momente mit Jeff: «Wir gerieten mehrfach aneinander, dann wurden wir laut.» Berger war Spieler in Rapperswil-Jona, Jeff als Trainer wusste, wie er seine Spieler herausfordern kann. Wenn er vor der versammelten Mannschaft den Körpereinsatz bemängelte, dabei aber keine Namen nannte, sondern die ganze Zeit Berger anblickte, dann begann es im Verteidiger zu brodeln. «Hol mich in dein Büro und sag es mir direkt ins Gesicht, wenn du ein Problem mit mir hast! Aber nicht so vor dem ganzen Team», würde er seinem Trainer danach entgegnen.

Die Konfrontation mit den Spielern, auch den Leadern – Jeff gehörte zu jenen Trainern, die sie auch schätzten. Immer die gleiche Meinung? Nein, danke. «Das Schöne aber war», sagt Berger, «dass wir danach wieder gut miteinander auskamen. Immer.» Und indirekt wurde bei diesen Meinungsverschiedenheiten Bergers heutige Karriere nach der Karriere als Eishockeyprofi in die Wege geleitet. Denn auch er würde Jeff herausfordern: «'Zeig mir, was genau du kritisierst!' würde ich sagen. Und das tat Jeff dann auch. Wir schauten uns gemeinsam viele Szenen am Bildschirm nochmals an.»

Berger hatte nie mit einer Trainerkarriere geliebäugelt. Im Gegenteil: «Es war für mich schon früh klar, dass ich nicht nur aufhöre, wenn ich merke, dass mir Energie und Leidenschaft fürs Spiel fehlen, sondern dass ich auch eine Beschäftigung ausserhalb des Eishockeys suche.» Zu oft hatte er während der Karriere bei anderen Spielern das Gegenteil erlebt: Sie spielen einfach weiter, obwohl das Feuer nicht mehr lodert.

Der erste Teil von Bergers Prophezeiung traf ein. Er trat 2019 mit nur 31 trotz eines weiterlaufenden Vertrags zurück. Allerdings ist er dem Eishockey und seinem Club bis heute treu geblieben. «Der Club wollte einen weiteren Assistenzcoach verpflichten, der Sportchef schlug mich vor, Jeff war sofort einverstanden.» Berger gab sich ein

Jahr Zeit: «Entweder gefällt es mir. Und wenn nicht, dann habe ich halt etwas gelernt bezüglich Führungsqualitäten für eine Arbeit in der Privatwirtschaft.» Berger war von der Arbeit an Jeffs Seite begeistert. Es begann eine Freundschaft, die bis zum Lebensende halten wird. «Das kommt im Eishockey-Business nicht so oft vor», weiss Berger. «Auch wenn du es gemeinsam in einer Mannschaft meist gut miteinander hast, verliert man sich in der Regel nach einem Clubwechsel aus den Augen.»

Bergers Rolle in Jeffs Mannschaft entwickelte sich weiter. Die gemeinsamen Diskussionen, auch nach Meinungsverschiedenheiten, erlaubten es ihm, als Sprachrohr des Teams zu agieren: «Ich konnte Jeff ehrliche Rückmeldung im Namen der Mannschaft geben. So begannen wir, uns besser zu verstehen.» Doch erst als Assistent sollte er den Menschen wirklich kennenlernen.

Berger arbeitet mittlerweile im Nachwuchsbereich von Rapperswil-Jona. Wenn er über die verschiedenen Aspekte seiner Arbeit spricht, in denen er sich von Jeff inspirieren lässt, dann erwähnt er kaum Eishockey. «Ja, wir spielten unter ihm zwar cooles Eishockey, sein Spielstil war kanadisch geprägt: aggressiv und mit viel Puckbesitz.»

Einigen jener Methoden, die als modern gelten, habe sich Jeff nicht anpassen wollen, sagt Berger. «Er vertraute lieber seinem Instinkt.»

Berger beschreibt Jeff rückblickend als einen Trainer, der eher ein Psychologe gewesen sei: «Verfügst du über eine so gute Menschenkenntnis, dann weisst du, wie du jedem Spieler eine passende Rolle geben kannst. Und zwar eine, die dieser auch akzeptiert. Das konnte Jeff.» Zum Ende seiner Karriere hatte dies Berger selber erlebt. Er hatte nach vielen Jahren Rapperswil-Jona für mehrere Saisons verlassen. Doch er kehrte zu seinem Club zurück. Jeff bewegte Berger, der damals in der höchsten Liga in Ambri-Piotta spielte, zur Rückkehr, obwohl der Club zu jenem Zeitpunkt zweitklassig war. «Eigentlich wollte ich noch nicht», erinnert sich Berger an dieses Gespräch. «Doch dann fragte mich Jeff, ob ich nicht wieder Lust auf eine offensivere Rolle hätte, so wie ich früher spielte. Ich wusste schon auf dem Heimweg, dass ich zusagen würde. Und es war der beste Entscheid meiner Karriere.»

Doch etwas anbieten, ist das eine. Später auch Wort zu halten, das andere. «Jeff ist ein sehr guter Verkäufer», sagt Berger und lacht. «Ich sagte ihm immer, dass aus ihm auch ein guter Autohändler geworden wäre. Und ich meine das im positiven Sinne.

Denn er ist auch ehrlich und nicht bloss ein Schauspieler. Als ich nach Rapperswil zurückkehrte, war alles so, wie er es versprochen hatte.»

Bergers erste Saison unter Jeff war das perfekte Jahr Rapperswil-Jonas: B-Meister, Aufstieg und Cup-Sieg als unterklassiger Club mit einem 7:2-Triumph im Final gegen Rekordmeister Davos. «Ein so gutes Jahr erlebte ich nie mehr», sagt Berger. «Und wir hatten einen richtig guten Zusammenhalt in der Mannschaft. Alles passte.» Jeffs Anteil? Gross. «Jeff wusste, wie man eine Mannschaft zusammenstellt und wie man sie führt. Wann er streng sein und wann er Freiraum gewähren musste. Dafür hat er ein grossartiges Gespür.»

Jeffs Assistent zu werden, hiess für Berger auch, seine Leidensgeschichte näher mitzuerleben. Er fragte sich: «Warum passiert all dies einem so guten Menschen?» Kaum im Amt, fühlte Berger mit ihm mit, als Jeff Ende 2019 die Mannschaft wegen seiner Nierentransplantation verlassen musste. Auch versuchte er, ihn zu bremsen, als Jeff für alle offensichtlich zu früh wieder in die Eishalle zurückkehrte. «Ich fragte ihn: Bist du sicher?», erzählt Berger. «Er sagte uns, dass er die Nähe der Mannschaft brauche, weil sie ihm Energie gebe. Und er dachte wohl auch, dass er uns ansonsten im Stich lassen würde. Obwohl das natürlich nicht der Fall gewesen wäre.»

Keiner im Team konnte ahnen, wie sich eineinhalb Jahre später all diese Fragen wieder stellen würden. Und wie nahe Jeffs Schicksal allen gehen würde.

Eines blieb gleich, erzählt Berger: «Jeff wollte auch bezüglich seiner Augenprobleme nicht, dass sich andere um ihn sorgen. Er wollte zunächst nicht einmal, dass irgendjemand etwas merkt.» Einen Monat lang hiess es für Berger und Niklas Gällstedt, den anderen Assistenten, dafür zu sorgen, dass die Mannschaft zumindest nicht das ganze Ausmass von Jeffs Problemen mitbekommt.

«Es musste unter uns bleiben», erinnert sich Berger. Natürlich ahnten einzelne Spieler, dass etwas nicht stimmte. Sie fragten dann auch Berger: Was ist los mit Jeff? «Ich bin ein sehr korrekter Mensch. Ich kann und wollte nicht lügen. Also sagten wir den Spielern, dass Jeff seine schlechte Situation akzeptiere und sie dies auch tun sollen. Es gehe nun nur darum, die gemeinsame Zeit gut abzuschliessen. Wir wussten ja bereits, dass uns Jeff Ende der Saison verlassen würde.»

Es gab aber auch einiges zu improvisieren. Jeffs Ansprachen hatten Berger bereits als Spieler immer fasziniert: «Er weiss, wie er dich packen kann. Dazu gehört auch seine Stimme. Darum war es weiterhin wichtig, dass die Spieler ihn hören.»

Doch was soll man sagen, wenn man das Geschehen auf dem Spielfeld nicht mehr sieht? Jeff sei nie ein Coach gewesen, der seine Reden auswendig lernte, sondern auch in diesen Situationen instinktiv kommunizierte, erzählt Berger. Doch nun brauchte Jeff Hilfe und musste, zumindest was die taktischen Anweisungen anging, genau das tun: vorbereitete Dinge sagen. «Also übten wir die Reden gemeinsam ein.»

Vor den Trainings blieb ja genug Zeit, um Reden zu üben. Eine besondere Herausforderung wurden die Spiele. Aber in der Hektik einer Partie und dem sehr eng begrenzten Rahmen einer nur 15 Minuten dauernden Drittelpause? Hier war Berger als Unterstützer besonders gefordert: «Während des Spiels übernahm ich das Coaching der Stürmer und hielt Jeff auf dem Laufenden, was auf dem Eis passiert.» Für die Ansprachen in den Pausen fasste Berger für Jeff so kurz wie möglich zusammen, welche Bilder er der Mannschaft nun zeigen würde, damit der Cheftrainer gleichzeitig die entsprechenden Worte frei zu den Spielern sagen kann. «Um zu erkennen, was auf dem Bildschirm lief, hätte er derart nahe danebenstehen müssen, dass er fürchtete, dass die Jungs merken, dass da etwas nicht stimmt.» Jeff musste sich also vor versammelter Mannschaft in der Pause eines wichtigen Playoff-Spiels darauf verlassen, dass die Abstimmung mit seinem Assistenten klappt.

Und dass er etwas erzählt, das tatsächlich auf dem Eis passiert war. Etwas, das gerade für alle anderen sichtbar auf dem Bildschirm gezeigt wird. Und vor allem etwas, das er selber nicht gesehen hatte.

«Er schenkte mir blindes Vertrauen», sagt Berger, der unter maximalem Druck in einer neuen Situation funktionieren musste. «In dieser Zeit habe ich sehr viel dazugelernt.»

Es waren intensive vier Wochen vom ersten Spiel mit Jeffs neuer Situation in Biel bis zum Saisonschluss und dem Aus zu Hause gegen Zug. Im Schnitt fast jeden zweiten Tag ein Spiel. Die Auswärtsspiele wurden zur besonderen Herausforderung. Es ging darum, Jeff unfallfrei und unauffällig vom Bus in die Garderobe zu bringen. Diese Aufgabe übernahmen jeweils Berger und Gällstedt. «Einer lief vor Jeff, der andere hinter ihm», erklärt Berger. «Jeff tat mir in diesen Momenten leid. Doch die Spieler durften nichts davon mitbekommen.»

Es waren die Rückfahrten von den Spielen in Lugano und Zug, die Jeff besonders in Erinnerung blieben: Die Stille im Bus, die Nähe zu den Assistenten, das Herauszögern der Einsamkeit zu Hause. Berger will die Nähe aber nicht auf diese Momente reduzieren: «Wir unternahmen schon vorher vieles gemeinsam und verbrachten mehr Zeit miteinander als mit unseren Partnerinnen.» Dafür sorgte auch Jeffs strikte Morgenroutine: «Als ich als Assistenztrainer anfing, war für ihn klar, dass wir uns bereits um 7 Uhr in der Halle treffen würden», erzählt Berger, der sich als Spieler gewohnt gewesen war, erst um 9 Uhr aufzutauchen. «'Willkommen im Leben eines Coaches', sagte er.»

In der Garderobe sprachen die drei Trainer dann über alles Mögliche, inklusive Privatem. «Ich denke, dass ein Coaching Staff so harmonieren muss, wie das bei uns der Fall war», sagt Berger. «Ich genoss darum nicht nur die gemeinsamen Auswärtsfahrten, sondern die gesamte Zeit zusammen.» Nur ein Thema war bis zum Ende tabu: «Jeff wollte nicht, dass wir ständig über seine Probleme reden», sagt Berger. «Also vereinbarten wir mit ihm, dass er sich melden würde, sobald er Hilfe benötigte.»

Wenn er auf den letzten Monat als Jeffs Assistent zurückblickt, erzählt Berger von Erinnerungen, die wenig mit dem Eishockey zu tun haben: «Jeff, Niklas und ich sind uns in vielem ähnlich. Wir sind alle sehr positiv eingestellte Menschen.» Berger weiss, dass er damit nicht immer auf Verständnis stösst: «In meinem Umfeld kann ich damit hin und wieder nerven, ich wurde auch schon gefragt: ‚Wie kannst du immer so sein?'.»

Die Antwort sei einfach, sagt Berger: «Ich habe nicht nur aus schönen Erfahrungen gelernt. Es gibt zwei Optionen: Du lässt dich runterziehen. Oder du sagst: ‚Es geht weiter.'» Hier habe er sich in Jeff erkannt: «Er jammerte nie. Er fand das Positive in seiner Situation darin, dass er wenigstens noch ein ganz kleines bisschen sieht. Anderen würde es noch schlechter gehen.»

Das Ende der gemeinsamen Zeit zögerte die Mannschaft mit Siegen weiter hinaus, als es die meisten für möglich gehalten hatten. Rapperswil-Jona, als krasser Aussenseiter in die Saison gestartet, wurde erst im Halbfinale vom späteren Meister EV Zug gestoppt. Das letzte Spiel fand zu Hause statt, auch für das Trainerteam hiess es Abschied zu nehmen. Berger blieb im Club, Jeff und Niklas Gällstedt hatten neue Arbeitgeber gefunden. «Das Mühsamste an diesem Beruf ist, dass du dich irgendwann trennen musst», sagt Berger und erzählt vom letzten Abend: «Die ersten Tränen flossen kurz vor dem Spielende auf der Bank und erst recht nach Jeffs Abschiedsrede in der Kabine.»

Der Kontakt brach nicht ab. Jeffs Geschichte wurde auch die Geschichte des eng verbundenen Trainertrios. «Wir sprechen immer noch regelmässig», sagt Berger. «Ich habe Jeff in Düsseldorf besucht, er mich in Rapperswil. Jeff und Nick gab ich sofort Bescheid, als ich mich verlobte – sie werden immer ein Teil meines Lebens bleiben.»

Nur auf diese eine Begegnung hätte Berger verzichten können: Jeff übernahm nach seinem Abgang Kloten und stieg am Ende der Saison mit seinem neuen Club gleich auf. Folglich kam es danach zum Direktduell: Kloten gegen Rapperswil-Jona, für Berger kein Auswärtsspiel wie jedes andere.

«Das war richtig schwierig. Kloten ist eh schon speziell, da eine Rivalität zwischen den Clubs existiert. Und da war nun auch noch Jeff mit dem Kloten-Logo auf dem Pullover.» Es habe ihn gefreut, zu sehen, dass es seinem früheren Chef gut ging. «Dennoch war es das speziellste Spiel, das ich als Coach je erlebt habe. Ich mochte mir gar nicht vorstellen, wie es für ihn gewesen sein muss. Ich war froh, als das Spiel zu Ende war.» Zum Treffen danach kam es nicht. «Wir sprachen erst am Tag danach miteinander», erklärt Berger. Und das mit Absicht: «Ich ging ihm am Spieltag aus dem Weg. Ich wusste, dass für ihn dieser Tag auch ohne unsere Begegnung emotional wohl nur schwierig zu bewältigen war. Ich wollte ihm nicht noch zusätzlichen Stress bereiten.»

Die Frage geht auch an Berger: Warum wurde Jeffs unglaubliche Geschichte bis jetzt nie publik? «Das liegt für mich auf der Hand», sagt er ohne Zögern. «Der Respekt der Menschen, die Jeff begegnet sind, ist viel zu gross, als dass sie ihm Schaden zufügen wollten. Für mich ist das die grösste Wertschätzung, die ein Mensch erfahren kann.»

Kapitel 4: Warum Trainer werden?

Als ich im Jahr 2002 meinen Rücktritt gab, war ich erst 32 Jahre alt. Der Entscheid fiel nicht freiwillig: Eine im Training erlittene schwere Knieverletzung zwang mich dazu. Ich habe seither das Morbus-Sudeck-Syndrom im rechten Knie. Sie haben noch nie davon gehört? Das ist besser, ich wünsche es niemandem.

Ich kämpfe bis heute mit den Schmerzen, auch 20 Jahre später. Mein rechtes Bein funktioniert nicht mehr normal. Ich kann zum Beispiel keine Muskeln mehr aufbauen. Ich habe gelernt, dass man auf Deutsch umgangssprachlich von der «Arschkarte» spricht. Was meine Gesundheit betrifft, habe ich diese dreimal gezogen. Das Morbus-Sudeck-Syndrom im Knie war die erste, Niere und Augen sollten später dazukommen.

Meine Spielerkarriere war 2002 vorbei. Ich hatte aber keine Ambitionen auf einen Trainerjob. Im Gegenteil, ich konnte mir das überhaupt nicht vorstellen. Es gibt Spieler, die bereits während der Karriere spüren, dass sie zum Coachen und Ausbilden berufen sein werden – ich gehörte nicht dazu. Ich erinnere mich gut, wie ich als Spieler sagte: «Aus mir wird nie ein Trainer.»

Meine Vorstellung vom Dasein des Eishockey-Trainers war nämlich die: Es ist wie das der Spieler – einfach schlimmer. Denn machst du es richtig, ist der Job extrem zeitintensiv. Ich hatte in jenem Moment keine Lust darauf, ich wollte einfach mal ein normales Leben führen: Einer geregelten Arbeit nachgehen, freie Wochenenden haben und diese mit meinen Kindern und meiner Ehefrau verbringen. So hatte ich mir das Leben nach der Spielerkarriere immer vorgestellt.

Es war der Sportchef der Eisbären, Peter Lee, der mich in den Trainerjob zog. Offenbar sah er grosses Potenzial in mir. Nur so kann ich mir erklären, wie viel Zeit, Aufwand und Geld er investierte, um mir zur bestmöglichen Ausbildung als Coach zu verhelfen. Peter ist auch in der Schweiz bekannt. Mitten in seiner 21 Jahre langen Karriere als Sportchef der Eisbären arbeitete er von 2002 bis 2010 nebenbei als Assistenzcoach von Ralph Krueger bei der Schweizer Nationalmannschaft.

Da ich bei meinem Rücktritt als Spieler Ende 2002 bei den Eisbären immer noch über einen Vertrag bis 2004 verfügte, fragte Peter, ob ich während meiner Knietherapie nicht Lust hätte, im Club bei allen möglichen Stufen bis hinunter zu den 15-Jährigen reinzuschauen und ihren Coaches auch im Training auszuhelfen. Ich sagte zu.

Vieles gefiel mir, die Arbeit mit den Spielern bereitete mir immer mehr Freude. Der Appetit war also da, aber es brauchte noch mehr Zeit. Denn als die Saison 2003/04 vorbei war, hatte sich nicht viel in meinem Denken verändert: Ich hatte nach wie vor keine grossen Ambitionen auf einen Job als Trainer.

Im Sommer kehrte ich zurück nach Raleigh, wo Ginny und ich mit dem Bau eines neuen Hauses begannen. Ausserdem plante ich, die Schulbank zu drücken und mich in Business weiterzubilden. Doch Peter liess nicht locker. Er rief mich an und offerierte mir den Job für die nächste Saison als Hauptverantwortlicher des Farmteams der Eisbären – einer Nachwuchsmannschaft, die als Sprungbrett für junge Talente in die Profimannschaft dient.

Die Mannschaft bestand vorwiegend aus Junioren, die in der 3. Liga an der regulären deutschen Meisterschaft teilnahm. Dort würde ich einige junge Spieler eines goldenen Jahrgangs trainieren. Jungs, die später zu Nationalspielern und mehrfachen deutschen Meistern mit der 1. Mannschaft wurden: Frank Hördler, Florian Busch, André Rankel. Auch Constantin Braun spielte in diesem Team. Das ist deshalb so besonders, weil er später die Schwester meiner zweiten Ehefrau Andrea heiratete und damit mein Schwager ist.

Dieses Angebot von Peter gefiel mir – die Zusage folgte prompt.

Dass ich als Nachwuchstrainer begann, war das Beste, was mir passieren konnte. Ich finde es total falsch, wenn du als Coach sofort bei den Profis startest. Du verpasst so einen Grossteil der nötigen und wichtigen Grundausbildung. Man IST nicht von einem Tag auf den anderen Coach, selbst wenn man diesen Titel trägt und dafür bezahlt wird. Man WIRD ein Coach, und diese Entwicklung kann Jahre dauern. In meinen drei Saisons mit den Junioren der Eisbären lernte ich die Grundlagen: Dazu gehört, wie du mit den vielen unerwarteten Herausforderungen umgehst, auf die du zwangsläufig treffen wirst. Gerade bei der Arbeit mit dem Nachwuchs passieren in deinem Alltag jede Menge unvorhergesehene Dinge oder Missgeschicke. Erst wenn du diese Challenges bewältigst, wirst du flexibel genug für den Job. Ausserdem lernst du auch, dich nicht die ganze Zeit ablenken zu lassen. Es läuft nicht immer alles so wie erhofft. Dies beginnt im Trainingsalltag. Um ein simples Beispiel zu nennen: Plötzlich erscheinen am Morgen aus diversen Gründen viel weniger Spieler als geplant. Vielleicht ist unter den Fehlenden ein Torwart – vielleicht fehlen auch zwei. Was machst du nun? Wie organisierst du das Training? Mit solchen banalen Problemen wirst du bei den Profis kaum konfrontiert.

Wegen der vielen Talente im Team wurde ich bei den jungen Eisbären im Umgang mit Spieleragenten geschult – eine wichtige Lernerfahrung für die spätere Zeit als Profitrainer. Die Berater wollen natürlich schon bei den Junioren, dass ihre Klienten besonders gute Bedingungen vorfinden. Da konnte es Diskussionen geben: Zwei Torhüter der Junioren-Nationalmannschaft spielten in meinem Eisbären-Team, wir versuchten, beide regelmässig und abwechselnd einzusetzen. Das hiess logischerweise auch, dass der jeweils andere Ersatz war.

Dazu kam noch, dass derselbe Agent beide Torhüter vertrat und damit ebenfalls ein Interesse an ihren Einsätzen hatte. Also fragte ich hin und wieder ihn, welchen ich einsetzen solle. Er müsse aber davon ausgehen, dass beim einen die Mutter und beim anderen der Vater für Probleme sorgen würde, wenn der eigene Sohnemann nicht oft genug spielt.

Den ersten Schritt als Trainer hatte ich also geschafft, doch das reichte meinem Förderer Peter Lee noch nicht. Er ermunterte mich nicht nur, an diversen Trainer-Symposien teilzunehmen, er bezahlte mir diese auch. Er wollte, dass ich immer mehr lerne. Darum schickte er mich im Sommer 2007 zu Ilves Tampere nach Finnland. Dort sollte ich mir aus der Nähe anschauen, wie Eishockeyteams funktionieren.

Und vor allem, wie bei den Finnen mit dem Nachwuchs gearbeitet wird. Das war eine unglaublich lehrreiche Erfahrung, die mich prägte.

Peter förderte mich immer weiter. Das galt auch für den nächsten Schritt: Nach drei Jahren als Nachwuchstrainer wurde ich Don Jacksons Assistenzcoach im Profiteam der Eisbären. Drei Saisons arbeitete ich mit Don, bevor ich im Sommer 2010 Berlin verliess. Zuvor durfte ich im Februar als Video-Coach der deutschen Nationalmannschaft nach Vancouver an die Olympischen Spiele reisen. Das hatte Peter auch eingefädelt. Genauso war er es gewesen, der mir dank unseres gemeinsamen Teambesitzers, der Anschutz Entertainment Group, ermöglicht hatte, gleich zwei Mal im Sommer im jährlichen Trainingscamp der Los Angeles Kings dabei zu sein. Ich durfte im Rookie Camp, an dem die jüngsten Talente der Organisation teilnahmen, mit dem Trainerteam arbeiten und mir ein Bild davon machen, wie in einer NHL-Franchise gearbeitet wird. Ich kann also zweifellos sagen: Peter Lee stellte sicher, dass aus mir ein Eishockeytrainer werden würde. Dennoch verliess ich Peter und die Eisbären Berlin gleich zweimal.

Das erste Mal 2010, als ich aus Düsseldorf ein Angebot erhielt, zum ersten Mal Cheftrainer in der DEL zu sein – diese Chance wollte ich mir nicht entgehen lassen.

Zwei Jahre blieb ich bei der DEG, im ersten Jahr kamen wir bis in die Playoff-Halbfinals. Viel wichtiger war aber: In der zweiten Saison lernte ich Andrea kennen, meine heutige Ehefrau. Ihre Heimat Düsseldorf ist auch mein Zuhause geworden.

Es gibt eine Redewendung, die besagt, dass du erst dann ein richtiger Coach bist, wenn du das erste Mal mitten in der Saison gefeuert wurdest. Es ist ein ganz anderes und viel intensiveres Gefühl, als zum Saisonende zu erfahren, dass der Vertrag nicht verlängert wird. Dennoch lernst du bei einer Entlassung sehr viel für die Zukunft. Zum einen verlierst du die Angst vor der Entlassung. Bevor ich das erste Mal gefeuert wurde, fürchtete ich mich vor diesem Moment. Dann, nach dem ersten Mal, stellst du irgendwann fest: Das Leben geht weiter.

Mein «erstes Mal» war 2012 in Nürnberg – und diese Entlassung tat meinem Ego wirklich weh. Ich war erst gerade aus Düsseldorf gekommen und dachte, dass wir in Nürnberg gemeinsam etwas aufbauen würden. Doch dann war ich nach ein paar Monaten bereits wieder weg.

Ich erlebte hautnah, wie es in einer Organisation mit einem hoch emotionalen Besitzer und Geldgeber, wie es Thomas Sabo war, sein kann.

Es war 2012/13, eine spezielle Spielzeit, die Lockout-Saison in der NHL. Da der Spielbetrieb der Liga ruhte, waren die weltbesten Superstars des Eishockeys plötzlich für europäische Clubs verfügbar.

Wir entschieden uns in Nürnberg als eines der wenigen DEL-Teams aber, auf keinen dieser Spieler zu setzen, da niemand wusste, wann der Streik in der NHL zu Ende sein würde und die Spieler nach Nordamerika zurückkehren würden.

Und wir trafen einen weiteren mutigen Entscheid: Da wir zu Saisonbeginn viele verletzte Athleten hatten, heckten wir den Plan aus, junge Spieler aus dem Farmteam in die 1. Mannschaft zu holen: Zum Beispiel Yasin Ehliz oder Leo Pföderl – aus den beiden grossen Talenten wurden später Topspieler in der deutschen Nationalmannschaft. Für so einen Plan hätten wir natürlich auch etwas Geduld im Club benötigt. Doch als wir im Dezember drei Niederlagen in Serie kassierten, entschied Sabo: Das reicht! Ich wurde gefeuert, obwohl ich einen Zweijahresvertrag hatte.

Stellte ich da meine Fähigkeiten als Coach infrage? Nein. Vielmehr hinterfragte ich dieses sogenannte System mit dem sehr reichen Teambesitzer. Einem, der wenig von Eishockey versteht, sich aber häufig in das Sportliche einmischt. Ich weiss, dass ich dieses «System» nicht ändern kann. Weil es sich in bestimmten Clubs einfach nicht ändern lässt. Du kannst nicht mit diesen Besitzern gewinnen, aber auch nicht ohne sie – sie bezahlen die Löhne.

Wie wertvoll Geduld sein kann, erlebte ich später bei Rapperswil-Jona. Bei meinem ersten Schweizer Club wird meist nur der Aufstieg in die höchste Liga erwähnt. Bevor wir diesen im dritten Anlauf schafften, hatten wir aber zwei Finale verloren. Zwei verlorene Finale hintereinander? Bei einem Club mit einem reichen, emotionalen Besitzer hätte ich wohl kaum die dritte Chance erhalten …

Lange arbeitslos blieb ich nicht. Ich kehrte für die Spielzeit 2013/14 zurück zu den Eisbären nach Berlin, wo Peter Lee immer noch als Sportchef amtete. In meiner zweiten Saison feuerte er mich dann aber noch vor Weihnachten. Dieses Mal fühlte sich die Entlassung aber ganz anders an. Sie war eine Erlösung. Ich hätte nicht nach Berlin zurückkehren dürfen, das war mein zweiter grosser Fehler innerhalb von zwei Jahren – zum ersten komme ich auch noch gleich.

Wegen meines Egos bin ich zurück nach Berlin. Sieben Titel in neun Jahren.

Die grossen Eisbären nun als Headcoach führen zu können – dieses Gefühl überwältigte mich. Doch die Mannschaft hatte sich in der Zwischenzeit verändert. Sie befand sich im Umbruch und war deutlich jünger und unerfahrener. Die Erwartungshaltung hingegen war dieselbe geblieben: Wir sind die Eisbären, also spielen wir um den Titel! Und so kommunizierte der Club auch gegenüber Medien und Fans. Wir konnten diese hohen Erwartungen unmöglich erfüllen.

Meine zweite Trennung von den Eisbären war entsprechend kurios. Das erste Jahr überstand ich noch trotz eines achten Ranges. In der Saison danach war es aber soweit: Ich wurde im Dezember 2014 durch den früheren langjährigen deutschen Nationaltrainer und NHL-Spieler Uwe Krupp ersetzt. Aber eben: Diese Entlassung kam mir wie eine Erlösung vor, so toxisch war die ganze Situation im Club geworden. Ich spürte längst, dass ich Berlin Ende Saison im Sommer 2015 wieder verlassen und nicht bleiben wollen würde.

Peter war auch in dieser schwierigen Situation ehrlich: Er teilte mir mit, dass die Eisbären Krupp bereits für die nächste Saison verpflichtet hätten und nun den Wechsel schon vorzeitig vollziehen würden. Immerhin war mein Abgang erfolgreich: Vor meiner Entlassung gewannen wir drei Mal hintereinander.

Dennoch konnte ich Peters Entscheid verstehen. Ich sah mich zwar nicht als Problem der Misere – sogar Peter bestätigte mir dies nach meiner Entlassung. Aber ich war auch nicht mehr der richtige Trainer, um die Probleme zu lösen. Also musste er etwas unternehmen. Weil wir auf diese ehrliche und anständige Weise auseinandergingen, hat auch unsere Beziehung nicht gelitten. Ich respektiere Peter Lee bis heute genau so, wie ich es in meiner Anfangszeit in Berlin tat.

Es war aus meiner Sicht wohl menschlich gewesen, zum alten Club, zur grossen Liebe, zurückzukehren, wenn der Ruf ertönt. Und auch wenn dieser Entscheid sich als falsch entpuppte, lernte ich etwas Wichtiges: Nimm als Trainer nicht jeden Job an, der dir angeboten wird. Und ich lernte schnell, sehr schnell. Ich hätte kurz nach meiner Entlassung in Berlin bereits wieder arbeiten können: Ein DEL-Team bot mir sofort einen Vertrag an, sogar bis zum Ende der darauffolgenden Saison. Es war aber smart, Nein zu sagen. Weil ich tief in mir spürte, dass ich diesen Job nicht wollte.

Ich hatte zuvor von zwei grossen Fehlern gesprochen. Zwei Jahre zuvor war ich nicht so weise und verliess Düsseldorf für ein besseres finanzielles Angebot aus Nürnberg. Ich lief hinter dem Geld her – und wurde entlassen.

In Düsseldorf zu bleiben, wäre die bessere Option gewesen. Der Club bot mir eine Vertragsverlängerung an. Ja, ich hätte bleiben sollen, selbst im Wissen, dass uns mit einer klar schwächeren Mannschaft schwere Zeiten bevorstanden – nach meinem Abgang wurde Düsseldorf dann in der Tat zwei Mal hintereinander Tabellenletzter.

Nach Nürnberg war ich wegen des deutlich besseren Gehaltes gewechselt. Das war im Nachhinein ähnlich unklug wie mein Entscheid zur Rückkehr nach Berlin, bei dem ich mich zu sehr von meinem Ego leiten liess. Doch diese Lektion gelernt zu haben, half mir beim Entschluss, nach dem Aus in Berlin bei Rapperswil-Jona zu unterschreiben. Die Zusage an Rapperswil-Jona fühlte sich richtig an. Es spielte dabei überhaupt keine Rolle, dass die Lakers nur in der zweithöchsten Schweizer Liga spielten. Ich spürte, dass wir da etwas aufbauen konnten, was uns mit dem Aufstieg nach drei Jahren auch gelang.

Ähnlich war es übrigens, als ich dann zum EHC Kloten wechselte. Es gab Alternativen: Angebote aus der DEL und von anderen Schweizer Mannschaften. Zudem bewarb ich mich für einen Posten bei einem Grossclub in der National League, der sich dann aber für einen anderen Coach entschied. Zum Glück. Denn tief in mir spürte ich, dass sich nur die Herausforderung in Kloten als die richtige anfühlte.

Garth Brooks, der berühmte Country-Musiker, sang einst: «Sometimes I thank God for unanswered prayers» – Hin und wieder danke ich Gott für unbeantwortete Gebete. Welch passende Worte.

Melvin Nyffeler «Der Tag wird kommen: Jeff ist geheilt.»

Ihre Hände kommen Jeff nahe, doch zum Kontakt kommt es nicht. Abtasten, aber mit Abstand, ohne zu berühren. Das tut sie nie. Sie möchte auch nicht wissen, welche Beschwerden ihre Patienten haben. Sie will es selbst herausfinden. Neben Jeffs Ohren kommen ihre Hände zum Stillstand. Sie fragt: «Du siehst nichts mehr? Mit deinen Sehnerven stimmt etwas nicht.»

Zwei Jahre vorher sass Melvin Nyffeler auf demselben Stuhl, auf dem es sich nun sein Trainer bequem gemacht hat. Nyffeler hatte sie vor zwei Jahren aufgesucht. «Heilerin» nennt sie Nyffeler bis heute. Ein Teamkollege hatte sie empfohlen. Wenn nichts mehr helfe, könne sie auf ihre ganz eigene Art und Weise heilen. Wer sie ist? Eine ältere, pensionierte Frau. Mehr will und darf er nicht verraten, sagt Nyffeler. Sie möchte ihre Identität nicht preisgeben.

Nyffeler ist Torhüter in Rapperswil-Jona, in der Playout-Serie 2019 gegen Davos hatte ihm ein harter Schuss die Rippen gebrochen. Es stand viel auf dem Spiel, Aussetzen war keine Option.

Durch die folgende Partie hatte er sich mit starken Schmerzmitteln gekämpft. Für die Stelle des Bruchs hatte ihm der Materialwart einen zusätzlichen, fünf Zentimeter dicken Panzer gebastelt, falls es zu einem weiteren Schuss an den exakt gleichen Ort kommen würde. Eine schmerzstillende Spritze hingegen kam nicht infrage. Noch nicht. Playout, das ist die Serie zwischen Zweitletztem und Letztem der höchsten Liga. Der Verlierer muss danach in die Ligaqualifikation gegen den B-Meister, wo es dann um Auf- und Abstieg geht. Um Sein oder Nichtsein. Da die Spritze nur während eines kurzen Zeitraumes eingesetzt werden sollte, wurde sie bei Nyffeler für jene Spiele aufgespart.

Die Schmerzen waren aber so stark, dass sich Nyffeler entschied, die Heilerin aufzusuchen. «Ich bin offen für solche Sachen», sagt er. «Ich kann aber verstehen, wenn andere dies als Hokuspokus abtun.» Seine erste Begegnung beschreibt er so: «Sie scannte meinen Körper mit ihrer Hand, berührte mich aber nicht. Sie stoppte bei meinen Rippen und sagte: 'Du hast hier etwas gebrochen?' Ich nickte. Danach fuhr sie weiter und stoppte oberhalb des Beckens und sagte: 'Hier hast du grosse Schmerzen?' Wieder bejahte ich. Das sei das Blut, das vom Bruch runtergelaufen sei, erklärte sie. Nach 30 Minuten Behandlung hatte ich kaum noch Schmerzen, erst gegen Abend waren sie wieder leicht zu spüren.

Ich war mir darum nicht sicher, ob die Nachwirkungen des Schmerzmittels auch geholfen hatten. Ich ging in den nächsten Tagen zwei bis drei Mal pro Woche zu ihr. Und nach der Saison war ich praktisch geheilt. Ich war mit meiner Partnerin in Thailand in den Ferien und spürte praktisch nichts mehr. Ich ging danach immer wieder zu ihr, wenn ich Probleme hatte.»

Im Sommer 2021 fährt Nyffeler wieder zur Heilerin, er will, dass sie sich Jeff anschaut.

Melvin Nyffeler und Jeff Tomlinson. Der Goalie bezeichnet ihre Beziehung heute als «Love Story» zwischen Trainer und Spieler. Jeffs Geschichte ging all seinen Athleten nahe. «Ich glaube aber nicht, dass Jeffs Beziehung zu einem Spieler je so eng war wie jene zu mir», sagt Nyffeler. Vielleicht half dabei ihre erste Begegnung. Als Jeff im Sommer 2015 nach Rapperswil-Jona wechselt, kennt er keinen seiner neuen Spieler. Mit einer Ausnahme von jemandem, der ebenfalls neu zum Club gestossen ist, wie er beim ersten Treffen mit der Mannschaft verrät. «Er zeigte auf mich», erzählt Nyffeler, «und sagte: 'Nyff' hat mir in Berlin in den Arsch getreten, ein paar Wochen danach wurde ich entlassen.» Die Rede ist vom Spiel in der Champions League ein Jahr zuvor. Nyffeler, damals noch im Tor des HC Fribourg-Gottéron, gewann bei den Eisbären 2:0.

Näher kommen sich die beiden schon kurz nach Jeffs Start in Rapperswil-Jona, als sie gemeinsam zu einem Golfturnier mit Eishockeyspielern fahren. «Da lernte ich Jeffs Humor und seine Persönlichkeit erstmals kennen», erzählt Nyffeler. Er habe seinen neuen Trainer auf der Hinfahrt zu seinen Fähigkeiten als Golfer befragt. «Jeff antwortete, dass er nicht mehr golfe, das sei schon lange her.» Er würde also keine grosse Hilfe im Duell mit den Jungs von den anderen Teams werden. «Wir gingen zunächst auf die Driving Range, um uns einzuspielen. Jeff nahm seinen ersten Ball und haute diesen 300 Meter weit», erzählt Nyffeler. «Ich wollte protestieren, doch da holte er schon für seinen zweiten Schlag aus. Sein Driver brach beim Schlag entzwei, dennoch flog der Ball etwa bis zur 250-Meter-Marke. Ich schaute ihn mit offenem Mund an und sagte: Was meintest du mit 'Ich golfe nicht'? Willst du mich auf den Arm nehmen?» Jeff habe bloss mit den Schultern gezuckt und mit einem Lächeln auf den Lippen gesagt: «Ich golfe nicht. Ich habe bloss Golf gespielt, als ich noch klein war.»

Die Beziehung zu Torhütern ist für Cheftrainer im Eishockey speziell. Die Chance ist gross, dass sie bei Goalie-Themen keine wirklichen Experten sind. Oder wie es ein Trainer aus der NHL einmal sagte: «Das Goalie-Zeug ist wie Voodoo. Ich überlasse das darum dem Torwart-Trainer.»

Dies ist im Profi-Eishockey üblich. Die Beziehung zwischen Torwart und Torhüter-Trainer kann so eng sein, wie sie es Feldspieler und ihre Coaches kaum je erleben. Dies wiederum bedeutet, dass sich Cheftrainer und Torhüter nicht allzu nahe kommen. Bei Nyffeler und Jeff entwickelt sich dies aber anders.

Was man bei Nyffeler wissen muss: Er ist als junger Goalie kein einfacher Typ. Dies hat auch mit seiner Grösse zu tun. Mit 1,78 Meter ist er für einen Eishockey-Torwart eher klein. «Ich musste darum in meiner Karriere immer wieder gegen viele Vorurteile kämpfen», sagt Nyffeler. Er habe sich deswegen besonders profilieren wollen. Er habe betont zeigen wollen, dass er jemand sei. Dieser Jemand sei er aber gar nicht gewesen: «Bei Jeff war das plötzlich anders», sagt Nyffeler. «Ihn störte mein spezieller Charakter nicht. Ich konnte ganz einfach ich selbst sein. Unter ihm entwickelte ich mich darum auch als Mensch.» Dies treffe auf viele weitere Spieler zu: «Es ist der Umgang mit den Menschen, der Jeff als Trainer besonders macht.»

2015 wechselte Nyffeler nach Rapperswil-Jona, er nennt drei Menschen, die ihn in diesem Club besonders geprägt und seine Karriere massgebend beeinflusst haben: Tom Schlegel, sein langjähriger Goalie-Trainer, mit dem er schon als Junior in Zürich zusammenarbeitete.

Markus Bütler, der Sportdirektor, der im Club zu seinem Mentor wurde. Und Jeff. «Jeff verdanke ich so vieles», sagt Nyffeler. «Zum Beispiel das Privileg, heute mit meiner Familie in einem schönen Haus wohnen zu dürfen.»

Nach der ersten Saison kam es zu einem Bruch zwischen Nyffeler und Rapperswil-Jona. Die Mannschaft scheiterte im Playoff-Final der zweithöchsten Liga, der Goalie stand danach ohne Vertrag da. Sein Agent und der Club waren sich in den Verhandlungen nicht über eine weitere Zusammenarbeit einig geworden. «Weil sie aneinander vorbeiredeten», sagt Nyffeler heute. Die Situation war besonders. Eigentlich wäre er gerne geblieben, auch Jeff wollte mit ihm weiterarbeiten. Dennoch kam es zur Trennung. Und obwohl sich diese schon während der Saison abgezeichnet hatte, setzte Jeff bis zum letzten Playoff-Spiel auf Nyffeler.

Für den damals immer noch jungen Goalie folgte ein harter Sommer. Er hatte keinen neuen Club, und bei seiner Mutter war ein bösartiger Tumor im Bauch diagnostiziert worden. «Die Motivation fürs Eishockey war weg, ich dachte ans Aufhören», sagt Nyffeler heute. Es war Jeff, der ihn im Sommer immer wieder kontaktierte: «Er munterte mich stets auf: Mach weiter, trainiere, irgendwo wird sich eine Chance eröffnen.»

Diese Chance kam. Sogar in der höchsten Liga. Bei Kloten hatte sich der Torhüter verletzt, Nyffeler durfte im September als Ersatzmann in die Saison starten, sein Vertrag wurde danach jeweils Monat für Monat verlängert. Für den Spengler Cup, das berühmte Traditionsturnier am Ende des Jahres, wurde er nach Davos ausgeliehen. Im Hintergrund arbeitete Rapperswil-Jona aber bereits an seiner Rückkehr, mit Jeff als einer der treibenden Kräfte. Im Januar war es so weit: Nyffeler wechselte zurück zu Rapperswil-Jona, zurück zu Jeff. «Obwohl ich bis zu jenem Zeitpunkt nur sechs Spiele bestritten hatte, setzte er bis zum Saisonende auf mich», erzählt Nyffeler. Die Saison endete mit demselben Resultat wie ein Jahr zuvor: Rapperswil-Jona verlor das Playoff-Final. Wieder war der Traum vom Aufstieg geplatzt.

Erst in der kommenden Saison 2017/18 war es soweit. Ein Jahr des Triumphs für Rapperswil-Jona. Cupsieg als Unterklassiger. Aufstieg nach einem Krimi über sieben Spiele in der Ligaqualifikation – mit Happy End in der Verlängerung des alles entscheidenden siebten Spiels in Kloten. «Es war die magische Saison, in der Jeff die Mannschaft immer wieder perfekt auf die wichtigen Spiele vorbereiten konnte», erzählt Nyffeler. «Er wusste, wie der Glaube an den Erfolg an die 22 Spieler zu vermitteln war.»

Für ihn ist gerade die Best-of-7-Serie gegen den deutlich stärker besetzten EHC Kloten sinnbildlich: «Das war ein Duell zwischen 'Daran-Glauben' und 'Nicht-Daran-Glauben'. Ein Club mit einem Trainer und einer Linie gegen einen Club, der mehrere Trainerwechsel hinter sich hatte.»

Dieses siebte Spiel in Kloten war ein weiterer Tag, der zur Trennung der Wege Jeffs und Nyffelers hätte führen können. Hätte Kloten gewonnen und Rapperswil-Jona den Aufstieg verwehrt, wäre der Goalie mit grosser Wahrscheinlichkeit zu einem anderen Club in der höchsten Liga weitergezogen. An Angeboten mangelte es nicht. Nyffeler hat dieses bedeutsame Spiel 7 so in Erinnerung: «Ich wurde krank an jenem Tag. Der Körper schien zu signalisieren: Nach mittlerweile 70 Spielen braucht er endlich Ferien.»

Plötzlich habe er vor dem Spiel Angst bekommen: «Ich wusste, dass ich vor einem Wendepunkt meiner Karriere stehen könnte.»

Jeff habe ihn zur Seite genommen und ihn zu beruhigen versucht: «Er sagte mir: Egal, was passieren würde, ich dürfte stolz sein auf meine Leistung. Ich würde meinen Weg gehen, auch wenn wir an diesem Abend nicht aufsteigen würden. Ich solle aufs Eis gehen und Spass haben!»

Als in der Verlängerung das erlösende Tor zum 2:1 fiel, sackte Nyffeler zusammen. Er erinnert sich an die Unfähigkeit zu weinen: «Ich wollte, aber es kam keine Träne heraus. Ich konnte nicht einmal richtig jubeln. Ich war einfach leer, spürte gleichzeitig aber auch eine Befriedigung. Ich wusste, dass ich weiter für Rapperswil-Jona spielen würde.» Jeff war einer der Ersten, mit denen sich Nyffeler im grossen Jubel und Trubel auf dem Eis kurz austauschte: «Er sagte mir als Erstes: 'Jetzt kannst du bei uns bleiben!' Das bedeutete mir sehr viel.»

Nyffeler hatte von Anfang an all die Leiden Jeffs mitbekommen. Er wusste vom Karriereende als Spieler wegen des Morbus-Sudeck-Syndroms im Knie.

Er erlebte Jeffs Leiden wegen der Nieren. Den Moment, als klar wurde, dass nur noch eine Transplantation helfen würde.

«Ich litt mit ihm, hatte Angst», sagt Nyffeler. «Als wir erfuhren, dass sein Bruder Darryl als Spender infrage käme, war das auch für mich ein schöner Moment. Und als die Operation gut verlaufen war, fiel mir ein Stein vom Herzen.» Nyffeler war erstmals Vater geworden und er versuchte, sich in diesen schwierigen Momenten nicht nur in Jeff, den Trainer, sondern auch Jeff, den Vater, hineinzuversetzen.

In all den Jahren wurde ihre Beziehung immer enger. Der Trainer war längst mehr als «nur» der Coach. Jeff war der Erste für Nyffeler, als die Mutter seiner Ehefrau verstarb: «Es gab mir Kraft, nach so einem Schicksalsschlag mit ihm reden zu können.» Jeffs Menschlichkeit im harten Trainerberuf beeindruckt Nyffeler bis heute: «Er vergass nie Geburtstage von Spielern und ihren Partnern oder Kindern. Er hatte jedes Datum notiert, stets erhieltst du von ihm am Morgen eine persönliche Nachricht. Und in der jährlichen Meisterschaftsrunde am 23. Dezember, nach dem letzten Spiel vor Weihnachten, verteilte er allen Vätern im Team Geschenke für die Kinder. Er tat das als Wertschätzung gegenüber seiner zweiten Familie, der Mannschaft.» Sein Sohn spiele bis heute mit dem Aufzieh-Boot, das er von Jeff als Weihnachtsgeschenk erhielt: «Jedes Mal, wenn ich es sehe, erinnert es mich an ihn.»

Die Spieler honorierten dies. «In unserer Garderobe war Jeff eigentlich eher distanziert. Er wollte die Spieler nicht stören, er kam nur dann, wenn er sich schnell einen Kaffee holen wollte», erzählt Nyffeler. Normalerweise passiere in solchen Momenten dies: Die Spieler werden leiser, man hält etwas Abstand, da kommt schliesslich der Chef. «Bei Jeff war das aber anders», sagt Nyffeler. «Immer wieder hielten ihn die Spieler an, sie suchten das Gespräch aktiv, über Football, die NFL, was auch immer. Diese Bilder sind in meinem Kopf geblieben.»

Dass Jeff nach der Nierentransplantation häufiger müde war und auch Pausen benötigte, habe die Mannschaft sofort akzeptiert. Dann kam der April 2021. Als Jeff die Mannschaft für ein paar Tage verliess, wusste selbst Nyffeler nicht, was los war: «Wir fragten uns: Ist wieder etwas mit seinen Nieren? Nach seiner Rückkehr erwähnte er bloss, dass er Probleme mit seiner Sehkraft habe, aber sonst nichts.» Als Jeff zu Spiel 1 in Lugano nicht erschien, läuteten bei Nyffeler die Alarmglocken: «Nun hatte ich richtig Angst. Natürlich wollte er wegen seiner Probleme nicht für Unruhe sorgen während den Playoffs. Aber es ist sehr beängstigend, wenn dir ein Mensch, um den du dir so viele Sorgen machst, so wenig sagt.»

Rapperswil-Jona verlor Spiel 1 der Best-of-7-Serie in Lugano mit 2:6, danach war Jeff wieder zurück.

«Wir merkten allerdings schon vor Spiel 2 und auch in den folgenden Tagen: Es muss etwas Schlimmeres sein», erzählt Nyffeler. Jeff habe seine Probleme vor der Mannschaft verbergen wollen, nicht immer sei ihm dies gelungen. «Unser Verteidiger Dominik Egli kam zu mir und erzählte, wie Jeff ihn in der Garderobe mit einem Mitspieler verwechselt habe. Wir schauten uns an und sagten: Das ist nicht gut!» Immer mehr Spieler hätten bemerkt, dass Jeff nicht mehr richtig coachen konnte.

«Sein Charisma auf der Bank war während der Spiele dennoch wichtig», erzählt Nyffeler. «Und das Spielsystem kam nach wie vor von ihm, es waren bloss die Assistenten, die alles umsetzen mussten.»

Es gab auch gefährliche Momente für Jeff, ohne dass er diese mitbekommen hätte. Es ist in Partien nichts Aussergewöhnliches, dass der Puck vom Spielfeld auf die Bank fliegt. Wer Spiele schaut, kennt die übliche Reaktion der Spieler und Coaches: Alle ducken sich oder versuchen zumindest, die Hand vors Gesicht zu bringen. Das ist wichtig, denn die Hartgummischeibe kann viel Schaden anrichten. «Jeff hingegen reagierte überhaupt nicht», erzählt Nyffeler. «Einmal flog der Puck direkt an seinem Kopf vorbei, ohne dass er sich bewegt hätte. Das war beängstigend.»

Rapperswil-Jona gewann Spiel 2 zu Hause und glich die Serie zum 1:1 aus. Und es wurde deutlich: Da kämpfte eine Mannschaft für ihren Trainer. «Nicht für einen Trainer», präzisiert Nyffeler. «Sondern für einen Menschen.» Es stand fest, dass Jeff nach sechs Jahren Rapperswil-Jona am Saisonende verlassen würde. «Für mich war das besonders schwierig», sagt Nyffeler. «Aber auch die anderen Spieler fanden: Wir wollen so lange wie möglich mit Jeff spielen. Nach dem Erfolg gegen Biel sagten wir: Gewinnen wir auch gegen Lugano. Für Jeff!»

Und wie sie das taten: Nach vier Siegen hintereinander stand Rapperswil-Jona mit 4:1 als Gewinner und Teilnehmer des Halbfinals fest.

Es war die «Corona-Saison», es wurde mit maximal 50 Fans in der Halle gespielt, die Saison wurde leicht verkürzt: Halbfinal und Final wurden neu nach dem Best-of-5-Format gespielt, statt vier Siegen brauchte es nur noch drei. Ausgerechnet der EV Zug wartete auf Rapperswil-Jona: die stärkste Mannschaft der Saison und am Ende auch der souveräne Schweizer Meister. Immerhin gelang Jeffs Team ein unerwarteter Auswärtssieg in Spiel 3, als nach zwei Niederlagen bereits das Saisonende drohte. «Wir wollten einfach immer für Jeff weiterspielen», sagt Nyffeler. «Dass wir ein Spiel in Zug gewinnen konnten und unser Saisonende weiter hinauszögern, machte mich glücklich. Darauf bin ich bis heute stolz.»

Nyffeler und Jeff hatten mit der Zeit ein Ritual nach Siegen entwickelt: Der Goalie würde zur Spielerbank fahren und dort mit seinem Trainer abklatschen. Zwei Szenen in diesem Playoff 2021 wurden für die beiden zum emotionalen und unvergesslichen Moment. Wie viele weitere Spieler war auch Nyffeler zur Hochform aufgelaufen. Er spielte sein vielleicht bestes Eishockey der Karriere.

Er liess die Stürmer von Biel und Lugano immer wieder verzweifeln und sorgte für Siege in Spielen, die vom Gegner dominiert worden waren. Am Ende der Serie gegen Biel kam es zur Umarmung und dem Kuss Jeffs auf die Torhütermaske Nyffelers. «Ich sagte ihm, dass ich ihn liebe», lautete die Schlagzeile zu dieser Szene im «Tages-Anzeiger». Und nach Spiel 4 gegen Zug kam es zwischen den beiden zur fast identischen Szene. «So eine Verbindung zu einem Menschen baust du nicht einfach so auf», sagt Nyffeler, «das muss entstehen. Das gibt es in einer Karriere mit Glück ein einziges Mal.»

Spiel 4 gegen Zug, es endete für Rapperswil-Jona mit einer 3:6-Heimniederlage. Damit war es vorbei: das Halbfinale, die Saison, Jeffs Arbeit beim Club. «Für mich stand zunächst als Allererstes Jeffs Abgang im Fokus», sagt Nyffeler. «Ich hatte grossen Respekt vor einer Zukunft ohne ihn. Ich bin ein Gewohnheitstier, wir hatten sechs Jahre zusammengearbeitet. Und es fiel mir schwer, ihn in dieser Verfassung ziehen zu lassen.» Noch während der letzten Minuten des Spiels liess Nyffeler den Tränen freien Lauf. Diesmal waren es Tränen der Trauer, im Gegensatz zu den Freudentränen drei Jahre zuvor.

Der Abend wurde für Nyffeler zu einem Wechselbad der Gefühle. Da war das Ausscheiden gegen Zug und das damit verbundene Saisonende.

Die herzliche Verabschiedung durch die vielen Fans, die vor der Halle auf die Mannschaft warteten. Die Gedanken an Jeff und den Abschied. Dann die freudige Nachricht, überbracht durch den Sportchef des Clubs: Nyffeler würde erstmals in seiner Karriere mit der Schweizer Nationalmannschaft an die Weltmeisterschaft fahren. «All das war sehr komisch», sagt Nyffeler. «Ich war sehr happy in einem Moment, in dem ich kaum trauriger hätte sein können.»

Nyffeler entschied sich, in der Halle zu bleiben und ging zu Jeff ins Trainerbüro. Sie redeten und redeten, irgendwann waren alle anderen bereits weg. Als Nyffeler auf seinem Mobiltelefon eine besorgte Nachricht seiner Ehefrau sah, merkte er, dass es 4 Uhr in der Früh war. «Wir hatten diesen Moment, in dem wir uns über alles Mögliche austauschen konnten, gebraucht.»

Nyffeler sagt, wie wichtig es ihm gewesen sei, Jeff mit guten Leistungen in den letzten Spielen stolz zu machen und für das erhaltene Vertrauen zu danken. Darum ist ihm ein Satz aus den nächtlichen Diskussionen im Stadion besonders in Erinnerung geblieben: «Etwas vom Schwierigsten für Jeff sei gewesen, dass er während des Spiels keine einzige meiner Paraden gesehen hatte.»

Der Abgang Jeffs war für Nyffeler ein Start ins Ungewisse:

«Nach all den Jahren mit ihm als Trainer fiel es mir schwierig, Neuem gegenüber offen zu sein.» Auch hier habe ihm Jeff geholfen: «Er forderte mich dazu auf, offen zu sein und jedem neuen Coach eine Chance zu geben. Ich dürfe auf keinen Fall beginnen, die Trainer miteinander zu vergleichen und mich damit zu verschliessen.» Für Nyffeler bedeutete dies auch das Verlassen der Komfortzone, in die er sich unter Jeff begeben hatte. «Dies war nötig, und ich bin froh, dass mir dies gelungen ist», sagt Nyffeler. Es half ihm, um mit der nächsten schmerzhaften Trennung besser umgehen zu können: Tom Schlegel, sein «ewiger» Torhüter-Trainer, entschied sich, mit 61 Jahren in die Nachwuchsabteilung zu wechseln.

Mittlerweile war ein Jahr mit dem neuen Cheftrainer Rapperswil-Jonas vergangen. Der Schwede Stefan Hedlund trat die schwierige Aufgabe an, Nachfolger eines Trainers zu werden, der nicht entlassen worden oder im Groll gegangen war, sondern stattdessen von den Spielern geliebt wurde. Doch bevor Nyffelers erste Saison in Rapperswil-Jona ohne Jeff begann, musste er die Trennung verarbeiten. Zu sehen, dass es seinem Förderer nicht gut ging, belastete ihn sehr.

Es waren diese Momente, die ihn dazu veranlassten, Jeff in seine Arbeit mit der Heilerin einzuweihen und ihn hinzufahren.

Und auch wenn Jeff heute von einer ihm wichtigen und hilfreichen Erfahrung spricht, blieb der erwünschte Erfolg aus. Nyffeler dachte aber nicht ans Aufgeben.

«Ich hatte ein Jahr zuvor einen richtig guten Osteopathen kennengelernt», sagt Nyffeler. «Ich dachte mir: Wenn Nerven blockiert sind, kann er vielleicht auch helfen, wenn es um die Augen geht.» Also fuhr er mit Jeff zu ihm: «Ich wollte alles versuchen, damit er seine Sehkraft wieder zurückgewinnt. Leider hat es nicht geklappt.» Jeff schrieb seine unglaubliche Geschichte weiter, er wechselte zum EHC Kloten, um auch diesen wieder in die höchste Spielklasse zurückzuführen. Bereits in der ersten Saison gelang der Aufstieg, plötzlich waren Nyffeler und Jeff sportliche Konkurrenten. Als Rapperswil-Jona in jener Saison das erste Mal in Kloten spielte, wollte Nyffeler nach der Partie Jeff sehen. «Ich lief auf die andere Seite des Stadions zur Kabine des Heimteams. Jeff war zwar dort, doch er erkannte mich erst, als ich unmittelbar vor ihm stand», erzählt Nyffeler. Hautnah zu erleben, dass bei Jeffs Augen keine Verbesserungen eingetreten waren, sei für ihn sehr schwierig zu akzeptieren.

Hatte er auf ein Wunder gehofft? Zumindest hat er bis heute nicht aufgegeben. «Mittlerweile bin ich Vater zweier Kinder», sagt Nyffeler.

«Es bricht mir das Herz, wenn ich daran denke, wie schwierig es für ihn und für seine Kinder und seine Partnerin sein muss.» Er habe mehrmals mit seiner Frau darüber diskutiert. Und dabei immer wieder gefragt: «Warum trifft es immer Jeff? Wann wird er endlich in Ruhe gelassen mit all seinen gesundheitlichen Problemen? Stecken da höhere Kräfte dahinter? Ich wünsche ihm so sehr, dass alles ein Ende nimmt und es ihm wieder gut geht.» Dieses Thema sei für ihn stets emotional geblieben: «Mal werde ich wütend, dann wieder traurig.» Über eines sei er sich aber trotz allem sicher: «Der Tag X wird kommen: Jeff steht dann morgens auf und ist geheilt.»

Kapitel 5: Vom Spieler zum Coach

Es gibt diverse Möglichkeiten, ein Eishockeyspiel zu betrachten. Natürlich schaut ein Fan in der Regel auf ganz andere Dinge als ein Coach. Das gilt aber auch für die allermeisten Spieler. Ihre Sichtweise unterscheidet sich fundamental von jener der Coaches. Da war ich keine Ausnahme. Als Spieler versuchst du, das Gesamtgeschehen im Auge zu behalten. Aber in der Regel achtest du vor allem auf die Teamkollegen oder Gegner, die auf deiner eigenen Position spielen. Sass ich auf der Bank, beobachtete ich als Center in erster Linie unseren Mittelstürmer, vor allem, wenn meine Sturmreihe an der Reihe war. Denn wenn der Center mitten im Spiel für einen fliegenden Wechsel das Eis verliess, musste ich bereit sein, sofort aufs Feld zu springen. Was Verteidiger oder Flügelstürmer taten, interessierte mich weniger. Oft kam es auch vor, und das ist bis heute normal, dass du als Spieler auf der Bank mit deinen Linienkollegen über deinen letzten gemeinsamen Einsatz sprachst. Was gleichzeitig auf dem Spielfeld passierte, bekamst du gar nicht mit.

Zudem hatte ich jahrelang vor allem den offensiven Part meiner Position im Fokus. Ich beobachtete also, was ich tun muss, um selber zu Torchancen zu kommen oder diese für Mitspieler vorbereiten zu können. Ich musste 27 Jahre alt werden und nach England wechseln, um zu lernen, wie man richtig verteidigt. Kurt Kleinendorst in Manchester war der Trainer, der mir das mitten in der Saison beibrachte. Wobei «beibrachte» vielleicht das falsche Wort ist. Er tat dies nicht aktiv in Einzellektionen oder sagte mir plötzlich: «So Jeff, jetzt lernen wir auch das noch!» Es waren die grundsätzlichen Prinzipien, auf die er neben seinem Spielsystem pochte, die meine Augen für den defensiven Aspekt des Spiels öffneten. Es brauchte also Eigeninitiative.

Irgendwann war es so weit. Woran ich mich vor allem erinnere, ist der Moment, als mir auf dem Eis plötzlich alles glasklar wurde. Ich war überzeugt, dass kein Gegenspieler mehr einfach an mir vorbeiziehen könnte. Ich wusste nun, wie ich mich verhalten musste, um stets zwischen ihm und unserem Tor zu bleiben. Dieses Gefühl verlieh mir grosses Selbstvertrauen. Ich konnte gegen jeden Gegenspieler aufs Eis gehen und die Chancen standen gut, ein Tor zu verhindern.

Da ich physisch kein grosser Spieler war, legte ich grossen Wert auf meine defensive Stockarbeit. Ich konnte den Gegnern den Puck von der Schaufel stechen und danach die Scheibe dank Schnelligkeit und gutem Positionsspiel erobern.

Je besser ich wurde, desto stolzer war ich. Und gleichzeitig schien auf dem Eis alles immer mehr Sinn zu ergeben. Als Trainer legte ich später grossen Wert darauf, dass meine Spieler ihren «ruhigen Stock» in der Defensive häufiger einsetzen. Du kannst so in der Defensivarbeit effizienter sein, wenn der Stock am Boden bleibt und du dem Gegner im richtigen Moment den Puck von der Schaufel stichst. Wer diese Fähigkeit perfektioniert, spielt, um einen Gegenspieler zu stoppen, viel seltener mit Körpereinsatz. Das gilt im modernen Eishockey bis heute. Gut defensiv zu spielen, kann zudem Karrieren verlängern. Ich bin sicher, dass ich ohne meine Knieverletzung noch einige Jahre hätte weitermachen können, da mir die Umstellung vom rein offensiv denkenden Stürmer zum defensiv verlässlichen Angreifer gelungen war. In meiner allerletzten Saison vor dem Rücktritt gehörte ich diesbezüglich zu den verantwortungsbewusstesten Spielern in Berlin. Man könnte dies als ersten kleinen Schritt Richtung Trainerjob betrachten, auch wenn ich nach meiner Karriere noch den einen oder anderen Push von Peter Lee brauchte, bevor es dann wirklich so weit war.

Doch zu Beginn meiner Trainerkarriere bei den jungen Eisbären fehlte mir noch der «Coach-Blick» fürs Spiel. In der Anfangszeit hatte ich grosse Mühe, die ganze Spielzeit von 60 Minuten als Ganzes zu betrachten.

Eher früher als später verlor ich den Fokus, da ich als Spieler nie wirklich lange Zeit konzentriert aufs Eis geschaut hatte. Als Coach solltest du nun aber alles im Griff haben: zum Beispiel das Spielsystem deines Teams, aber auch das des Gegners. Da ich zu Beginn nicht immer auf die Hilfe eines Assistenten zurückgreifen konnte, hatte ich aber bereits alle Hände mit den Wechseln zu tun. Ich kümmerte mich also vor allem um meine Spieler auf der Bank und darum, welche beim nächsten Wechsel aufs Feld gehen sollten. Wie hätte ich da auch noch das Geschehen auf dem Eis im Auge behalten sollen?

«What the Fuck?» Das war einer meiner häufigsten Gedanken in den ersten Spielen als Coach. Er half mir nicht, um Fragen wie «Hast du das gesehen?» jener Spieler zu beantworten, die gerade vom Eis kamen. Es blieb mir nichts anderes, als zuzugeben: «Nein, sorry.» In solchen Momenten merkst du richtig, wie viel während eines Eishockeyspiels passiert. Ich benötigte mindestens die Hälfte meiner ersten Saison, um langsam so weit zu sein und das Spiel so zu schauen, wie es ein Coach tun sollte.

Zum Glück gab es in jenen Jahren bereits Videoaufzeichnungen. Natürlich wird es nie so sein, dass du als Coach während des Spiels wirklich alles mitbekommst.

Es ist normal, dass du viele Details erst beim Videostudium erkennst. Damals war es aber so, dass ich beim Betrachten der Clips den Grossteil der Szenen zum ersten Mal sah. Dass ich zunächst sehr langsam mit der Videoarbeit war, half auch nicht wirklich. Es galt, effizienter zu werden. Später, als ich geübt war, benötigte ich nur zwei Stunden, um ein Spiel zu analysieren. Am Anfang waren es oft bis zu fünf. Ich fühlte mich verloren.

Es hat viele Vorteile, wenn du ein Spiel endlich wie ein Coach betrachten kannst. Es gibt aber auch einen Nachteil: Es ist schwierig, die Sichtweise wieder auf «normal» zurückzustellen. Wenn ich nachher also mit Freunden ein Spiel einfach so, zum Spass, schauen ging, dann betrachtete ich das Geschehen automatisch wie ein Coach. Es macht dich wahnsinnig, weil du das Spiel nicht geniessen kannst. Du beginnst ungewollt, Spielsysteme und Spieler zu scouten. Dieser Tick blieb bis am Ende meiner Trainertätigkeit. Es ist wie im Zombie-Film: Sobald du auf die «dunkle Seite» gewechselt hast, gibt es keinen Weg zurück.

Genau diese Fähigkeit brachte mich durch die letzten beiden Jahre als Coach. Es ist hilfreich, in den Autopiloten zu wechseln, wenn du Spiel und Spieler kaum siehst. Obwohl ich in den letzten beiden Saisons in Kloten nur Umrisse des Geschehens sah, erkannte ich meistens den Grund, warum wir eine Torchance zugelassen oder herausgespielt hatten. Ich konnte nur nie sagen, um welche Spieler es sich handelte, die «Schuld» waren.

Es warteten diverse andere Umstellungen auf mich. Die Fähigkeit, das Spiel als Coach zu betrachten, war nur eine davon. Weniger Mühe hatte ich mit der Entwicklung des taktischen Spiels. Das Glück, in Berlin unter Pierre Pagé zunächst zu spielen und danach als Trainer der 2. Mannschaft mit den jungen Eisbären sein System mehr oder weniger übernehmen zu müssen, prägte mich stark. Noch heute sage ich: Pierres Eishockey mag teilweise unglaublich wirr und defensiv anfällig gewirkt haben, aber bezüglich des Offensivspiels, Tempos, Spielwitzes und Kreativität war er seiner Zeit 20 Jahre voraus – da kann man durchaus Parallelen ziehen zu Arno Del Curto in Davos. Wir verwirrten regelmässig gegnerische Coaches und Spieler mit Positionswechseln und Konterspiel. Noch Jahre später führte ich mit ihnen Diskussionen über Pierres System und über die Frage, was genau wir damals eigentlich machten. Und wenn es mal richtig wild zuging, gewannen wir die Spiele einfach 8:7.

Als ich zum Assistenzcoach der 1. Mannschaft der Eisbären aufrückte, hatte mittlerweile Don Jackson von Pierre übernommen.

Mit Don entwickelten wir Pierres System weiter, es war nicht minder spektakulär und modern. So hatte ich das Glück, gleich zu Beginn die Modernisierung des Eishockeys mitzuerleben.

Zuvor war der Sport in Deutschland auch durch die Nationalmannschaft unter Hans Zach geprägt worden, die vor allem mit defensivem Spiel und dem passiven «Trap-System» den Erfolg suchte. Diese Art von Eishockey entsprach gar nicht meinen Vorstellungen des Spiels.

Im modernen Eishockey war ich als Coach schon bald angekommen. Eine andere Umstellung bereitete mir zunächst deutlich mehr Mühe. Es war die Zeit, in der der sogenannte «Old School»-Coach nach und nach ausgedient hatte. Spieler konnten nicht mehr allzu direkt angegangen werden, es galt, neue Wege zu finden. Heute kann ich mit Stolz sagen, dass mir auch diese Umstellung gelang – allerdings benötigte sie deutlich mehr Zeit. Es kann durchaus sein, dass die alte Vorgehensweise bei den ersten Entlassungen als Trainer eine Rolle spielte.

In jener Phase war meine Art wohl zu fordernd und zu aufdringlich gewesen – zu «in your face», wie wir das auf Englisch sagen. Es ging nie so weit wie bei manchen Trainern, die heute wegen körperlicher Übergriffe auf ihre Spieler mit Vorwürfen konfrontiert sind. Aber emotionale Menschen haben dieses Extreme in sich. Früher zeigte sich diese Seite häufiger, heute glücklicherweise so gut wie gar nicht mehr.

Diese Veränderung tat mir gut. Die Entlassung bei den Berliner Eisbären 2014 war mir eine Lehre: Nie mehr wollte ich mich derart vom Trainerjob stressen und auslaugen lassen. Du spürst es selber, wenn dein Umgang mit anderen extrem ist. Ich wollte meine Einstellung verändern, denn Teile meiner bisherigen Art raubten mir den Spass an der Arbeit.

Und darum sollte es doch in diesem Job gehen: Freude haben. Doch immer häufiger fühlte ich mich furchtbar. Das hatte schon damals einen negativen Einfluss auf meine Probleme mit den Nieren und dem zu hohen Blutdruck. Ich sagte mir: Wenn ich diesem Job noch weitere zehn oder 20 Jahre machen will, muss ich dafür sorgen, dass ich Spass habe. Am Ende meiner Zeit als Headcoach der Eisbären hasste ich es schon, in die Eishalle zu gehen. Ich fühlte mich fast jeden Morgen elend. Das wollte ich ändern. Die Arbeit sollte wieder Freude bereiten. Klar war: Die Änderung war nötig. Niemand anders konnte das für mich bewerkstelligen, der Impuls musste von mir selbst kommen. Der nächste Job als Clubtrainer in Rapperswil-Jona wurde zu einem Neuanfang.

Das Gute in den Leuten und den Spielern zu suchen und zu finden stand jetzt im Vordergrund – und mich nicht an den negativen Aspekten aufzureiben. Ich bin mir nicht sicher, ob die Lakers genau wussten, wen sie mit mir bekommen würden. Wenn du die Eisbären Berlin gecoacht hast, dann kommen Angebote, egal, ob du gerade entlassen worden bist. Du hast als früherer Coach der Eisbären automatisch einen Namen und damit einen Markt. Ich erfüllte das Profil des «deutschsprechenden Kanadiers», den die Lakers suchten. Dass ich kurze Zeit zuvor bei der kanadischen und bei der deutschen Nationalmannschaft ausgeholfen hatte, bewies den Lakers, dass sie jemanden mit viel Erfahrung als Trainer verpflichten würden. Für mich stand aber der Spass, den ich wieder erleben wollte, im Vordergrund. Und wie viel Spass ich hatte! Denke ich daran zurück, höre ich Musik und sehe ich mich tanzen.

Meine neuen Spieler in Rapperswil-Jona waren eine riesengrosse Hilfe. Diese Mannschaft liebte ich von Beginn an, ich hätte für fast jeden Spieler alles getan. Du kümmerst dich besser um deine Jungs, wenn du sie richtig magst. Ein Tag noch vor dem Start der ersten Saison bleibt mir besonders im Gedächtnis: Es war das Seefest in Rapperswil, der Club betrieb einen Getränkestand, und am Sonntag war ich mit Andrea und drei unserer Spieler als Bedienung eingeteilt.

Es regnete, wir hatten darum wenig zu tun, dafür mehr Zeit füreinander. Am Abend auf dem Heimweg sagte mir Andrea, wie unglaublich nett die drei Jungs gewesen wären. Ich konnte ihr nicht widersprechen. Dieser erste Eindruck sollte nicht täuschen. Also war nichts natürlicher und normaler, als diese Spieler nicht zu sehr anzuschreien und zu hart mit ihnen umzugehen. Im Gegenteil: Ihnen vor allem helfen zu wollen stand im Vordergrund. Sie vereinfachten meine Transformation.

Später lernte ich auch viele ihrer Eltern kennen und gratulierte mehreren zu den grossartigen Kindern – welch guten Job sie dabei gemacht hatten. Diese gegenseitige Liebe zwischen Spielern und Coach hatte ich am Ende meiner Zeit in Berlin definitiv nicht erlebt.

Roman Cervenka
«Nicht jeder Coach schrie mich an»

Roman Cervenka kam im Sommer 2019 nach Rapperswil-Jona. Den tschechischen Stürmer zu sich holen zu können, war einer der grössten Transfercoups in der Geschichte des Clubs. Vielleicht sogar der grösste. Cervenka ist ein Künstler im Eishockey. Solche wie ihn gibt es kaum noch, sie gehören der womöglich letzten Generation ihrer Art an. Diese lernten das Spiel draussen auf freiem Eis als genau das: als Spiel. Der Mix aus Verspieltheit, Kreativität und Spielverständnis macht sie zu unberechenbaren Genies mit dem Puck, sie benötigen ihre Freiheiten und können für Trainer eine grosse Herausforderung sein.

Was für den Club vor allem wichtig war: Egal, wo Cervenka zuvor gespielt hatte, er war stets einer der besten Torschützen und Passgeber seiner Teams. Die Freude in Rapperswil-Jona über den Stürmer war also gross.

Im Sommer 2019 schwebte trotzdem ein grosses Fragezeichen über Cervenka. Das war der Grund, warum ein «kleiner» Club wie Rapperswil-Jona ihn unter Vertrag nehmen konnte. Er war schon 33 Jahre alt, doch das war nicht das Problem. In der vorherigen Saison beim Zürcher Spitzenclub ZSC hatte er aber nur rund die Hälfte der Spiele bestritten. Gesundheitliche Probleme hatten seine Karriere infrage gestellt: eine Thrombose (ein Blutgerinnsel in den Gefässen), die zu einer Lungenembolie (Verstopfung der Lungenarterie) geführt hatte. Er suchte nicht nur einen Club. Er suchte jemanden, der ihm eine Chance gab.

«Mein erstes Gespräch war mit Jeff», erzählt Cervenka. Er wusste von den vielfältigen Problemen des Trainers mit dessen Gesundheit nichts. Aber er hatte bei diesem ersten Gespräch schon gespürt, dass es irgendetwas Besonderes gab, das die beiden näherbrachte. «Unsere Beziehung war von Anfang an gut», beschreibt er es.

Das Thema dieses ersten Gesprächs? «Wir sprachen über meine Gesundheitsprobleme und die Situation, in die sie mich gebracht hatte», sagt Cervenka. Bei seinem Club herrschte neben der Freude, einen Spieler seines Kalibers verpflichtet haben zu können, auch die Angst vor einer Realität, die weniger schön sein würde. Den Verantwortlichen war bewusst, dass Cervenka vielleicht nur die Hälfte der Partien bestreiten würde können. Wenn überhaupt. Doch Cervenka lancierte in Rapperswil-Jona seine Karriere neu.

Zur Krönung wurde er als 38-jähriger Routinier 2024 zu Hause in Prag mit Tschechien ein zweites Mal nach 2010 Weltmeister.

Von solchen Gedanken war auch Cervenka noch weit weg. Dennoch waren seine Ziele gross, er vertraute sie Jeff noch im ersten Gespräch an: «Ich sprach mit ihm über meine Motivation, sogar stärker zu werden, als ich es vor meinen Problemen war. Ich wollte von Jeff wissen: Wie würden wir zusammenarbeiten und dieses Ziel erreichen?» Es war der Start einer zweijährigen und innigen Beziehung zwischen Spieler und Trainer.

Cervenka ist kein grosser Redner, kein Sprücheklopfer. Interviews gehören zu den eher weniger beliebten Disziplinen, auch Teamkollegen und Trainer beschreiben ihn häufig als «Schweiger», der ein Team mit Leistungen statt Worten anführt.

Was neben dem ersten Gespräch und dem guten Eindruck auch half, um das Eis zwischen den beiden schnellstmöglich zu brechen: Der Club sorgte dafür, dass sie Nachbarn wurden: Cervenka wohnte direkt über Jeff.

Jeff drang zum Spieler durch, indem er ihn auch mal gewähren liess. Es ist für jeden Trainer eine Erfahrung, die er irgendwann lernen sollte: Mit den Genies im Team kann nicht genau gleich umgegangen werden wie mit anderen Spielern. Um ihre Stärken ausspielen zu können, brauchen sie ihre Freiheiten auf und neben dem Spielfeld.

Natürlich hatte Jeff seine Prinzipien. Er wollte von seinen Athleten, unabhängig von Namen und Status, bestimmte Dinge in einem Spiel sehen. Dass Jeff nicht bloss der nette Kerl ist, bekam Cervenka, sobald er gewisse Linien überschritt, genauso zu hören wie der Rest. «Nicht jeder Coach in meiner Karriere schrie mich an», sagt Cervenka. Lachend fügt er an: «Manche versuchten es nicht einmal.» Dass Jeff zu den Basics, die für alle galten, auch mit allen genau gleich umging, habe er darum «cool» gefunden.

Auch, weil Cervenka wie viele andere seiner Teamkollegen diese Erfahrung machte: Jeff habe zwischen dem Job auf dem Eis und der Person neben dem Feld unterschieden. «Jeff ist immer ehrlich zu dir», erzählt Cervenka. «Und fünf Minuten, nachdem er sehr hart zu dir sein konnte, sprachst du mit ihm wieder über das Leben oder die Familie.» Cervenka hebt zwei Eigenschaften hervor, auf die er bei einem Coach achtet: «Das gegenseitige Vertrauen ist sehr wichtig. Und wie ein Trainer mit den Spielern redet, wie er dabei die Spieler hinter sich bringen kann.» Ein guter Coach wisse die Garderobe auf seiner Seite.

Cervenka: «Darum respektierte ich Jeff, darum mochte ich ihn, darum genoss ich es, mit ihm zu arbeiten. Und darum sind wir bis heute in Kontakt geblieben.»

Aber eben: Zur Vertrauensbasis gehörte für Cervenka auch, dass ihn der Trainer hin und wieder gewähren liess. Jeff habe ihm immer zu helfen versucht, auch was die gesundheitlichen Probleme anging. «Aber er liess es mich auch spüren, dass er wusste, dass ich oft selber weiss, was für mich am besten ist. Dann liess er mich eben machen.»

Ob sich Jeff vielleicht seiner eigenen gesundheitlichen Probleme wegen besser in seinen angeschlagenen Spieler hineinfühlen konnte, fragte sich Cervenka zunächst nicht. «Ich wusste damals ja einiges noch nicht. Denn Jeff behielt vieles für sich.» Das sei bei der ganzen Geschichte rund um die Nieren so gewesen, und das habe sich nicht verändert, als Jeffs Augen sein Leben veränderten. «Er machte nie eine grosse Sache daraus», sagt Cervenka, der darum zugeben muss, sich nicht bewusst an den Moment zu erinnern, als er davon erfuhr.

«Diese Geschichte ist unglaublich.» Und wenn es nicht mehr besser werden sollte mit Jeffs Augen, sei das sehr hart. Cervenka sagt aber auch dies: «Jeff ist tough, er ist ein sehr hart arbeitender Mensch, der mit vielem umgehen kann.»

Cervenka war dabei, als nach dem Ausscheiden im Playoff 2021 Jeffs Zeit in Rapperswil-Jona zu Ende ging. Viele Spieler und Mitarbeiter erinnern sich an die Tränen, die an diesem Abend flossen. Cervenka will die schönen Momente dieses Abends betonen: «Der Abschied war trotz allem schön. Jeff hatte alle Leute hinter sich, alle feierten ihn: die Fans, die ganze Stadt. Erst zum zweiten Mal überhaupt war der Club am Ende der Saison in den Top-4, und Jeff war der Held einer grossartigen Saison.»

Er wisse, wie sehr Jeff den Eishockeysport liebe, sagt Cervenka. «Und wenn du deiner Leidenschaft nicht mehr hundertprozentig nachgehen kannst, ist das tough. Erst recht, wenn deine Probleme deinen Alltag noch beeinflussen.» Darum wünsche er Jeff nur eines: «Das Beste.»

Kapitel 6:
Ein besserer Trainer dank meiner Söhne

Ich erreichte meine beiden Söhne Zac und Conner in einem Video-Call. Es war der 21. April 2022, sie hatten mit ihrer gemeinsamen Band einen Auftritt in Virginia hinter sich. Auch ich hatte einen guten Abend erlebt. Wir waren mit Kloten aufgestiegen, ich wollte den beiden die frohe Botschaft mitteilen. «Gratuliere! Nicht schlecht für einen blinden Coach!» Das waren die ersten Worte, und das ist typisch für Zac und seinen Humor: Er ist direkt und ohne Umschweife. Conner hingegen ist einer für die eher subtileren und trockenen Bemerkungen. Wenn ich mich richtig erinnere, sagte er in diesem Moment aber nicht viel mehr als «Glückwunsch!» Und verkniff sich jegliche Klugscheisserei. Zum Beispiel, dass dies ja schön und gut, aber eben doch bloss der Titel in der zweithöchsten Liga sei.

Das wäre vor vielen Jahren vielleicht noch anders gewesen. Conner ist zwar nicht autistisch. Dennoch nannten seine Mutter Ginny und ich ihn früher scherzhaft unseren «Rain Man». Warum? Nun, Conner hatte die Gewohnheit, uns frühmorgens zu wecken, weil er Schach spielen wollte. Da war er drei Jahre alt.

Drei Jahre später, wir lebten in Berlin, schlugen seine Grundschullehrer vor, Conner nach dem ersten Jahr direkt in die fünfte Klasse zu nehmen. Also gleich drei Stufen zu überspringen. Seine Mitschüler wären plötzlich fast doppelt so alt gewesen – wir wollten uns nicht ausmalen, was das für ihn bedeutet hätte. Er war unser kleiner Besserwisser, der gar nicht anders konnte, als andere zu korrigieren.

Ein Erlebnis mit dem fünfjährigen Conner illustriert gut, was ich meine: Wir waren bereits in Berlin, als er während einer Stadtführung den Tourguide korrigierte. Dieser hatte doch tatsächlich gewagt, die griechische Wasser-Gottheit Poseidon mit deren römischem Pendant Neptun zu verwechseln.

Conner hörte grundsätzlich gerne wildfremden Leuten zu, um sie dann auf grammatikalische Fehler in ihren Gesprächen aufmerksam zu machen: «Also eigentlich ...» Immer, wenn er einen Satz mit diesen Worten begann, zuckten Ginny und ich zusammen und fragten uns, was nun kommen würde.

Nein, ihn direkt von der ersten in die fünfte Klasse zu versetzen, wäre definitiv keine gute Idee gewesen. Und weil uns Homeschooling in Berlin nicht bewilligt wurde, zog Ginny mit unseren beiden Söhnen zurück nach North Carolina. Dort leben sie bis heute.

Conner fing an, Geige zu spielen. Weitere Instrumente wie Gitarre oder Klavier kamen dazu. Zu seiner musikalischen Begabung gehört, Melodien nach nur einmaligem Hören nachzuspielen. Das Gleiche bei Texten: Conner muss etwas nur einmal lesen, um es sich merken zu können. Was er ebenfalls schon sehr bald merkte, und zwar mit nur acht Jahren: Dass er intelligenter ist als sein Vater. Ich kann Ihnen versichern: Dass dein Sohn schon so jung smarter ist als du selbst, ist speziell. Noch schwieriger damit umzugehen ist, wenn du spürst, dass er es weiss.

Auch für den zwei Jahre jüngeren Zac war es nicht einfach mit einem hochbegabten Bruder. Unsere Söhne waren und sind in so vielem grundverschieden. Was die Konstellation noch besonderer macht: Auch Zac hat seine besondere Begabung. Er ist mehrfacher Weltmeister im Seilspringen, er hält einen Weltrekord im Speed Jump und trat 2018 im berühmten Schweizer Zirkus Salto Natale mit dem Springseil als Artist auf.

Zu sehen, dass auch Zac seine besondere Spezialität hatte, war für Ginny und mich hocherfreulich. Conner war in der Schule stets Klassenbester, während Zac häufig mit den Noten zu kämpfen hatte. Wir hatten uns vorgenommen, es stets zu vermeiden, die beiden anhand ihrer schulischen Leistungen zu vergleichen, weil dies äusserst unfair gewesen wäre. Das war nun erst recht nicht mehr nötig, da auch Zac bei seiner Passion bemerkenswert gut war.

Es ergab sich von selbst, dass sich der Umgang mit Zac dank seiner sportlichen Begabung natürlicher anfühlte. Gleichzeitig konnte Ginny, die Smartere von uns beiden, besser mit Conner umgehen. Ich habe ihn häufig missverstanden und reagierte dann entsprechend falsch oder harsch. Dank ihm lernte ich, dass es für dieselben Dinge mehrere Arten der Kommunikation gibt. Dadurch musste ich selber empathischer werden. Das wiederum half mir noch Jahre später bei der Arbeit als Trainer. Vielleicht sind bei den Spielern die Unterschiede nicht immer so gross wie bei meinen Söhnen. Dennoch gilt auch für Eishockeyprofis: Nicht immer wollen oder können sie direkt sein in der Kommunikation mit ihren Trainern.

Und es gibt auch unter den Spielern die Künstler, die Hochbegabten, mit denen du anders arbeiten musst. Ich habe auch sie erlebt. Roman Cervenka in Rapperswil-Jona zum Beispiel. Ich will damit nicht sagen, dass ein Künstler wie Cervenka schwierig sein muss im Umgang. Überhaupt nicht. Es ist aber so, dass du einen besonders begabten Spieler hin und wieder anders behandeln musst.

Um Erfolg zu haben, musst du mit unterschiedlichen Charakteren unterschiedlich umgehen, das ist im Sport nicht anders als im normalen Leben. Und genau da halfen mir als Coach meine Erfahrungen mit Zac und Conner.

Als Eltern bestimmst du Regeln deiner Kinder. Manche sind verhandelbar, manche nicht. Zähneputzen? Nicht verhandelbar. Ausnahmsweise länger aufbleiben? Verhandelbar. Das gilt auch für die Arbeit als Trainer. Die Grenzen sind bei Eishockeyprofis fliessender. Es geht bei den einzelnen Spielern um das Finden des gemeinsamen Nenners: Wo treffen wir uns? Was kann ich ihm durchgehen lassen, solange er mir etwas anderes garantiert?

Bleiben wir bei Roman Cervenka, diesem wunderbaren Stürmer, mit dem ich zwei Jahre in Rapperswil-Jona arbeiten durfte. Und ich möchte noch einmal betonen: Er ist überhaupt kein schwieriger Spieler. Als Tscheche kommt er aber aus einer völlig anderen Kultur und sieht Eishockey in vielen Dingen komplett anders. Darum ging es bei der Arbeit mit ihm nicht. Sondern um den Weg, wie wir ihm zu seinem besten Spiel verhelfen könnten. Bei einem hochtalentierten Künstler wie Roman würde eine «Verhandlung» so aussehen: Grosser Trainingseinsatz ist nicht verhandelbar. Genauso wenig wie das Backchecking (Rücklauf in die Defensive ohne

Puck) oder grundsätzlich der Einsatz ohne Puck. Jeder Spieler muss sich an der Defensivarbeit beteiligen, da akzeptiere ich keine Ausnahmen.

In der Offensive hingegen lasse ich mit mir reden. Mit dem Puck am Stock sollten und dürfen gewisse Spieler mehr Freiheiten als andere geniessen. Da ist meine Geduld grösser. Es gibt technisch limitierte Spieler, die darum bloss zwei Optionen haben, sobald sie den Puck am Stock haben. Ein Spieler wie Cervenka mit seinen besonderen technischen Fähigkeiten und seiner ausgeprägt hohen Spielintelligenz packt regelmässig Dinge aus, die andere nicht nur nicht beherrschen, sondern nicht einmal in den Sinn kommen würden. Er sieht Passwege oder Situationen auf dem Eis, die «normalen» Spielern verborgen bleiben. Also versucht er, mit einer speziellen Aktion diese zu nutzen. Natürlich klappt auch bei Spielern wie ihm nicht immer alles wie gewünscht, und dann begehen auch sie hin und wieder Fehler, weil sie zu viel gewollt haben. In jenen Fällen ärgere ich mich als Coach aber deutlich weniger. Denn ich weiss: Genau mit solchen Aktionen sorgt diese Spielerspezies häufig für den Unterschied zu Gunsten deines Teams.

Bei älteren Spielern bin ich auch offen für Diskussionen über die Erholungszeit.

Diese habe ich bei Routiniers aktiv eingefordert. Regeneration ist genauso wichtig wie harte Arbeit. Meine goldene Regel ist: Vor einem Spiel nie mehr als drei Tage hintereinander trainieren. Weil nach vier Tagen fühlt sich am fünften Tag kein Spieler mehr gut. Und erst recht nicht am sechsten, falls eine Doppelrunde auf dem Programm steht. Es ist ganz einfach: Denken die Spieler darüber nach, ob sie müde sind, sind sie es auch.

Es gibt Leute, die mir widersprechen werden. Andere hingegen bezeichnen Erholung sogar als Waffe, die du benutzen solltest. Wer meine Teams beobachtete, weiss, dass sie während der Saison immer besser wurden und den Höhepunkt ihrer Leistungen ganz zum Schluss erreichten. Zu dem Zeitpunkt, wenn es am meisten darauf ankam. Das ist für mich das wichtigste Argument. Meine Teams waren gegen Ende Saison nie ausgelaugt, auch darum konnten sie ihre Top-Leistungen im Playoff abrufen. Und ich rede hier nicht nur vom physischen Bereich: Damit sich eine Mannschaft wirklich rundum frisch fühlen kann, muss dies auch auf ihren mentalen Zustand zutreffen. Dabei helfen nur trainingsfreie Tage.

Wie erwähnt: Am besten ist es, wenn sich die Spieler so richtig gut fühlen. Und als Trainer musst du akzeptieren, dass der Weg zu diesem Zustand für jeden Spieler ein anderer ist. Um das zu verstehen, musste ich mich als Coach neu erfinden. Und genau dabei halfen mir meine beiden Söhne Zac und Conner.

Ich erinnere mich immer wieder gerne zurück an den Frühling 2015, ein paar Monate nach meiner Entlassung als Trainer der Eisbären Berlin. Einerseits, weil ich endlich wirklich Zeit hatte für meine Jungs. Zeit, die wir unter anderem für gemeinsame Ferien in Florida nutzten. Andererseits, weil mich die Erlebnisse in diesem Zeitraum zu einem besseren Coach machten. Im Dezember 2014 wurde ich gefeuert, die Monate danach verbrachte ich grösstenteils in Düsseldorf bei Andrea und auf der ständigen Suche nach den Gründen: Warum war ich in Berlin gescheitert? Was hätte ich besser machen können? Und mit Vorwürfen: Ich muss ein miserabler Coach sein, ansonsten wäre ich immer noch bei den Eisbären.

Schnell wurde mir klar: Der Weg, um ein besserer Coach zu werden, hatte nichts mit Eishockey und Taktiken zu tun. Ich musste mich als Mensch verändern und ein besserer Motivator werden.

Mit unterschiedlichen Charakteren umgehen zu können ist eine Kunst. Wer stur an seinem Weg festhält, wird scheitern, weil er nie hinter die Bedürfnisse Einzelner sehen und herausfinden wird, wie er sie erreichen kann.

Du musst bei jedem nach Gemeinsamkeiten suchen. Es gibt immer etwas, das euch verbindet.

Meine Söhne brachten mir das bei. Die beiden ticken nicht nur völlig anders als ich – sie ticken auch völlig verschieden voneinander.

Als Vater hatte ich viele Fehler begangen: Schnelle Frustration und zornige Gefühlsausbrüche gehörten dazu. Gerade bei Conner musste ich geduldiger sein und neue Wege finden, um eine gute Beziehung herzustellen. Bei beiden musste ich aber auch akzeptieren: Sie sind nicht so wie ich. Und das ist okay! Das ist genauso beim Umgang mit Spielern: Sie reagieren auf bestimmte Dinge nicht wie ich? Das ist nicht ihr Problem, sondern meines.

Etwas ganz Simples gab den Ausschlag. Wir waren in Florida, und ich sah meine Söhne lachen: Wir hatten Spass miteinander. Und da fragte ich mich: Warum soll so etwas nicht auch als Trainer möglich sein? Warum kann ich vor einer Mannschaft nicht ich selbst sein? Wieso soll ich als Coach nicht wie ein Vater wirken können?

Solche Fragen hatte ich mir bis dahin nicht gestellt. Ich hatte stattdessen eine Rolle gespielt, um jemand anders zu sein. Der knallharte Trainer, der ich auch häufig war?

Das war gespielt. Bis 2014 war ich als Coach nicht authentisch.

Florida genoss ich auch aus einem weiteren Grund. Wegen meiner Arbeit in Europa war ich jahrelang kaum für meine Söhne da, das löst in mir bis heute tiefe Reue aus. Das ist mir erst bewusst geworden, seit ich mit meinen Töchtern in Düsseldorf so viel Zeit verbringen kann. Auch bei Conner und Zac hätte ich gerne mehr mitbekommen – ich fand es immer sehr schön, zu sehen, wie gut sie, trotz ihrer Unterschiede, miteinander auskamen. Sie waren und sind immer noch beste Freunde. Sie teilten sich ein Kinderzimmer, bis Conner 19 Jahre alt war. Dort heckten sie Pläne für das Leben als Erwachsene aus. Oder für ihre Musikband, die bis heute existiert. Wie cool ist das!

Leider konnten wir uns selten sehen. Uns blieb nur die Zeit nach der Saison. Und diese war dann nicht immer einfach. Conner und Zac lebten bei ihrer Mutter, natürlich hatten sie ihre gemeinsamen Routinen, und ich platzte für kurze Zeit in ihre Welt. Da wirst du zum fünften Rad am Wagen. Und ich beging viele Fehler.

Oft versuchte ich, die Rolle des normalen Vaters zu übernehmen und ihnen das Leben zu erklären. «Mach dies! Tu das nicht!»

Sie hätten jedes Recht gehabt zu denken: «Warum sollen wir auf dich hören? Du bist ja nie hier.» Die richtige Balance zu finden, ist schwer. Ich musste versuchen, nicht die Rolle des Coachs zu übernehmen, der ihnen Vorträge über das Leben hält. Sondern mir wirklich Mühe geben, ein besserer Vater zu sein.

Mich neu zu erfinden und dabei ich selbst zu bleiben, gelang mir dann auch als Trainer. Im Sommer 2015 übernahm ich mit den Rapperswil-Jona Lakers ein völlig neues Team. Ich kannte bis auf einen Spieler niemanden. Keiner hatte mich als den Esel erlebt, der ich hin und wieder gewesen war. Ausserdem war das neue Team in der Schweiz zu Hause, einem für mich neuen Land. Es war ein Neustart in allen Belangen.

In diesem Buch ist viel von Heuchelei die Rede. Heuchelei nach meinen Augeninfarkten, aber auch zuvor. Wie im Song «The Great Pretender». Das war auch ich. Ich, der die Leute nicht ehrlich informiere über meine gesundheitliche Situation und meine Augen. Ich, der vorgebe, ein Coach zu sein, der ich nicht bin. Es ist anstrengend, ein Pretender zu sein, ein Hochstapler. Zumindest als Trainer und Coach konnte ich damit Schluss machen, als ich in die Schweiz kam. Und das verdanke ich nicht zuletzt meinen beiden Söhnen Conner und Zac.

Flurin Randegger
«Für Jeff wäre ich durch Wände gegangen»

«Ich wollte gerade vom Parkplatz fahren, als ich Jeff und Torwarttrainer Tim Bertsche sah. Ich liess die Scheibe runter und grüsste die beiden. Jeff grüsste zurück und sagte 'Ciao Zuri!'» «Zuri», das ist Sandro Zurkirchen, der Torhüter des EHC Kloten.

Es war der erste Trainingstag des EHC Kloten im Sommer 2021 in Wetzikon und Jeffs Premierentag mit der neuen Mannschaft. Flurin Randegger dachte sich nichts dabei: «'Zuri' und ich fuhren beide schwarze Autos, trugen beide einen Bart und häufig ein schwarzes Baseballcap. Man konnte uns auf den ersten Blick also problemlos verwechseln.» Zudem war er der einzige Spieler, der auf die neue Saison genauso wie Jeff aus Rapperswil-Jona nach Kloten gewechselt hatte. Randegger wusste im Gegensatz zu den anderen Spielern Klotens also Bescheid, was die Probleme seines Trainers mit den Augen anging.

Zumindest meinte er es zu wissen.

Die letzten vier Jahre der Karriere Flurin Randeggers verliefen parallel zu jener Jeffs.

Zwei Saisons in Rapperswil-Jona, dann zwei weitere in Kloten. Das Spiel in Bern am 11. März 2023 war nicht nur Jeffs letztes als Coach, sondern auch Randeggers als Spieler. Er trat danach mit 34 Jahren zurück, um sich eine Karriere in der Privatwirtschaft aufzubauen. Heute arbeitet er als Institutionsleiter in einem Pflegezentrum in Zürich Oerlikon.

Der Kontakt zu Jeff ist geblieben. «Ich rufe ihn heute immer noch an, um sein Feedback zu hören, wenn es um Führungsaufgaben bei meinem Arbeitgeber geht», sagt Randegger. Als eine Restrukturierung bei den Teams im Pflegezentrum bevorstand, wollte er von Jeff wissen, wie er diese Aufgabe angehen würde.

Kann ein Eishockeytrainer da helfen? Ja, sagt Randegger. «Es beeindruckte mich immer, wie er mit den Menschen umging und Beziehungen aufbaute. Als Spieler fühltest du dich wohl mit ihm, du warst für ihn eben immer mehr als nur ein Spieler. Du konntest ihm auch Dinge anvertrauen, die dich im Privatleben beschäftigten. Er war immer für dich da.» Dies ist die Basis für eine enge Beziehung zwischen Spieler und Trainer. «Das geht dann so weit, dass du als Spieler alles umsetzt, egal was der Coach verlangt», sagt Randegger.

Auch bei ihm kam es vor, dass er taktische Anweisungen zwar hinterfragte, sie zunächst für eine

Schnapsidee hielt. «Aber ich sagte mir dann: Wenn Jeff es so will, dann mache ich es so.»

Randegger hat in seiner langen Karriere sehr unterschiedliche Trainertypen erlebt. Zwei möchte er hervorheben, beide galten als besonders empathische Coaches: Jeff und Antti Törmänen, der wegen Gallenblasenkrebs ab Sommer 2023 nicht mehr weiterarbeiten konnte. Randegger spielte ab 2012 eineinhalb Jahre unter dem Finnen. «Wie die beiden mit den Leuten umgegangen sind, hat mich inspiriert», sagt er. «Ich sagte mir oft: So will auch ich mit Menschen umgehen.»

Der wahre Unterschied zwischen Trainern zeigt sich in Stresssituationen. «Ich spielte auch unter Trainern, die dann bei der Wortwahl unter die Gürtellinie gingen», sagt Randegger. Das sei bei Jeff nie passiert, auch wenn er impulsiv war – und wie! Am Anfang ihrer engen Beziehung gab es einen heftigen Zusammenstoss.

«Es waren die ersten Minuten in einem Heimspiel, als Jeff zu mir kam, weil ich seiner Meinung nach einen groben Fehler begangen und einen Gegenspieler aus den Augen verloren hatte», erzählt Randegger.

«Er sagte: 'Noch einmal, und du spielst keine Sekunde mehr!' Ich wurde emotional und erwiderte: 'Super! Sehr toll, so zu spielen!'»

Jeff passten die Widerworte nicht. Er schickte den Spieler unter die Dusche und nach Hause. «Mitten in der Partie!», sagt Randegger. «Also tat ich, was er sagte und fuhr nach dem Umziehen heim.»

Dies hätte auch das Ende ihrer Beziehung sein können. Ein Trainer, der seine Autorität nur auf diese Weise demonstrieren kann, wird den Spieler früher oder später verlieren. «Ich fand das völlig masslos», erinnert sich Randegger. Also suchte er zwei Tage später während des Trainings das Gespräch mit Jeff. Und war erstaunt, wie es sich entwickelte.

«Ich war immer noch der Meinung, dass er völlig übertrieben hatte», erzählt Randegger. Er hätte es allerdings als normal empfunden, wenn der Trainer darauf gepocht hätte, Recht zu haben. «Doch wir besprachen die Situation und kamen zum Schluss, dass wir beide überreagiert hatten.»

Er hatte zuvor noch nie erlebt, dass ein Trainer nicht nur über so einen Vorfall mit ihm spricht, sondern dabei auch noch Fehler eingestehen kann. «Du zeigst Grösse und stehst zu eigenen Fehlern: Auch so baust du Beziehungen auf.»

«Ab jenem Moment hatte er mich als Spieler gewonnen. Für so einen Trainer willst du spielen. Danach wäre ich für Jeff durch die Wand gegangen.»

Flurin Randegger war nie ein Star. Er war zunächst Stürmer und wurde in Bern von Törmänen zum Verteidiger umfunktioniert. Er war der Typ Eishockeyaner, der oft als «Rollenspieler» bezeichnet wird. Wenn er seine Aufgaben erledigt, freut das zwar Trainer und Mitspieler, fällt aber nicht allen auf. Und dennoch konnte er eine derart enge Beziehung zu Jeff aufbauen, die bis heute und nach der Karriere Bestand hat.

Jetzt sitzt Randegger da und soll für dieses Buch über die gut zwei Jahre mit einem «blinden» Trainer erzählen und ist zunächst … sprachlos.

«Mir fehlen gerade die Worte», sagt Randegger, weil er völlig überrumpelt wird. «Jeff war immer transparent, sowohl in Rapperswil-Jona wie auch in Kloten», erzählt er. «Er sagte uns, dass er nicht mehr gut sehe und wir dies für uns behalten sollen.» Damit sei für die Spieler alles gesagt und erledigt gewesen. «Was ich stets dachte, war aber dies: Jeffs Sehvermögen liegt irgendwo zwischen 50 bis 60 Prozent.»

Randegger erinnert sich an all die Ansprachen Jeffs inklusive Video-Sessions: «Da stimmte alles, da fiel nichts auf! Er liess mich sogar wissen, wenn ich einen schlechten Pass gespielt hatte!»

Und Jeffs Situation war bei dem für ihn einschneidenden Spiel am 7. April 2021 in Biel schon so? «Ich kann das fast nicht glauben, ich bin im Moment nur baff.»

Randegger ist von Jeff Tomlinson dieses eine Bild geblieben: «Er war nie in einer Opferrolle. Dies war schon der Fall, als er von der Nierentransplantation wieder zum Team zurückkehrte, als wäre nichts passiert. Er wirkte immer zufrieden, zeigte immer die gleich gute Arbeitsmoral.»

Hört Randegger von Jeffs «Tricks» im Alltag, beginnt er zu schmunzeln und fühlt sich ebenfalls ertappt: «Als wir einmal in ein Restaurant gingen, erzählte ich von der Spezialität des Hauses, und er sagte sofort: 'Das nehme ich!' Er wollte gar nicht erst in die Speisekarte schauen.» Auch etwas anderes ergebe nun Sinn, sagt Randegger und lacht nun laut: «Jetzt weiss ich, warum Jeff mich in den letzten zwei Jahren immer so viel spielen liess …»

Doch dann wird er nachdenklich und sagt, wie anstrengend das Verbergen der Augenprobleme gewesen sein muss. «Und wie gross muss der Druck in der ersten Saison in Kloten für ihn gewesen sein? Es gab ja nur ein Ziel: Aufstieg!»

Sprachlos sei er, wiederholt Randegger immer wieder. «Und gleichzeitig ist es so schön und so eindrücklich, jetzt, ein paar Jahre danach, wieder über diese Erlebnisse mit Jeff gesprochen zu haben. Ich bin gespannt, wie die Leute seine Story aufnehmen werden.»

Kapitel 7:
Die Schweiz – meine vierte Heimat

Ich bin nie mehr länger zurückgekehrt. Und selbst wenn ich die Stadt schon 1991 endgültig verliess: Trotzdem ist auch Winnipeg meine Heimat, ich würde mich immer noch als stolzer «Winnipeger» bezeichnen. Und trotzdem ist es nicht der Ort, an dem ich permanent leben möchte. Darüber habe ich mit meiner Mutter schon oft gesprochen – sie ist bis heute nicht weggezogen. Mit 21 Jahren habe ich die Stadt verlassen – und war in grossen Schwierigkeiten. Ich war pleite, verloren und wusste nicht, was ich tun sollte. Roy Sommers Anruf aus Roanoke kam zum richtigen Zeitpunkt. In meiner Verzweiflung schwor ich mir damals: Ich komme nie wieder zurück. Und ich werde es anderswo schaffen!

Wie kam ich in diese Situation? Mit 19 Jahren entschied ich mich, Restaurantbesitzer zu werden – nein, das war kein Verschreiber: Ich habe mit 19 nicht einfach einen Job in einem Restaurant angenommen, sondern wirklich eines besessen. Hier kommt übrigens wieder Mister Auerbach ins Spiel. Sie erinnern sich: Er war nicht nur mein erster Eishockey-Coach, sondern auch mein Baseball-, Fussball- und American-Football-Trainer.

Ein Bekannter meiner Mutter besass das Restaurant, betrieben wurde es über einen Leasing-Vertrag von Herrn Auerbach. Er wollte es abgeben und das war praktisch: Die Übernahme kostete fast nichts.

Das Angebot war zu schön, um wahr zu sein. Im Nachhinein weiss ich, warum. Geld zu verdienen, war praktisch unmöglich. Das Restaurant gehörte zu dem heute immer noch existierenden Franchise «Grandma Lee's». Wir verkauften vor allem Suppen und Sandwiches. Mit dem Backen hatte ich Erfahrung, da ich mit 17 Jahren bereits in der Bäckerei der kanadischen Lebensmittelkette «Safeway» gearbeitet hatte. Die Herstellung von Donuts, Kuchen, Broten – das war mir vertraut. Bei meinem «Grandma Lee's» bezahlte ich die Rechnungen und die Mitarbeiter, für mich selbst blieb so gut wie nichts übrig.

Nach einem Jahr gab ich auf.

Ab dem Moment, als ich in Roanoke meinen ersten Job als Eishockey-Profi hatte, kehrte ich nur noch im Sommer zu Besuchen nach Winnipeg zurück. Nachdem ich Ginny in Raleigh kennengelernt hatte, wurde jene Stadt in North Carolina bis zu unserer Scheidung fast 20 Jahre lang zu meiner neuen Heimat.

Kanada, USA, Deutschland. Schon bevor ich in die Schweiz kam, konnte ich drei Länder als meine Heimat bezeichnen. Und in Deutschland zu leben, bescherte mir in der Saison 2014/15 ein wunderbares Erlebnis. Ich durfte die kanadische Nationalmannschaft während des «Deutschland Cup» betreuen. Selbst wenn dieser nur ein mitten in der Saison stattfindendes und knapp eine Woche langes Länderturnier mit Testspiel-Charakter ist: Für das Team Canada verantwortlich zu sein, ist eine riesengrosse Ehre. In meinem Heimatland hat Eishockey eine besondere Bedeutung. Wir Kanadier glauben, dass wir diesen Sport erfunden haben. Dies zeigt sich unter anderem auch an der Sprache: Ich kann in Kanada den grammatikalisch fragwürdigen Satz «Wir 'hockey' besser als andere» sagen – damit würde ich kaum für Aufsehen sorgen. Eishockey bedeutet in diesem Land einfach alles, ist wie eine Religion – da kann man deswegen die Sprache ein wenig verbiegen. Kanadischer Nationaltrainer zu sein, und selbst wenn es nur für eine Woche ist, ist eine Adelung.

Und wie ich lernen durfte, sorgst du auch nicht nur für Begeisterung unter deinen Landsleuten, wenn du die Nationalmannschaft anderer Länder coachst. Am Ende der Saison durfte ich 2015 auch zu den Weltmeisterschaften in Prag, jetzt als Assistent Pat Cortinas beim deutschen Team.

Wir spielten in der gleichen Gruppe wie Kanada. Als mich der kanadische Trainerstab auf der deutschen Bank sah, konnten sie meinen Lagerwechsel kaum glauben.

Ich entgegnete bloss: «Ich habe auf eure Einladung gewartet. Als keine kam, habe ich halt Deutschland zugesagt.»

An dieser WM für Deutschland zu arbeiten, wurde aus einem anderen Grund zur glücklichen Fügung. Ohne meine Anwesenheit an dieser WM wäre ich nie bei Rapperswil-Jona und damit in der Schweiz gelandet. Wie so oft in diesem Business spielte der Zufall Regie.

Das Turnier war mitten im Gang. Ich sass gerade in der Trainer-Lounge und arbeitete an meinen Videos für das deutsche Team. Die Assistenten des Schweizer Nationaltrainers Glen Hanlon waren ebenfalls da. Darunter auch Todd Woodcroft, ein Kanadier, den ich bereits kannte. Beiläufig fragte er mich, wo ich nächste Saison arbeiten würde. Ich gestand, dass ich auf Jobsuche sei. Reto Schürch, Goaliecoach der Schweizer und zu jener Zeit in gleicher Funktion in Rapperswil arbeitend, hörte dies und sagte: «Bei den Lakers suchen wir einen neuen Cheftrainer. Ruf doch mal unseren Sportchef an.» So einfach kann es sein: Nach Kanada, den USA und Deutschland fand ich meine vierte Heimat: die Schweiz.

Ganz so einfach war das natürlich nicht. Die Lakers standen bereits vor der Verpflichtung eines anderen Trainers. Als ich mich bei Sportchef Roger Maier meldete, war nicht sicher, ob ich den Job bekommen würde. Der Rückruf Maiers erreichte mich an einem Abend in Düsseldorf.

Maier teilte mir das Interesse der Lakers mit. Der Haken: Ich sollte bereits am nächsten Tag in Rapperswil vorsprechen. Der kurzfristig gebuchte Flug kostete 800 Euro. Ich fragte mich, ob es diese Summe wert war für einen Job, den ich wahrscheinlich gar nicht bekommen würde. Ich dachte aber auch: Was soll's? Ich bestieg also am nächsten Morgen das Flugzeug nach Zürich. In Düsseldorf war es heiss, ich reiste also im T-Shirt. In der ganzen Aufregung hatte ich es vergessen, den Wetterbericht für Rapperswil zu prüfen.

In Zürich gelandet, musste ich feststellen, dass es sowohl regnete und auch viel kälter war. In den fünf Stunden Wartezeit bis zum Gespräch mit Roger Maier würde ich mich erkälten. Also kaufte ich mir in Rapperswil sofort einen Pullover. Um die Zeit zu vertreiben, setzte ich mich danach in ein Café und genoss das wunderbare Panorama am See. Ein Sprichwort sagt: Alles Gute kommt von oben. Für mich stimmte das an diesem Tag nicht wirklich.

Als ich zum Termin aufbrach und auf die Strasse trat, kam von oben nichts Gutes, sondern nur Vogelscheisse. Ein schöner, grosser Fleck mitten auf meinem neuen Pullover. Unter grossem Zeitdruck rannte ich zurück ins Café und versuchte verzweifelt, irgendwie den ganzen Mist abzureiben.

Die nächste Überraschung wartete beim Gespräch. Wie sich herausstellte, würde ich nicht nur mit Roger Maier reden. Es waren sieben Leute im Raum, die mich sofort musterten. Noch nie hatte ich ein Bewerbungsgespräch vor so vielen Leuten gehabt. Sie löcherten mich sogleich mit Fragen, darunter auch solche, die ich seltsam fand. Ich merkte auch schnell, wer mich mochte und wer skeptisch zu sein schien. Ich würde sagen, die Jury war mit 5:2 auf meiner Seite.

Damit lag ich richtig. Im Nachhinein muss ich sagen: Vielleicht kommt wirklich alles Gute von oben. Denn auch wenn ich mein Vorstellungsgespräch mit verschmutztem Kleidungsstück absolvieren musste, war ein paar Tage später klar: Ich hatte den Job!

Dr. Matthias Neusser «Bei einer Dialyse stellen sich viele die Sinnfrage»

Allein im Auto, die Hände am Lenkrad, sass Jeff wie betäubt. Die Worte des Pflegepersonals der Klinik für Innere Medizin in Uznach hallten in ihm nach – ruhig, sachlich, freundlich. Und doch hatten sie etwas in ihm losgetreten. Eine Dialyseform, die Verantwortung bedeutete. Eigeninitiative. Disziplin. Es klang nach Freiheit, aber auch nach Bürde. Jetzt war er allein mit dieser Entscheidung. Und mit der Angst.

Dialyse – ein medizinisches Verfahren, das den Körper entlastet, wenn die Nieren versagen. Es entfernt Giftstoffe aus dem Blut, übernimmt das, was die Organe nicht mehr leisten können. Für Jeff bedeutete das: Hämodialyse, die klassische Blutwäsche. Drei Mal pro Woche, jeweils vier Stunden. Das Blut wird durch einen Katheter am Hals oder einen Gefässzugang am Arm aus dem Körper geschleust, gereinigt – und zurückgepumpt.

Auf dem Papier wirkte der Ablauf klar und strukturiert. Doch für Jeff war er kaum mit seinem Alltag vereinbar. Als Eishockeytrainer war er ständig unterwegs, lebte zwischen Rapperswil und Düsseldorf und pendelte regelmässig hin und her. Die festen Zeiten der Dialyse liessen sich nur schwer in diesen bewegten Alltag einbauen. Es fühlte sich an, als würde sein Leben plötzlich stillstehen – dabei war es doch sonst immer in Bewegung.

Wäre auch eine Heim-Hämodialyse eine Option gewesen? Theoretisch ja. Doch die mobilen Geräte, mit denen man auch unterwegs dialysieren kann, waren in der Schweiz zu dieser Zeit noch nicht erhältlich. Und selbst heute wären sie nur schwer als Ergänzung zu einem fix installierten, leistungsstärkeren Heimgerät erstattungsfähig. Für Jeff hätte das bedeutet: drei Maschinen – eine in Rapperswil, eine in Düsseldorf und eine für unterwegs.

Doch genau das war das Problem. Sein Alltag war alles andere als planbar. Als Trainer war er oft mit der Mannschaft unterwegs, an wechselnden Orten, mit unregelmässigen Tagesabläufen. Eine verlässliche Dialyse in der Praxis von Dr. Matthias Neusser oder unterwegs in anderen Stationen wäre kaum möglich gewesen.

Für Dr. Neusser, Jeffs Nephrologen, war die Sache deshalb klar: Die Bauchfelldialyse – die sogenannte Peritonealdialyse – war der einzige gangbare Weg.

Sie lässt sich selbstständig durchführen, zu Hause und vor allem unterwegs. Genau das, was Jeff brauchte.

Auch die Bauchfelldialyse verlangte Jeff einiges an Organisation ab. Zwar konnte sie mit einem sogenannten Cycler durchgeführt werden – einer Maschine, die nachts im Schlaf arbeitet. Sie leitet die Dialyseflüssigkeit automatisch in den Bauchraum und wieder hinaus. Auf den ersten Blick schien das die bequemere Lösung zu sein.

Allerdings hatte auch diese Variante ihre Tücken. Für eine optimale Reinigungswirkung sollte das Gerät meist acht Stunden lang laufen – jede Nacht. Und genau das war für Jeff nicht immer machbar. In der Saison kam es vor, dass er von einem Auswärtsspiel erst um drei Uhr morgens zurückkam – und nur wenige Stunden später schon wieder im Trainerbüro im Stadion sein musste. Acht Stunden Schlaf, geschweige denn Dialysezeit, waren da oft ein Luxus, der sich im Alltag nicht unterbringen liess.

Für unterwegs blieb nur der manuelle Beutelwechsel – alle vier Stunden, von Hand. Eine Herausforderung, besonders bei langen Busfahrten zu Auswärtsspielen. Hygiene war entscheidend. Dr. Neusser hatte gewarnt: Das sei kein Detail.

Eine Infektion im Bauchraum kann ernst werden: Bauchschmerzen und Fieber, aber auch die Abnutzung des Bauchfells, das durch die Dialyse bereits strapaziert wird und darum so gut wie möglich geschont werden sollte. Jeff wusste das. Aber wie sollte er sterile Bedingungen schaffen – in einem Team-Bus, auf einer Raststätte, im ständigen Rhythmus eines Trainerlebens?

Und ob mit dem Cycler oder per Handwechsel: Beide Methoden bergen eine logistische Herausforderung, die nicht alle Patienten bewältigen können. Am besten ist es, in der Wohnung einen separaten Raum dafür zu haben. «Und wenn man den nicht hat, dann zumindest etwas Stauraum in einem anderen Zimmer», erklärt Neusser.

Die für die Dialyse benötigte Flüssigkeit kommt in schweren Beuteln, unhandlich und kaum stapelbar. Geliefert wird nicht täglich, sondern in grossen Mengen – meist im Abstand von sieben bis vierzehn Tagen. Das bedeutet: Kartons, Kisten, Volumen. Dazu der Cycler, der ebenfalls Platz braucht.

Nicht jeder Haushalt bietet diesen Raum. In manchen Fällen scheitert eine Bauchfelldialyse schlicht an den Platzverhältnissen. Häufigere Lieferungen wären eine Lösung – doch bisher fehlt es dafür oft an Logistik und Bereitschaft.

Dabei würde allein das den Alltag vieler Patienten erheblich erleichtern.

Die Unmenge an Material. Das komplizierte und viel Vorsicht verlangende Verfahren. Der nicht gerade dafür optimierte Alltag eines Trainers einer Profi-Eishockeymannschaft. Jeffs Gedanken fuhren Achterbahn. Und während er an Flüssigkeitsbeutel und Dialysator-Maschinen dachte, sass er mit Tränen in den Augen im Auto und versuchte sich vorzustellen, was da auf ihn zukam.

Würde er das schaffen?

Eine Dialyse ist wie eine Nierentransplantation ein Lebensereignis, bei dem sich viele die Sinnfrage stellen. Eine Begleitung auf psychologischer Ebene ist darum nötig, sagt Neusser: «Es ist wichtig, den Patienten nicht nur körperlich kompetent zu helfen. Sondern auch mit professioneller psychologischer Betreuung, die Verständnis hat für diese spezielle Situation.» Er war sich darum bewusst, welche schwierig zu verarbeitende Informationen Jeff gerade erhalten hatte.

«Er war bereits beruflich voll gefordert», sagt Neusser, «es war klar, was das für eine enorme Zusatzbelastung werden würde zu seinem ohnehin schon strengen und herausfordernden Pensum als Trainer.» Neusser blieb von dieser ersten Begegnung ein anderer Eindruck als jener von Jeff, der danach im Auto verzweifelte. «Wir erlebten wohl seine offizielle Seite», erzählt Neusser. Er habe ihn als äusserst konzentrierten und engagierten Menschen in Erinnerung, als jemanden, der sich gewissenhaft auf das Dialyseverfahren vorzubereiten versuchte. Das Pflegepersonal sei von Jeffs Stärke begeistert gewesen.

Als Jeff mit der Dialyse begann, kamen bald schon weitere Herausforderungen dazu. Alle staunten, wie Jeff trotz seiner Reisereien mit den Vorgaben klarkam: «Es war für uns in der Klinik sehr eindrucksvoll, wie gewissenhaft und organisiert Jeff handelte», sagt Neusser. Auch die Handwechsel habe er stets korrekt und den strengen Hygienevorgaben entsprechend durchgeführt: «Er hatte nie eine Infektion im Bauch.»

Theoretisch hätte Jeff jahrelang mit der Dialyse leben können. Doch die medizinischen Studien sind eindeutig – eine Transplantation verbessert nicht nur die Lebensqualität, sondern auch die Überlebenschance, sagt Dr. Neusser.

Wichtig zu wissen bei der Peritonealdialyse: Das Bauchfell dient dabei als eine Art Sieb – es trennt die Giftstoffe im Körper vom sauberen Dialysat, der

Reinigungsflüssigkeit. Doch dieses Sieb nutzt sich mit der Zeit ab. «Die Bauchfelldialyse ist für zwei, vielleicht drei Jahre ideal», erklärte Dr. Neusser. «Bis eine Transplantation möglich wird.»

Für ihn war längst klar: Jeff brauchte ein neues Organ. Je eher, desto besser. Neusser drängte auf einen baldigen Termin – nicht aus Prinzip, sondern aus Erfahrung.

Oft dauert es länger, als man es sich wünscht. Auch, wenn Lebendspender gefunden werden und man nicht auf einer nationalen Warteliste auf die Niere Verstorbener warten muss. Auch bei Lebendspenden sind logistische, persönliche und gesundheitliche Hindernisse möglich. Das kann zu Verzögerungen von mehreren Monaten führen. Gerade in Jeffs speziellen Fall.

«Interessant war, dass seine Grunderkrankung familiär ist», sagt Neusser. Auf der einen Seite konnte Jeff mit seiner ebenfalls betroffenen Mutter darüber reden. «Andererseits war dies auch belastend, da die Spender nicht so zahlreich sind wie in einer gesunden Familie. Diese Situation war herausfordernd.» Nachdem sich sein Bruder Darryl als Spender zur Verfügung stellte, habe man entsprechend genau hinschauen müssen, um eine gesunde Niere für Jeff garantieren zu können.

Gut in Erinnerung geblieben ist Neusser auch Jeffs Drang, zu seinem Team zurückzukehren: «Es gibt Patienten, die sich leichter damit tun, eine Pause einzulegen. Er aber wollte immer weiter funktionieren. Es war eindrücklich, wie Jeff während meiner ganzen Betreuung Coach blieb.»

Jeff wollte sogar die Transplantation so terminieren, dass er möglichst wenige Spiele von Rapperswil-Jona verpassen würde. «Er ist zwar Kanadier», sagt Neusser schmunzelnd, «doch da hatte er ein preussisches Pflichtbewusstsein ...»

Für den Nephrologen wurde es zum nicht alltäglichen Fall. Er bat Jeff darum, bei der Schulung von Betroffenen seine Geschichte verwenden zu dürfen. «Ich bin sehr dankbar, dass er sein Okay gab», sagt Neusser. «Jeff ist ein gutes Beispiel, wie man sein Leben und seinen Beruf weiterführen kann – trotz Dialyse. Ich erwähne das immer gerne.»

Neusser sieht in Jeff ein Vorbild für weitere Betroffene, weil er Dialyse und Transplantation auch unter schwierigsten Bedingungen hinter sich gebracht hat. Er stand auch für PR-Aktionen zur Verfügung, wie bei einem Anlass im eigenen Stadion mit Swisstransplant, der nationalen Stiftung für Organ- und Gewebespende.

«Solche Aktionen sind wichtig», sagt Neusser. Es gebe ja nicht nur die Betroffenen: «Der Gesellschaft muss bewusst sein, dass es auch Spender von Organen braucht.»

Kapitel 8: Die Nierentransplantation

1997, ich war damals 27 Jahre alt, bekam ich eine Diagnose, mit der ich nie gerechnet hätte: polyzystische Nierenerkrankung – Zystennieren. Ins Krankenhaus war ich ursprünglich wegen etwas völlig anderem gegangen: ein gebrochener Finger, der operiert werden musste.

Doch bei einem Routine-Check wurden auffällig viele Zysten an meinen Nieren entdeckt. Weitere Untersuchungen folgten – und schliesslich die Gewissheit: Die Krankheit war genetisch bedingt, ich musste sie geerbt haben.

Also liessen sich auch meine Eltern untersuchen. Die Diagnose traf uns doppelt: Es war meine Mutter, die das Gen in sich trug – und selbst bereits betroffen war. Auch sie würde eine Transplantation brauchen. Und wie bei mir sollte ihr Bruder der Spender werden.

Bei mir hiess es zunächst aber: Mach dir keine grossen Sorgen! Es kann sein, dass das nie ein wirkliches Problem werden wird. Selbst wenn die Ärzte mir auch dies sagten: «Es kann passieren, dass man diese Zysten bekommt, doch Ihre Nieren sehen aus wie die eines 70-Jährigen.»

Doch auch das bedeutete nicht automatisch, dass ich später irgendetwas bemerken würde. Darum war dieses Thema für den Moment erledigt. Ich war 27, lebte meinen Traum und dachte nicht zu weit in die Zukunft.

Regelmässige Untersuchungen blieben mir zwar nicht erspart. Und irgendwann meinte ein Nephrologe, man müsse nun doch etwas genauer hinschauen – aber wirklich besorgt war ich nicht. Erst eine Reihe von Zwischenfällen veränderte das. Es brauchte diese kleinen Erschütterungen, um mir klarzumachen, dass die Krankheit nicht einfach verschwunden war – nur stiller geworden.

Der Anfang war unspektakulär, aber deutlich: Mit 44, Cheftrainer bei den Eisbären in Berlin, warf mich eine schwere Lebensmittelvergiftung aus der Bahn. Mein Körper brauchte Wochen, um sich zu erholen. Auch das blieb nur eine Episode. Die Nieren fingen sich wieder.

Aber ich wurde vorsichtiger. Statt einmal im Jahr liess ich mich nun alle paar Monate durchchecken. Zum ersten Mal wurde aus der Theorie Krankheit etwas, das Raum in meinem Alltag einnahm.

Den einen Moment, an dem mir jemand gesagt hätte «Jetzt ist es so weit, jetzt brauchen Sie eine

Transplantation!», den gab es nicht. Kein Paukenschlag, keine dramatische Diagnose. Stattdessen: kleine Schritte.

Als sich mein Zustand langsam, fast unmerklich, verschlechterte, war ich in Rapperswil. Die Werte wurden schlechter, die Ärzte vorsichtiger. Irgendwann kam die Empfehlung zur Dialyse – nicht als akuter Notfall, sondern als notwendiger Schritt, um überhaupt auf die Warteliste für eine Transplantation zu kommen.

Und gleich mit dieser Empfehlung kam auch die Anforderung: Wer so lebt und arbeitet wie ich, ständig unterwegs, ständig im Einsatz, der muss lernen, die Dialyse zu Hause durchzuführen – selbstständig, zuverlässig, flexibel.

Es war keine Frage des Ob mehr. Es ging längst ums Wie.

Um herauszufinden, ob das überhaupt möglich sei, vereinbarten wir einen Termin bei mir zu Hause, damit die Ärzte feststellen konnten, ob in meiner Wohnung genug Platz sein würde für all die Sachen, die ich benötigte. Im ersten Moment tönt das vielleicht übertrieben.

Glauben Sie mir: Als die erste Lieferung ankam, war ich schockiert.

Ich hatte mit viel gerechnet – aber nicht mit einem halben Lagerhaus. Kisten über Kisten, Maschinen, Beutel, Reinigungsmittel, Zubehör in jeder erdenklichen Form. Ich brauchte ein ganzes Zimmer, nur um all das unterzubringen.

Und ich brauchte Hilfe. Denn eines war klar: Wenn ich das alles selbst zu Hause durchführen sollte, musste ich lernen, wie. Schritt für Schritt. Also begannen wir mit der Schulung – nicht im Klassenzimmer, sondern im echten Leben, zwischen Kartons und Kabeln.

Eine der wichtigen Aufgaben der Nieren ist bekanntlich die Reinigung des Körpers von Giften und den Abbauprodukten des Stoffwechsels. Funktionieren die Nieren nicht mehr richtig, übernimmt die Dialyse diese Aufgabe. Bei meinem ersten Mal wurde noch alles im Spital erledigt, so begann auch meine Lernphase.

Bei der Peritonealdialyse wird ein Schlauch in den Bauch eingeführt – genauer gesagt: in die Peritonealhöhle, den Raum zwischen den Bauchorganen. Darüber gelangt die Dialyseflüssigkeit in den Körper. Dort bleibt sie für einige Stunden, nimmt Giftstoffe und überschüssiges Wasser auf – und wird anschliessend wieder abgelassen. Ein stiller Austausch. Kein Blut, kein Lärm. Aber ein täglicher, lebenswichtiger Prozess.

So weit, so gut. Ich hatte gelernt, wie die Dialyse funktionierte – und wie ich sie allein zu Hause durchführen konnte. Doch die eigentliche Herausforderung kam erst noch.

Die Prozedur war nicht nur komplex, sie musste auch alle vier Stunden wiederholt werden – Tag für Tag. Einzige Ausnahme: die Nacht. Solange ich zu Hause war, konnte ich mich mit einem langen Kabel an eine Maschine anschliessen, die den Vorgang über acht Stunden hinweg übernahm.

Aber auch das hatte seinen Preis: Ich musste liegen bleiben. Durchgehend. Ein Abbruch mitten in der Nacht hätte nicht nur den Prozess gestört – sondern auch eine regelrechte Sauerei verursacht.

Bewegung, Flexibilität, Spontaneität? Fehlanzeige. Die Dialyse diktierte den Takt.

Für den normalen Tagesablauf benötigte ich eine minutiöse Planung. Die Dialyse alle vier Stunden durchzuführen hiess: Mal tat ich es im Büro, mal im Bus zum Auswärtsspiel und an allen weiteren möglichen Orten – und es dauerte jedes Mal 30 Minuten. Es kam der Moment, als für mich klar wurde: Ich brauche einen Spender und das am besten so schnell wie möglich.

Neun Monate waren seit dem Beginn der Dialyse vergangen, ich hätte noch fünf oder mehr Jahre weitermachen können. Aber das war für mich keine wirkliche Option mehr. Es war Ende 2018, die erste Saison nach dem Aufstieg mit Rapperswil-Jona in die höchste Liga, entsprechend war meine Arbeit als Cheftrainer einer Eishockey-Profimannschaft nicht kleiner geworden. Es war in meinem Interesse, so schnell wie möglich jemand Geeigneten zu finden.

In der Schweiz kam ich auf die Liste der Menschen, die eine neue Niere brauchen. Aber es war unmöglich abzuschätzen, wie lange es würde, bis sich ein Spender oder eine Spenderin finden lässt. Leider gibt es immer noch zu wenige Organspender. Zum Glück meldeten sich aus meinem Umfeld sofort mehrere. Sie waren bereit, mir eine ihrer beiden Nieren zu überlassen: meine Schwester, mein Vater, meine beiden Brüder. Und sogar mein Schwager Marcel, wofür ich ihm sehr dankbar bin. Aber die Ärzte machten mir schon bald klar: Am meisten Sinn machte es, wenn Darryl der Spender wäre. Er ist mein Bruder, hat keine Kinder und beabsichtigte nicht, eine Familie zu gründen. Menschen, die bereits Kinder haben, sollten möglichst keine Nierenspender sein. Es besteht immer die Möglichkeit, dass eines ihrer Kinder später selbst eine Transplantation braucht.

Die Tests mit Darryl waren positiv. Er hatte zwei sehr gut funktionierende Nieren. Er sollte nach dem Eingriff mit nur einer Niere problemlos weiterleben können. Selbstverständlich war dies nicht. Ich habe meine Nierenerkrankung von meiner Mutter geerbt, aber Darryl ist glücklicherweise nicht betroffen. Somit war klar: Er würde mein Spender und Lebensretter werden. Doch nun gab es ein neues Problem.

In der Schweiz wollte man die Operation mit Darryl als Spender nicht durchführen. Die Angst vor einer Klage, da es sich bei meinem Bruder um einen Nordamerikaner handelt, war zu gross. Welch riesige Enttäuschung! Man verglich Kanada mit den USA und damit einem Land, das den Ruf hat, dass sich jeder und jede kreuz und quer zum Richter zerrt. Es machte mich wütend, dass selbst unser nächster Vorschlag abgelehnt wurde: ein Haftungsausschluss. Vor der Operation sollte schriftlich festgehalten werden, dass eine Klage ausgeschlossen sein würde. Egal, was beim Eingriff passierte.

Trotz geeignetem Spender – Stillstand. Wir mussten für die Transplantation also ein anderes Land suchen. Fündig wurden wir dank meines Schwiegervaters Wolfgang in Halle, in der Nähe von Leipzig, in Deutschland.

Weitere Tests vor Ort in Halle waren nötig.

Da es mitten in der Eishockey-Saison war, musste ich dreimal aus der Schweiz anreisen. Darryl konnte mehrere Wochen bei Andreas Familie in Düsseldorf wohnen. So musste er nur einmal aus Winnipeg anreisen.

Einmal war Fliegen für mich nicht möglich. Nach einem Spiel stieg ich in den Nachtzug – das war in meiner Situation kein Spass. Natürlich gab es keine direkten Verbindungen nach Halle. Also musste ich die Dialyse einmal mitten in der Nacht beim Umsteigen auf einer Bank in irgendeiner Bahnhofshalle durchführen. Diese 30 Minuten gehörten zu meinen Tiefpunkten.

Ich erinnere mich noch gut an meinen Gedanken, als ich wusste, dass ich nun zum allerletzten Mal die Dialyse gemacht hatte: Gott sei Dank!

Gut ein Jahr lang hatte ich das jetzt gemacht. Dieses Jahr wird mir als unerträgliche und nicht enden wollende Qual in Erinnerung bleiben. Ich fühlte mich hilf- und ahnungslos. Die ganze Zeit musste ich Dutzende unterschiedliche Dinge nachbestellen. Und ich musste mit ihnen umgehen können. Jedes Mal, wenn ich wusste, dass ich einen Tag lang unterwegs sein würde, begann der Zirkus von vorn: Habe ich alles und genug dabei? Mit der Zeit begann meine Wohnung mit all den Verpackungen und Schachteln wie ein Müllhaufen auszusehen.

Was mir ebenfalls zu schaffen machte: Trug ich nur ein T-Shirt, war der Schlauch an meinem Bauch deutlich zu sehen. Ich hatte ständig das Gefühl, angestarrt zu werden. Die Blicke der Leute schienen zu fragen: Was trägt der da unter seinem Shirt?

Mit der Zeit verlor ich die Geduld. Ich wollte nicht immer wieder erklären, was es damit auf sich hatte. Jede Frage führte zu einer langen Geschichte – und irgendwann wollte ich diese Geschichte einfach nicht mehr erzählen.

Ich war überglücklich und unendlich erleichtert, als sich ein Spender fand. Ausgerechnet Darryl.

Das Überraschende: Unsere Beziehung war nie besonders eng. Wir sind Brüder, ja – aber über Jahre hinweg hatten wir kaum Kontakt. Darryl ist zweieinhalb Jahre jünger als ich, doch selbst in unserer Kindheit waren wir uns oft fremd.

Selbst in der gemeinsamen Zeit in Deutschland, 1993 und 1994, änderte sich daran wenig. Ich spielte damals meine erste Saison in Europa, in Timmendorf, und verschaffte ihm einen Job als Teambetreuer beim Club. Wir wohnten sogar zusammen. Trotzdem lebten wir aneinander vorbei.

Darryl kümmerte sich um kleine Aufgaben im Verein, ich war als Spieler rund um die Uhr eingespannt. Für tiefere Gespräche blieb keine Zeit – oder vielleicht auch kein Raum. Die Nähe, die man bei Brüdern erwartet, war bei uns nie selbstverständlich.

Damit diese möglich wurde, brauchte es eine Nierentransplantation. Und wir mussten im Krankenhaus nebeneinanderliegen. Nach der Transplantation behielt man uns rund zwei Wochen dort. Das war unsere längste miteinander verbrachte Zeit.

Nein, wir waren keine engen Freunde. Das macht es für mich umso beeindruckender. Darryl stellte sich sofort als möglicher Spender zur Verfügung. Es ist ein schöner Aspekt meiner ganzen Geschichte. Der Eingriff brachte uns einander näher, als wir es je gewesen waren. Wir konnten endlich miteinander reden und wirklich gute Gespräche führen. Wir brachten einander auch häufig zum Lachen, was nach der Operation ein Problem darstellte. Die Nähte an unseren Körpern sorgten für schmerzhafte Lacher. Ich bin wirklich dankbar für all diese Erfahrungen mit ihm.

Und ich werde Darryl bis zu meinem Lebensende dankbar sein, dass er sich als Spender zur Verfügung stellte.

Ich werde ihm diese «Schuld» nie zurückzahlen können. Und trotz unserer Vorgeschichte fühlt es sich für mich nicht komisch an, dass ausgerechnet er es war. Bestimmt hätte ich das umgekehrt auch für ihn getan. Du hilfst deinen Familienmitgliedern. Einen Teil Darryls habe ich in mir. Brachte uns diese Erfahrung nun auch längerfristig näher? Ein wenig schon. Wir schreiben uns nun immerhin ein bis zwei Mal pro Jahr.

Die Operation war ein erster Schritt zurück zur Normalität. Zunächst fühlte ich mich sehr schwach. Vorher war ich der Überzeugung gewesen, kugelsicher wie Superman zu sein. Nichts würde mir passieren. Wie sehr hatte ich mich geirrt. Es war nicht die erste Operation, die ich hinter mich gebracht hatte. Aber zum ersten Mal vergingen Wochen, ja Monate, bis ich mich wieder gut fühlte. Neu für mich war auch, täglich derart viel Medizin zu mir nehmen zu müssen. Bis zu 20 Tabletten am Tag! Dies benötigte Disziplin, ich durfte keine davon vergessen.

Und ich musste meine Ernährung umstellen – sonst hätte ich die Wirkung der Medikamente beeinträchtigt oder sogar zunichtegemacht. Damit konnte ich aber gut leben, auf Dinge, die ich wirklich liebe, brauchte ich nicht komplett zu verzichten. Zu den täglichen Tabletten kamen monatliche Bluttests und Infusionen.

Was klar ist: Dieser Prozess wird für mich nie zu Ende sein. Aber er ist schaffbar. Das nehme ich dankend in Kauf, wenn dafür die Dialyse wegfällt. Das bescherte mir von Anfang an ein wiederentdecktes Gefühl der Freiheit. Und nicht nur das. Was hatte mich nicht alles wegen meiner schlecht funktionierenden Nieren geplagt? Ich hatte einen Herzinfarkt. Ich hatte Gicht – eine schmerzhafte Gelenkentzündung durch Harnsäureablagerungen. Ich hatte Wasser in meinen Füssen und Beinen. Und da war noch viel mehr wegen all des Gifts in meinem Körper. Seit der Transplantation muss ich mich mit nichts davon mehr herumschlagen. Die Anzahl Tabletten, die ich täglich zu mir nehmen muss, hat sich in der Zwischenzeit reduziert: Es sind noch acht Pillen. Fünf am Morgen, drei für die Nacht. Diese acht Pillen werde ich nicht mehr los. Aber lieber acht als zwanzig.

Als ich nach einem Monat Abwesenheit zum Team in Rapperswil-Jona zurückkehrte, hatte ich die Phasen der Erschöpfung noch längst nicht hinter mir. Anfangs glaubte ich, meine Schwäche vor den Spielern verbergen zu können. Ein Irrtum.

Schon beim ersten Auftritt vor der versammelten Mannschaft zitterte ich so sehr, dass ich meine Arme vor der Brust verschränken musste.

Es war, als hätte mir das Leben selbst in den Hintern getreten. Mein Körper gab mir eine unmissverständliche Botschaft: Mach langsam! Jetzt!

Das gegenseitige Vertrauen zwischen Mannschaft und mir aber war so gross, dass ich wusste: Ich brauche keine Angst zu haben, meine Probleme zu zeigen. Die Spieler würden Verständnis haben. Dieses Erlebnis war ein Vorbote dessen, was zwei Jahre später, wegen meiner Augen, wieder geschehen würde. Es gab mir immer ein gutes Gefühl, vor meinem Team zu stehen.

Es war auch ein Gefühl, beschützt zu sein. Ich durfte ich selbst sein. Das war in Kloten genauso. Dafür bin ich bis heute allen Spielern in den Teams dankbar: Sie beschützten mich, sie erzählten meine vielen, vielen Defizite nicht weiter.

Die Probleme mit dem linken Auge begannen gut eine Woche vor dem ersten Pre-Playoff-Spiel in Biel. Ich sass in Rapperswil zu Hause vor dem Fernseher und merkte: Ich kann die untere Hälfte des Bildschirms nicht richtig sehen. Ich war mir zunächst nicht sicher. Bilde ich mir das vielleicht nur ein? Am nächsten Tag sah ich aber noch schlechter. Nun bekam ich Panik. Denn die Erinnerungen kamen hoch: Vor einem Jahr hatte es genau gleich begonnen.

Niemand ausser Andrea wusste, dass ich seit einem Jahr auf dem rechten Auge fast blind war. In meiner Arbeit als Headcoach hatte mich dies nur leicht behindert. Bei einzelnen Drills im Training zum Beispiel war ich eingeschränkt.

Das fiel nicht auf, ich konnte gewisse Aufgaben problemlos an die Assistenten delegieren, darum beunruhigte mich das bei meiner Arbeit als Trainer nicht.

Vor einem Jahr suchte ich einen Optiker in Rapperswil-Jona auf. Der verwies mich sofort ans Universitätsspital Zürich. Es folgten während Wochen viele Tests. Hohe Dosen an Prednison, einem Kortison mit entzündungshemmender Wirkung. Alles, was in diesem Moment schädlich für mein Auge hätte sein können, sollte abgetötet werden. Doch auch das half nicht. Ich holte mir an anderen Orten auch Zweit- und Drittmeinungen, ohne Ergebnis. Ich musste mich damit abfinden, dass ich auf dem rechten Auge praktisch nichts mehr sehen würde. Und ich spürte die Sorgen der Ärzte um das andere Auge.

Ein Jahr lang hatte ich Ruhe.

Jetzt begann dasselbe mit meinem linken Auge. Panik erfasste mich. Bislang hatte ich zumindest auf einem

Auge immer gut gesehen. Würde ich jetzt komplett blind werden? Ich ging sofort wieder ins Spital, wo ich drei Tage für Überprüfungen blieb.

MRIs, Bluttests, Antikörpersuche – alles drehte sich nun um meinen Sehnerv. Die Ärzte suchten nach einem Auslöser: eine Entzündung, eine Infektion, irgendetwas Greifbares.

Dann stand die Lumbalpunktion an – eine Rückenmarkspunktion. Der Begriff allein liess mich zusammenzucken. Eine Nadel, tief in den unteren Rücken, direkt zum Nervenwasser. Ich lag auf der Seite, eingerollt wie ein Fragezeichen, während die Ärztin den Rücken desinfizierte.

Die Betäubung brannte kurz. Dann der Einstich – nicht schmerzhaft, aber seltsam fremd. Ein dumpfer Druck, der irgendwo tief im Inneren ansetzte. Ich wagte kaum zu atmen.

Später folgte die Untersuchung auf Vaskulitis – eine mögliche Entzündung der Blutgefässe. Ich wartete. Auf Ergebnisse, auf Erklärungen. Auf irgendetwas, das mir das Gefühl gab, wieder die Kontrolle zu haben.

Darum verpasste ich die letzten beiden Qualifikationsspiele mit Rapperswil-Jona.

Darum musste Nik als Headcoach einspringen. Gleichzeitig verschlechterte sich der Zustand meines linken Auges rapid. Nach vier Tagen war es soweit: Ich sah links nur noch marginal besser als rechts.

Es war nicht so, dass ich nach der Diagnose zu meinem rechten Auge vor einem Jahr das Thema einfach verdrängt hatte. Ich musste schon damals immer wieder zu Testzwecken ins Spital. Diese Untersuchungen waren nicht immer angenehm. Nadeln im Auge fühlen sich wirklich nicht gut an.

Die braucht es aber, um Flüssigkeiten zu injizieren, zur Linderung der Schwellungen in den Bereichen der Sehnerven. Es hatte sich im rechten Auge eine Sehnervschwellung entwickelt, und es war auch eine Venenthrombose dazugekommen. Dabei schliessen sich Venen, was für eine Wassereinlagerung in der Makula, der Netzhautmitte, sorgt. Für die Behandlung braucht es diese Spritze.

Woran ich mich noch erinnere: Es ist ein sehr komisches Gefühl, wenn eine Nadel deinem Auge immer näherkommt.

Mir wurde von Anfang an auch klargemacht, dass irgendwann dasselbe mit meinem anderen Auge passieren könnte, was ein Jahr später dann auch eintraf. Ich glaube nicht, dass ich irgendetwas hätte tun können, um den Schaden in meinem linken Auge zu verhindern. Natürlich stellte ich diese Frage auch meinen Ärzten. Wir wissen bei beiden Augen nicht mit Sicherheit, warum alles passiert ist. Wahrscheinlich werde ich es nie erfahren.

Natürlich stellten sich mir im Alltag unzählige Schwierigkeiten. Die neue Situation mit meinen Augen, mein neues Ich: Ich hatte grösste Mühe, damit umzugehen.

Zu viele neue Herausforderungen prasselten auf mich ein – fast täglich kam etwas dazu. Ich merkte, dass ich an meine Grenzen kam, und entschied mich, Hilfe zu suchen.

Ich wandte mich an die SIBU in Basel – die Schweizerische Fachstelle für Sehbehinderte im beruflichen Umfeld. Mit der Organisation hatte ich bereits früher Kontakt gehabt, man kannte meine Situation dort. Ich bat um Unterstützung im mentalen Bereich – um jemanden, der mir half, das alles innerlich zu verarbeiten.

Ein paar Tage später kam die Rückmeldung. Aber sie war anders, als ich erwartet hatte.

Ein Psychologe sei vielleicht nicht die beste Wahl – weil er sich schwer in meine spezielle Lage hineinversetzen könne. Stattdessen schlug man mir jemanden vor, der kein ausgebildeter Therapeut war.

Kein Arzt, kein Diplom. Nur ein Mensch – aber genau der Richtige.

Mir wurde Adrian vermittelt. Ein älterer Herr, der einen grossen Teil des Lebens mit den fast gleichen Problemen verbracht hat wie ich.

Gleichzeitig ging er aber weiterhin seiner Arbeit nach. Die SIBU empfahl mir, mich mit Adrian auszutauschen. Er war einverstanden, mir zu helfen, also rief ich ihn an. Es meldete sich jemand, der happy und enthusiastisch war. Schon das erste Gespräch wurde für mich zu einem unerwartet grossen Gewinn. Allein, jemanden gegenüber zu haben, der wirklich verstand, war eine Hilfe.

Adrian war fast alles, was ich schilderte, vertraut – nicht aus der Theorie, sondern aus dem eigenen Erleben. Es tat gut, von ihm zu hören, dass manche meiner Ängste mit der Zeit kleiner werden würden.

Wie er sprach, wie er die Dinge benannte, ohne sie kleinzureden – das hatte einen erstaunlich beruhigenden

Effekt auf mich. Kein Fachjargon, kein Mitleid. Nur Klarheit, Ruhe – und echtes Verständnis.

Und was wirklich inspirierend war: Noch immer unternahm er viel und sass nicht bloss zu Hause auf dem Sofa. Wenn er mir von seinen Ferien erzählte und was er auch sonst alles unternahm, war ich beeindruckt. Da waren Dinge darunter, bei denen ich dachte: Ich könnte das nicht einmal tun, wenn ich noch perfekt sehen würde.

Adrian hatte in den Neunzigerjahren drei Mal an Paralympischen Spielen teilgenommen, noch immer ist er sportlich unterwegs: So legt er per Tandem-Bike immer noch 4‘000 Kilometer in einem Jahr zurück.

Adrian schien sein Leben trotz seiner Probleme zu geniessen. Er hatte sich entschieden, es nicht zu verlassen. Ich wusste sogleich: Dieses eine Gespräch würde nicht reichen, ich würde immer wieder mit ihm reden wollen.

Wir vereinbarten zwar keine festen Termine, aber ich durfte mich jederzeit bei ihm melden, wenn mir nach einem Gespräch war.

Ich erinnere mich an einen scheinbar banalen Vorfall: Sommer 2022, Ferien mit Andrea und Olivia.

Wir waren unterwegs, ich ging eine Treppe hinunter, stolperte – und regte mich masslos darüber auf. Nicht wegen der Schmerzen, sondern wegen des Gefühls, das mich überfiel: Frust, Scham, dieses lähmende Gefühl des Kontrollverlusts.

Adrian kannte solche Momente nur zu gut. Und genau deshalb konnte er mir auch helfen. Seine Worte wirkten beruhigend, seine Tipps waren pragmatisch, nie belehrend. Das war wichtig. Denn es gab inzwischen Phasen, in denen mich die Verzweiflung übermannte – und ich aggressiv wurde, die Welt verfluchte, mich in Selbstmitleid verlor. Auch dann, wenn ich dachte, es gehe langsam wieder aufwärts.

Ich lebte zwei Leben: das im Stadion, auf dem Eis, in einer Welt, die mir vertraut war – und das zu Hause, mit meiner Familie, in einem Alltag, der mir zunehmend entglitt.

Adrian sprach offen über seine eigenen Rückschläge – und darüber, wie seine Frau darauf reagiert hatte. Er zeigte mir, dass viele meiner Gedanken und Reaktionen nicht ungewöhnlich waren. Sondern menschlich.

Adrians Lebensfreude half mir, über Dinge, die mich eigentlich frustrieren würden, auch lachen zu können.

Wie happy er war mit seinem Leben, wie wunderbar seine ganze Familie auch war: Das zu erleben, gab mir Hoffnung, dass ich so werden kann wie er. Ich könnte jemand werden, der das Beste aus seinem Leben macht und dieses auch geniessen kann. Seine praktischen Tipps für meinen Alltag, um beispielsweise nicht ständig Treppen hinunterzufallen, waren simpel, aber sehr effektiv: Halte dich häufiger an deiner Frau fest! Akzeptiere die Hilfe anderer!

Das klingt einfacher, als es ist. Vor allem, wenn man so stur ist wie ich. Es war ein schmaler Grat geworden, zwischen Unabhängigkeit und sich zum Deppen zu machen. Ich musste umdenken. Meine Reaktion früher war dickköpfig: Ich kann das alles auch alleine!

Heute habe ich keine Angst mehr, nach Hilfe zu fragen. Es ist erstaunlich, wie oft Leute bereit sind, dir zu helfen, sobald du fragst. Und ich kann mittlerweile darüber lachen, wenn ich versehentlich Fremde verärgere. Zum Beispiel, wenn ich die Münzen nicht mehr unterscheiden kann und in Deutschland mit Schweizer Franken zahlen will. Die Leute halten mich dann für einen Betrüger.

Auch hier habe ich gelernt: Wenn ich nach Hilfe frage, kann ich Menschen sogleich «entwaffnen».

Ich verhindere damit Situationen, in denen sie unfreundlich reagieren, weil sie nichts von meinen Problemen wissen. Das erspart auch mir eine Menge Ärger.

Zunächst konnte ich es mir kaum vorstellen, je wieder glücklich zu sein. Happy? Wie sollte das überhaupt gehen in meiner Situation? Heute kann ich das Positive sehen, das die gesamte, komplett verschissene Situation mit mir gemacht hat – auch wenn ich das natürlich niemandem wünsche.

Es gibt nur eine Sache, von der mich bislang nicht einmal Adrian überzeugen konnte: vom Gebrauch eines Blindenstocks. Dies, obwohl er mir plausibel darlegen konnte, wie sehr dieser ihm hilft und wie viel zusätzliche Freiheit er dadurch in seinem Alltag geniesst.

Als ich ihm in unseren ersten Gesprächen meine Gründe verriet, verstand er, dass ich meine Situation zumindest in der Öffentlichkeit so geheim wie nur möglich halten wollte. Ich war nicht bereit dazu, mich für alle zu öffnen. Selbst dann nicht, wenn ich für arrogant oder doof gehalten wurde.

Oder beides. Ich kann immer noch nicht mit Sicherheit sagen, ob ich je mit einem Blindenstock unterwegs sein will.

Noch wehre ich mich dagegen. Aber ich ahne, dass der Moment kommen könnte, an dem ich einen benutzen muss.

Adrian lebt in Langnau, einem Städtchen im Berner Emmental. Dort sind die SCL Tigers, einer der Gegner Klotens, beheimatet. Deshalb lud ich ihn ein, beim nächsten Gastspiel meines Teams in Langnau dabei zu sein. So lernte ich nicht nur ihn persönlich kennen, sondern auch seine Ehefrau und seinen Sohn. Nach dem Spiel kamen alle in die Katakomben des Stadions, wo sich die Garderoben der Teams befinden. Normalerweise würde er keine Eishockeyspiele besuchen, umso begeisterter erzählte er mir, wie sehr er die Atmosphäre in der Halle genossen hatte. Die Begegnungen mit ihm, sei es am Telefon oder in Person, wurden zu einer grossen Hilfe für mich während der Saison 2022/23, meiner letzten als Trainer. Wie er die Dinge in die richtigen Perspektiven rückte, motivierte mich in meinem Leben. Adrian wurde für mich nicht nur zur Inspiration, sondern auch zu einem Mentor.

Wir spielten in dieser Saison zwei Mal in Langnau, er war auch beim zweiten Mal dabei – es war kurz vor dem Ende der Qualifikation. Ein für beide Mannschaften immens wichtiges Spiel, da beide noch in den engen Kampf um die letzten Pre-Playoff-Plätze verwickelt waren. Es war ein für den gesamten Verlauf der Saison entscheidender Tag. Weil wir gewannen, konnten wir Langnau entscheidend distanzieren in der Tabelle. Wer weiss, ob unsere Saison genauso ein Happy End gefunden hätte, wenn wir an jenem Abend verloren hätten?

Wir hatten uns da zwar trotz Sieg noch nicht definitiv fürs Pre-Playoff qualifizieren können. Aber wenigstens stand nach diesem Sieg fest, dass wir nichts mehr mit dem Abstiegskampf zu tun haben würden. Das wichtigste Ziel des Clubs war also erreicht. Es war schön, Adrian nach diesem wichtigen Sieg in meiner Nähe zu wissen und ihn beim Spiel dabei gehabt zu haben.

Obwohl er Langnauer war – und sein Heimteam gerade eine der bittersten Niederlagen der ganzen Saison kassiert hatte – verbarg Adrian seine Freude über unseren Sieg nicht. Er freute sich offen. Für mich, für das Team, für den Moment.

Überraschend war das nicht. Schon zuvor hatte er immer wieder kleine Nachrichten geschickt – kurze Gratulationen, aufmunternde Worte nach unseren Siegen. Man spürte, dass sich da still Sympathien für Kloten entwickelt hatten.

Auch wenn ich selbst nicht mehr als Trainer arbeiten werde – ich hoffe, dass ich Adrian wieder einmal treffe. Vielleicht ja bei einem Spiel. Zwei Männer auf der Tribüne, irgendwo im oberen Rang, ein Blick aufs Eis.

Und vielleicht braucht es dann gar nicht viele Worte.

Andrea Tomlinson
«Ich glaube nicht, dass viele Leute das so machen könnten wie er»

Niemand kennt Jeff besser als Andrea. Niemand erlebt darum auch den «neuen Jeff» so hautnah wie seine Ehefrau und kennt so gut alle Phasen, die er seit der drastischen Verschlechterung seines linken Auges durchgemacht hat: Schock, Hoffnung, Gewissheit, Selbstmitleid, Umschwung. Stets war sie dabei, in all den Rollen. Als Stütze, Ideengeberin, Blitzableiter, Aufrüttlerin. Und natürlich als Mutter von Olivia und von Ivy, die im August 2022 auf die Welt kam.

Die Rolle der Aufrüttlerin, die Klartext spricht, war die vielleicht wichtigste und psychologisch schwierigste. Es geschah an einem Abend im Mai 2022 in den Ferien, der Anlass war eigentlich nichtig: «Olivia hatte am Vormittag im Schwimmbad mit einem Mädchen gespielt», erzählt Andrea. «Wir liefen an diesem Mädchen vorbei, ich sagte 'Hallo'. Jeff wollte wissen, wer das sei. Als ich es ihm sagte, reagierte er sauer: 'Woher soll ich das wissen? Du weisst doch, dass ich sie nicht erkennen konnte'.»

Die Partnerin bekommt die Frustration voll ab. Es war nicht der erste solche Moment in über zwölf Monaten seit der Verschlechterung von Jeffs linkem Auge gewesen. Und ein Stück weit konnte Andrea diese Augenblicke jeweils als Teil einer normalen Beziehung akzeptieren: «Es ist die Person, die dir am nächsten steht, die alle deine Seiten am häufigsten sieht – die guten wie die schlechten. Das galt ja für mich genauso wie für ihn.»

Doch die rapide Verschlechterung von Jeffs linkem Auge hatte die Situation der Familie komplett verändert. Auch für Andrea war zunächst alles ein grosser Schock. «Auch wenn keiner wirklich etwas dafür konnte, kam Wut dazu», sagt Andrea. Eine Frage liess sie nicht los: Hatte man irgendwann aufgehört, nachzuforschen, warum all das ein Jahr zuvor bereits beim rechten Auge passiert war? «Es hiess, man würde darauf achten, dass es beim anderen Auge nicht auch noch passiert – und dann passierte es trotzdem.» Es sei ihr klar, sagt Andrea, dass wahrscheinlich nichts hätte verhindern können, dass das Schicksal bei Jeff ein zweites Mal zuschlägt: «Aber in so einem Moment suchst du einen Schuldigen.» Viele weitere Gedanken jagten sich auch in ihrem Kopf: «Wie sehr verschlechtert sich nun alles? Was heisst das für Jeff, was heisst das für uns als Familie mit Kind?» Und: «Wird er komplett blind?»

Es war Andrea, die als Erste reagierte und ihm neben einem Termin in Köln auch einen in Magdeburg organisierte. «Als Angehörige fühlte ich mich machtlos, ich versuchte darum, sofort behilflich zu sein.» Zum Antrieb wurde die Aussage aus dem Spital in Zürich: «Es war für mich extrem unbefriedigend. Einerseits konnte man nichts tun, andererseits wusste niemand, woher Jeffs Probleme mit den Augen kamen.» Sie sagte sich: «Wenn man nicht weiss, warum etwas passiert, kann auch keiner wissen, ob es keine Lösung gibt.»

Magdeburg, von dem die Ärzte ja abrieten, kam ins Spiel, weil sie grundsätzlich offen für alternative Medizin sei: «Dein Mindset kann einen grossen Teil zur Verbesserung deiner Situation beitragen.» Ihr sei klar gewesen, dass keine Heilung erfolgen würde, bloss weil man dem Patienten erzählt, dass alles gar nicht so schlimm sei. «Aber es war mir wichtig, dass Jeff schon bald an den mentalen Herausforderungen arbeiten würde. Und genau diese Hilfe versprach die Klinik in Magdeburg: Wie schaffe ich es, mich zu entspannen? Wie ziehe ich mich an den guten Dingen hoch? Es kann für kranke Menschen eine Bereicherung sein, wenn sie es schaffen, ihre Gedanken umzustellen.»

Welch grosse Herausforderung es auch für Andrea werden würde, zeigte sich aber schon vor Magdeburg.

Bereits der erste Besuch beim Spezialisten in Köln machte sie fassungslos. Da war dieses grosse «K» auf der Leinwand in der Praxis. Für sie riesig, für Jeff aber bloss ein verschwommenes Rätsel, das er hilflos anstarrte. «Du kannst das nicht erkennen?», fragte sie ungläubig.

«Es ist für mich bis heute schwierig, genau zu wissen, was Jeff erkennt und was nicht», sagt Andrea. «Es gibt viele Situationen, in denen er mich überrascht. Und dann gibt es wieder diese Momente, in denen ich kaum glauben kann, dass er etwas nicht sieht.» Es war kein Wunder, dass ihr Verständnis für Jeff von Anfang an fast bedingungslos war. Sie liess ihm vieles ohne Murren durchgehen. Bis zu diesem Moment in den Ferien im Mai 2022.

«Dass dieser Punkt irgendwann kommen würde, hatte ich schon länger gespürt», sagt Andrea. «Ich hatte bloss Mühe, ihn zu finden. Das war schwierig, du willst ja nicht herzlos klingen.» Vor allem nicht in den Phasen der Trauer Jeffs, als er voller Selbstmitleid überzeugt war, die Welt sei gegen ihn: «Ich verstand ja, dass er sich so fühlte.» Doch dieses Mal kam es zum Streit. «Ich sagte ihm, dass auch er Verständnis haben müsse, dass ich das in diesem Moment nicht einschätzen konnte, dass er das Mädchen nicht erkannt hatte.»

Und sie sagte ihm etwas, das sie bislang vermieden hatte. Worte, die so schwer auszusprechen waren, da sie auch als Vorwurf hätten verstanden werden können: «Was ich nicht sagen wollte, war 'Reiss dich am Riemen!' Aber ich musste ihm mitteilen, dass wir nun eine Lösung finden müssen, damit nicht ständig alle Leute um ihn herum leiden. Und dass wir als Familie mit der Situation umgehen müssen. Er durfte seinen Ärger nicht an mir oder uns auslassen.»

Jeff wurde erstmals direkt von seiner Liebsten gesagt, dass er einen Weg suchen müsse, mit seiner neuen Situation zu leben. Heute spricht er vom verbalen Tritt in den Hintern, der dazugehörte und nötig war.

Andrea selbst benennt es nicht so: «Aber es musste allen klar werden, dass wir gerade mit unseren Töchtern nicht immer auf Jeffs Situation Rücksicht nehmen können. Dass hin und wieder auch sie in den Vordergrund gestellt werden dürfen.» Warum dieser Augenblick, dieser Streit zum Wendepunkt wurde, warum es bei Jeff da «Klick» machte, dafür gibt es wohl mehrere Gründe: «Der Auslöser mit dem nicht wiedererkannten Mädchen war ja eine Kleinigkeit. Dass ich aber trotzdem so heftig reagierte, machte Jeff wohl endgültig klar, dass sich etwas verändern muss.»

Es war für Andrea keine Entweder-oder-Frage. Das Verständnis für Jeffs Situation wich genauso wenig wie die Faszination über seinen Umgang mit ihr: «Ich glaube nicht, dass das viele Leute so machen könnten wie er.» Jeff könnte problemlos jammern und sich fragen, warum es immer ihn treffe: «Er wurde wegen der Knie zum Rücktritt als Spieler gezwungen. Obwohl er noch viele gute Jahre vor sich gehabt hätte, passierte wegen der Augen dasselbe als Trainer. Und dann ist da ja auch noch die Sache mit den Nieren.» Andrea sagt aber auch, dass er sich klarmachen musste, was alles er trotz allem in seinem Leben habe. «Wir wollten uns daran hochziehen: am Guten, ohne uns ständig nur aufs Schlechte zu konzentrieren.» Dazu würden und müssten auch all die tollen Erfahrungen zählen, die er als Trainer erlebt habe – Dinge, die andere nie erleben werden. «Und ich sage auch: Wir leben in Deutschland unter tollen Voraussetzungen und haben zwei gesunde Kinder, all das ist nicht selbstverständlich.»

Für Andrea war der Zeitpunkt der Wende aus mehreren Gründen notwendig geworden, denn zu jenem Zeitpunkt hatte sich bei ihr eine weitere Angst breitgemacht: die Wesensänderung ihres Ehemannes. Dass er sich verändern würde, war absehbar gewesen. Natürlich wird das Auftreten in Jeffs Situation anders.

«Er hat ein wenig von seinem natürlichen Selbstbewusstsein eingebüsst», sagt Andrea auch heute noch.

«Früher, wenn er in einen Raum kam, hatte er eine Aura, die jeder spürte. Heute spürst du seine Unsicherheit, weil er vielleicht gar nicht sieht, wer alles im Raum ist und ob er alle kennt oder sich vorstellen muss.» Was ihr aber im Sommer 2022 mittlerweile Sorgen, ja Angst machte, war etwas anderes: «Phasenweise war er wirklich sehr negativ geworden.» Das zu erleben, bescherte ihr jene Zeiten, die zu den schwierigsten überhaupt gehörten. «Jeff steht für das Gegenteil davon», sagt Andrea. «Da fragte ich mich schon: Bleibt das jetzt so? Oder kriegt er die Kurve?» Als sie Jeff 2012 in Düsseldorf kennengelernt hatte, war Andrea genau das sofort aufgefallen: «Wie gerne er lacht und wie er die Lacher auf seiner Seite hat. Jeffs positive Seite ist sehr stark ausgeprägt. Er ist nie verlegen um Sprüche, um andere zum Lachen zu bringen.»

Die beiden hatten sich 2012 ausgerechnet an einem Fussballspiel kennengelernt. Es war der Besitzer des Düsseldorfer Irish Pub's «Fatty's» mit dem klingenden Namen Vangelis. Er kannte sowohl Jeff wie Andrea und wurde zum ungewollten Verkuppler. Jeff kannte er, weil die DEG-Coaches hin und wieder auf ein Bier vorbeischauten. Andrea war die Schwester einer von Vangelis' Mitarbeiterinnen und eine gute Freundin. Fortuna Düsseldorf spielte damals in der Bundesliga und hatte ein Auswärtsspiel in Duisburg. Lokalderby!

Vangelis wollte mit Andrea dorthin und hatte noch ein Ticket. Also fragte er den DEG-Trainer, ob dieser Lust hätte mitzukommen. Jeff erzählt die Episode heute so, dass dieses Treffen purer Zufall gewesen sein dürfte und Vangelis nicht als Kuppler agierte. Allerdings könne er sich an keine einzige Spielszene erinnern, weil er 90 Minuten lang mit Andrea plauderte. Die beiden trafen sich ein paar Tage später bei einer Party im «Fatty's», sie verabredeten sich ein weiteres Mal, das Schicksal nahm seinen Lauf. Was mehr oder weniger bereits feststand, war Jeffs Abgang aus Düsseldorf. Er war wegen finanzieller Probleme des Clubs nicht bereit zu bleiben. Die Fernbeziehung zwischen Andrea und Jeff nahm ihren Anfang. Elf Jahre lang würden sie ausser im Sommer nie längere Zeit zusammenleben – bis 2023, als Jeff nach seiner zweiten Saison in Kloten endgültig als Trainer zurücktrat.

Die Konfrontation in den Ferien 2022 trug Früchte. «Ich fand, dass es danach relativ schnell ging», sagt Andrea. «Ich kenne keinen Menschen, der von Grund auf so positiv ist wie Jeff.

Darum ist er auch erfolgreich in seinem Job. Er kann Menschen mitreissen, mit Positivität und Humor.» Sie ist überzeugt, dass ihm das auch half, in seiner Lage wieder Positives zu sehen. «Das ist sein Naturell, er ist keiner, der sich auf das Schlechte dieser Welt versteift – im Gegenteil.»

Mittlerweile ist es Alltag, dass sie für kurze Momente Jeffs Probleme beinahe vergesse, sagt Andrea: «Vor allem zu Hause in Düsseldorf kennt er mittlerweile jede Ecke, jeden Handgriff. Doch kaum ist wieder etwas neu für ihn, kommt die Erinnerung zurück.» Grundsätzlich lasse sich sagen, dass sie sich mittlerweile arrangiert hätten: «So, wie der Status quo ist, kommen wir gut klar.» Natürlich sind die Herausforderungen auch für Andrea geblieben. «Ich nenne sie aber nicht Herausforderungen», sagt sie. «Es sind einfach Situationen, in denen ich etwas falsch einschätze. Wenn ich denke, er habe etwas gesehen, und das stimmt gar nicht. Oder wenn er mich fragt, wo ein bestimmter Gegenstand sei, ich mit 'Dort vorne' antworte, er aber gar nicht sieht, wohin ich zeige. Dann ist Jeff frustriert, weil er noch einmal nachfragen muss.» Wie wichtig Mimik während eines Gespräches ist, wurde den beiden in dieser Zeit immer wieder aufs Neue bewusst: «Denn wenn du die nicht erkennst, kann der Subtext verloren gehen.»

Und dann gibt es die Hürden im Alltag, weil für Jeff gewisse Dinge nicht mehr gehen: Zum Beispiel, als Olivia sich eine Fahrradtour mit ihren Eltern wünschte. Für die Fünfjährige ist Jeff jemand, der einfach nicht so gut sehen kann. Die Tragweite begreift sie noch nicht – gerade weil er zu Hause so gut klarkommt.

Man erwarte von einem Mädchen in ihrem Alter nicht, dass sie stets Rücksicht auf Jeffs Situation nimmt, sagt Andrea. «Und wie soll sie seine Lage einschätzen, wenn das für mich oft schwierig ist.» In solchen Momenten – wenn Olivia sich etwas «Unmögliches» wünscht, wie zum Beispiel einen gemeinsamen Fahrradausflug – möchte Andrea oft am liebsten sofort improvisieren. «Ich überlegte mir da zum Beispiel, ein Tandem zu leihen. Aber gegen solche Dinge sträubt sich Jeff noch, da er weiterhin selbständig sein will.» Dazu gehört auch, dass er auf den Blindenstock verzichtet, obwohl er ein Anrecht darauf hätte. Hier zeigt Andrea aber Verständnis: «Ob du es willst oder nicht: Damit wirst du eher wie ein behinderter Mensch behandelt, und diesen Schritt will er so lange wie möglich hinauszögern.»

Um den Wunsch nach dieser Selbstständigkeit zu erfüllen, versuche sie, Jeff im Alltag nicht allzu sehr zu «bemuttern». Es gibt aber Ausnahmen, die die beiden für sich klar definiert haben.

Bei gemeinsamen Spaziergängen zum Beispiel: «Ich stelle mir seine Sicht so vor: Wenn er seinen Blick nicht aktiv nach unten senkt, wird es für ihn unter einem bestimmten Punkt noch schwieriger, irgendetwas zu erkennen. Darum mache ich ihn beim Gehen auf solche Hindernisse am Boden aufmerksam.» Zudem haben die beiden vereinbart, dass er sich sofort bei ihr einhakt, wenn er Hilfe braucht: «Dann weiss ich, dass ich ihm nun aktiv den Weg zeigen muss.» In allen anderen Situationen soll die Bitte nach Unterstützung aktiv von Jeff aus kommen. Weil auch Andrea weiss: «Es ist wohl kein schönes Gefühl, die ganze Zeit gefragt zu werden, ob man Hilfe brauche.»

Sie selbst lernt von Situation zu Situation dazu. «Ich kann es mir nämlich immer noch nicht exakt vorstellen, wie das alles für ihn ist.» Vieles spielt für Jeff eine Rolle: die Lichtverhältnisse, der Kontrast. Hat Jeff einen schlechten Tag? Wie ist sein Körper drauf? Die Antworten auf diese Fragen sind nicht immer offensichtlich. Wenn all das Verständnis einmal nicht reicht, wenn Andrea das Gefühl übermannt, dass ihr alles über den Kopf wächst – wenn Wut oder Trauer sie überrollt –, findet sie ihre Lösung im Sport.

«Ich habe zum Beispiel das Boxen für mich entdeckt», sagt sie. «Oder ich laufe. So schnell, bis ich das Gefühl habe, ich kann nicht mehr.» Sie liebt das Gefühl, ausgepowert zu sein: «Einfach mal eine Stunde separieren und den Kopf klarkriegen, dann sind die Probleme von vorher schon wieder viel kleiner.»

Schon das erste Jahr mit dem Aufstieg in Kloten war eine besondere Geschichte. Dass Jeff eine zweite Saison beim EHC anhängte, hatte viel mit Andrea zu tun. «Ich ermutigte ihn dazu und würde es immer wieder tun. Man sieht ja heute, dass es richtig war.» Viele Partnerinnen von Spielern und Trainern interessieren sich nur bedingt für Eishockey, bei Andrea ist dies ganz anders. Sie sagt: «Die meisten können die Taktik lernen und diese vermitteln. Jeffs grosse Stärke ist seine Persönlichkeit und wie er ein Team zusammenbringen kann. Er ist die perfekte Mischung aus Zuckerbrot und Peitsche. Die Spieler merken, dass seine freundliche Seite, wenn er zum Beispiel jedem Kind der Spieler Weihnachtsgeschenke besorgt, nicht gespielt, sondern ehrlich ist.»

Wäre es nach Andrea gegangen, hätte Jeff eine dritte Saison in Kloten angehängt. «Ich sage, es ist ein Drama, dass er den Job aufgibt.» Ihr ist aber auch klar, dass es nur mit weiterem Versteckspiel um seinen wahren Gesundheitszustand gegangen und das zusätzlich belastend gewesen wäre:

«Hätte jeder gewusst, dass er kaum etwas sieht, hätte er nicht die leiseste Chance gehabt. Und die Presse wäre über den Club hergefallen, weil dieser einen Headcoach verpflichtet, der seine Spieler nicht erkennt.»

Denkt sie heute darüber nach, wie es wäre, Jeff plötzlich erneut an einen Fulltime-Trainerjob zu «verlieren», kommen ihr Bedenken. Bis 2022 war es ja normal gewesen, dass die beiden eine Fernbeziehung führen und nur im Sommer gemeinsam Zeit in Düsseldorf verbringen konnten. Die Vorstellung, dass er nach mehr als einem Jahr zu Hause wieder weggehen würde, sei heftig. «Ich weiss jetzt, wie angenehm es ist, ihn als helfende Hand dabei zu haben.» Es würden zwei Herzen in ihrer Brust schlagen, sagt sie: «Zum einen ist er mein Mann und Vater unserer Kinder. Es ist toll, wie viel Zeit er nun mit den Mädchen verbringt.» Doch jahrelang hat sie auch erlebt, wie Jeff in seinem Job aufging und Leuten half. «Ich will ihm das nicht verbauen, auch darum ermutigte ich ihn zum Weitermachen. Es war seine Entscheidung, aufzuhören.»

Die Entscheidung Jeffs, seine Geschichte in diesem Buch öffentlich zu machen, sorgte für Diskussionen zwischen den beiden. «Ich war überrascht», sagt Andrea. «Wir sind beide ähnlich und gehen mit unseren Gefühlen nie gross hausieren.

Normalerweise machen wir die Dinge untereinander aus und weihen vielleicht ein oder zwei nahestehende Personen ein.» Jeff habe ihr lange erklärt, warum er sich zu diesem «Outing» entschieden habe. «Und ich verstehe die Gründe. Es wurde für ihn immer schlimmer, dass ihn viele Leute für einen Idioten oder sogar ein Arschloch hielten, weil er sie nicht immer erkannte und sich einigen mehrmals vorstellte.»

Sie sehe zudem eine grosse Erleichterung auf ihn zukommen, wenn er nicht mehr schauspielern müsse, sondern einfach sagen könne: «Ich sehe das nicht.» Sie stelle sich das äusserst anstrengend vor: «Wenn du immer in einer Position warst, alles zu managen, dann ist es schwierig, gewisse Dinge einfach nicht mehr zu können und auf Hilfe angewiesen zu sein.» Darum bleibt für Andrea trotz Buch auch diese Frage: Wie wird es sein, Jeff als Trainer im Ruhestand zu erleben? Sie habe Respekt davor und stellt auch diese Frage: «Es ist für einen Headcoach nicht leicht, in die zweite Reihe zu rücken – auch wenn er betont, dass es okay für ihn sei.»

Kapitel 9: Die dunklen Momente

Die dunklen Momente in den ersten Tagen, Wochen, Monaten. Sie sind wichtig, denn sie gehören zu meiner Geschichte. Die Zeit mit der Mannschaft und meinen Trainerkollegen half mir zunächst, die schlechten Momente aufzuschieben und zu verdrängen. Aber die Flucht war immer wieder zu Ende, und die Realität holte mich ein.

Die erste Reaktion war Selbstmitleid. Bis dahin hatte ich schon einiges erlebt und immer Wege gefunden, mit Leiden und Negativem umzugehen. Aber jetzt war ich mit etwas konfrontiert, das mich überforderte. Zum ersten Mal fand ich keine Antworten mehr. Dann dreht sich das Gedankenkarussell und führt dich an die dunkelsten Orte.

Einer der ersten dunklen Momente, wahrscheinlich der schlimmste überhaupt, war ein paar Tage nach dem zweiten Spiel gegen Biel. Dieses Mal gewannen wir zu Hause. Nun stand fest: Wir hatten uns für das richtige Playoff qualifiziert und würden im Viertelfinale in einer Best-of-7-Serie auf den HC Lugano treffen: Wer zuerst viermal gewinnt, qualifiziert sich für die nächste Runde. Nachdem wir Biel eliminiert hatten, jubelte ich mit dem

Team in der Garderobe und fiel über eine Kiste Bier, weil ich sie nicht gesehen hatte.

Das waren die Situationen, vor denen ich mich fürchtete. Solche erlebe ich bis heute noch: Ich stolperte zu Hause kürzlich über einen Koffer.

Der Stolperer über das Bier war aber nichts verglichen mit dem, was ich in den nächsten Tagen erleben würde. Es war wie eine Achterbahn, bloss, dass der Wagen nur nach unten raste.

Ein weiterer Termin im Universitätsspital Zürich. Ich ging mit leisen Hoffnungen dorthin, da mir die Resultate aller Tests der vergangenen Woche präsentiert werden würden. Die schlimmsten Befürchtungen bestätigten sich: Man kann nichts mehr tun. Es ist alles untersucht worden. Keine weitere Therapie mehr.

An das Gefühl der Ohnmacht erinnere ich mich bis heute. Dann kam die Angst. Ich traute mich kaum, überhaupt das Spital zu verlassen. Der wirklich schlimmste Moment stand mir aber erst noch bevor.

Ich teilte Andrea die niederschmetternde Diagnose mit. Es war schnell klar: Wir waren noch nicht bereit, diese einfach zu akzeptieren.

Sie begann sofort, links und rechts nach weiterer Hilfe zu suchen. Andrea fand Spezialisten in Köln, sie stiess auch noch auf das Savir-Center in Magdeburg, wo ich im Sommer eine zwei Wochen lange Therapie absolvieren könnte.

Wir brauchten sofortige Hilfe. Mit Hartnäckigkeit, aber auch Bitten und Bangen organisierte Andrea in Köln einen Termin für mich. Dieser war auf die Schnelle aber nur an einem bestimmten Tag möglich. Es war genau der Dienstag, an dem Spiel 1 unserer Viertelfinal-Serie in Lugano stattfinden würde. Diese Partie würde ich verpassen. Wieder war der Club sehr verständnisvoll. Offiziell konnte ich wegen meiner Nierenprobleme nicht nach Lugano reisen.

Ich flog also für zwei Tage zurück nach Düsseldorf, das ganz in der Nähe Kölns liegt. Zu Hause schlug die Realität brutal zu. Als ich am zweiten Tag wach wurde, lag unsere Tochter Olivia neben mir. Ich schaute sie an, doch ich konnte ihr Gesicht nicht sehen. Das war nun der Moment, der wirklich zu viel war für mich. Ich ertrug das nicht, ich verlor die Fassung komplett. Nun war ich wirklich an einem ganz dunklen Ort angekommen. Diese Erinnerung ist für mich bis heute aufwühlend geblieben, weil alle schlechten Gedanken in jenem Moment hochkamen:

Nie werde ich sehen, wie Olivia aufwächst und sich entwickelt. Nie werde ich sehen, wie schön sie ist.

Der Termin in Köln brachte keine neuen Erkenntnisse, genau wie weitere Zweit- und Drittmeinungen. Und eines hat sich bis heute nicht geändert: Wenn ich aufwache, sehe ich nicht besser, ich habe diesbezüglich keine Fortschritte gemacht. Die Angst, die ich damals spürte, ist aber nicht mehr da.

Zu meiner Furcht gehörte damals auch, dass ich mir vielleicht schlimme Dinge antun könnte, weil ich meine Situation nicht mehr ertragen würde. Und Angst lässt dich verkrampfen, was vieles negativ beeinflusst. Ich bin heute mental an einem besseren Ort, und das hilft auf viele Arten.

Jenen schlimmen Tag überstand ich vor allem darum, weil mich Andrea unterstützte. Sie fand die richtigen Worte. Wir sprachen darüber, dass wir gemeinsam diesen schwierigen Weg gehen würden. Später begann ich mit Meditation. Diese half, sie lenkte meine Gedanken zu anderem. Schloss ich meine Augen, war die Welt in Ordnung. Dann war ich wie jeder andere. Lange ging ich mit einem guten Gefühl schlafen. Doch beim Aufwachen schlug die Realität wieder zu: Alles war immer noch schlecht, die depressiven Gefühle waren zurück.

Wenn ich heute wach werde, bin ich nicht mehr schockiert. Es ist okay, ich habe es akzeptiert.

Ich brauchte über sechs Monate für diesen Wandel.

Im Mittelpunkt stand zu Beginn die Frage: Wie sollst du so weiterleben können? Rückblickend weiss ich: Es kommen Momente, in denen ich aus diesem Teufelskreis ausbreche. Vieles war dabei hilfreich. Zum Beispiel dieser Gedanke: Es gibt so viele Leute, denen es deutlich schlechter geht als mir.

Ich führte Selbstgespräche und sagte zu mir: «Hör auf zu jammern, es geht dir vergleichsweise gut. Du gehörst nach wie vor zu den glücklicheren Menschen – das ist die Realität! Fokussiere dich nicht auf die Dinge, die dich aufregen, sondern auf jene, die dir zeigen, dass es dir gut geht!» Am Anfang führte ich diese Selbstgespräche jeden Tag, mittlerweile immer seltener. Dasselbe gilt für die Momente, in denen mich das Selbstmitleid immer noch überwältigt. Andrea hilft mir auch dabei. Sie kann mir mittlerweile sagen: «Sei ruhig! Es geht dir gut!»

Es brauchte lange, bis ich soweit war, meine Lage zu akzeptieren. Es gibt Situationen, die einen überfordern. Situationen, in denen man mit dem Gedanken spielt, dass es wohl besser wäre, wenn das Leben gar nicht mehr weitergeht. Es einfach vorbei ist. Am Anfang stand ich genau an dem Punkt: Alles wurde mir zu viel, es waren lange, schlimme Phasen.

Ich fand verschiedene Wege, mich zu motivieren. Einer der wichtigsten: «Es» zu tun, wäre egoistisch.

Es war nicht so, dass ich meine Situation einfach hinnehmen konnte. Natürlich wollte ich ihr entfliehen. So wollte ich nicht leben. Ich wollte kein hilfsbedürftiger Mensch sein. Ich kam aus dem Eishockey – einer der härtesten Sportarten der Welt. Dort zählt Stärke, Kontrolle, Widerstand. Und plötzlich war ich schwach.

Ich wusste schlicht nicht, wie ich damit umgehen würde. Es brauchte klare Gedanken: Ich kann das meinen Kindern nicht antun. Ich kann auch meine Ehefrau nicht alleine lassen mit unseren Töchtern. Und auch ich als Mensch habe noch einiges zu bieten. Ich bin, auch so, wie ich nun bin, immer noch ein grosser Teil des Lebens meiner Kinder. Und wenn ich es mir wirklich gut überlege, weiss ich: Es geht mir immer noch gut! Im Nachhinein leuchten all diese Worte ein, doch während der dunkelsten Stunden waren sie mir oft fern. Ich kann nicht erklären, warum das so war. Genauso wenig finde ich Worte dafür, warum ich mich in den schlimmsten Momenten nicht für das Unaussprechbare entschied.

Doch das spielt auch keine Rolle! Wichtig ist: Ich tat es nicht.

Was ich weiss: Es braucht viel Zeit, und die Länge ist für jeden individuell unterschiedlich. Bei mir waren es sechs Monate.

Dann nahmen die guten Gedanken langsam überhand. Eine grosse Herausforderung war die Zeit ohne Eishockey, die Zeit bei meiner Familie. Ich musste das Leben zu Hause neu lernen und mich auf eine Weise in den Alltag integrieren. Da wurde ich zu dem, der ich nicht sein wollte: Ich fiel Andrea zur Last. Bei meinem Team in Rapperswil-Jona ging es mir in den einsamen Momenten auch nicht gut. Aber da war ich wenigstens nicht zusätzlich eine Belastung für meine Liebsten. Die dunklen Stunden setzten sich also aus ganz verschiedenen Elementen zusammen: Jene, in denen du Mitleid mit dir selbst hast. Jene, in denen du dich hilflos fühlst. Jene, in denen du zur Last fällst.

Der erste Schritt war, den Support meiner Familie zu akzeptieren. Andreas, den ihrer Eltern oder ihrer Geschwister. Dann brauchte ich neue, simple Hobbys. Ich fand eines: Pflanzen im Garten giessen. Das machte mich happy, es gab mir das Gefühl, dass ich etwas Sinnvolles zum Alltag beitragen konnte. Irgendwann erledigte ich auch kleine Einkäufe. Das war bereits früher ohne Augenprobleme schon eine Herausforderung. Selbst da würde ich nur die Hälfte dessen besorgen, was auf Andreas Einkaufsliste stand. Ist das wirklich das richtige Brot, das richtige Joghurt? Heute dauert alles ungleich länger. Mit der Lupenfunktion meines Handys kann ich alles massiv vergrössern.

Support zu akzeptieren bedeutet auch, nach Hilfe zu fragen. Das ist eine neue Disziplin. Die kannte ich früher gar nicht: «Entschuldigung, können Sie mir sagen, wie ich nach ...?» Keine Chance, lieber suchte ich unendlich lange.

Ivy, unsere zweite Tochter, die 2022 auf die Welt kam, wird mich nie anders kennen. Olivia, die fast fünf Jahre älter ist, weiss dies: Papa sieht nicht so gut. Darum kann er mir auch nicht aus Büchern vorlesen. Das heisst, ich versuche es hin und wieder mit der Lupe. Aber ich bin dann so langsam, dass sie schnell das Interesse verliert. Sie weiss, dass ich nie mehr Autofahren kann. Sie fragt aber hin und wieder auch: «Warum kann das nicht Papa tun?» Sie ist noch zu jung, um es wirklich zu verstehen. Und es ist ja nicht so, dass sich vieles in unserer Beziehung verändert hätte. Im Gegenteil, vieles ist gleich geblieben: Ich kann immer noch mit ihr spielen und mit ihr rumalbern.

Tim Bertsche
«Wir waren einfach füreinander da»

Um zu verstehen, wie nahe sich Jeff und Tim Bertsche knapp zwei Jahre nach ihrer ersten Begegnung gekommen waren und wie eng die Freundschaft zwischen dem Cheftrainer Klotens und seinem Torhüter-Coach war, zeigt diese Episode im Februar 2023. Es war Bertsche, der plötzlich Jeffs Hilfe benötigte.

Umgekehrt hatte sich die Rollenverteilung längst eingependelt, der 24-Jährige war viel mehr als «bloss» ein Assistenzcoach geworden. Seit Tag 1 war Bertsche eine unverzichtbare Hilfe und in vielen Situationen Jeffs Auge.

Bertsche war beim Einkaufen dabei und konnte Jeff beruhigen: Das waren «nur» Fans und keine Bekannten, die ihn da im Laden laut grüssten. Es war darum kein Problem, dass Jeff diese nicht erkannt hatte.

Zu Beginn der Zusammenarbeit lief er in der Garderobe neben Jeff her und flüsterte ganz unauffällig beim Gang zur Kaffeemaschine immer wieder die Namen der in der Nähe stehenden Spieler zu.

Es war für Jeff eine grosse Herausforderung, die neuen Teammitglieder kennenzulernen und sich anhand ihrer Umrisse zu merken.

Bertsches Hilfe war vielfältig: Bei den vielen Restaurantbesuchen las er Jeff die Speisekarte so diskret wie möglich vor. Nur bei McDonald's sei das nicht nötig gewesen, die Speisekarte kennt jeder auswendig. «Du willst ihn ja nicht bemuttern», sagt Bertsche. «Hin und wieder überrascht dich Jeff damit, wie gut er sich zurechtfindet. Andererseits stolpert er dann mitten auf dem Gehweg über einen grossen Stein, weil er diesen nicht erkannt hat.»

«Wir verbrachten durch die Arbeit regelmässig täglich über zehn Stunden miteinander», sagt Bertsche. Und natürlich gab es dabei ständig etwas zu besprechen – erst recht, weil er durch Jeffs Situation Aufgaben übernehmen musste, die weit über seine eigentliche Stellenbeschreibung hinausgingen.

Nach Kloten war Bertsche vom damaligen Konkurrenten HC Thurgau gewechselt. Dort war sein Aufgabenbereich deutlich klarer umrissen. In Kloten sah das anders aus: Neben dem Torhütertraining war er nun auch in das Coaching anderer Spieler eingebunden, half bei Aufstellungen, übernahm Teile der Trainingsplanung und sogar administrative Arbeiten am Computer. Er schrieb E-Mails für Jeff, unterstützte bei organisatorischen Dingen, sprang ein, wo es nötig war.

«Aber egal, was ich alles für Jeff tat: Es fühlte sich nie wie ein Müssen, sondern wie ein Dürfen an. Die Wertschätzung war von Anfang an riesengross», sagt Bertsche. Er sammelte als sehr junger Torhüter-Coach mehr Erfahrungen, als er es beim Jobantritt für möglich gehalten hätte. Dazu gehörten auch die Spiele, in denen die beiden ständig miteinander kommunizierten, was ungewöhnlich ist. Normalerweise sitzt der Torwarttrainer auf der Pressetribüne und markiert am Computer Livebilder der Partie. Dies hilft, um Aktionen des Torhüters später im Training gemeinsam zu analysieren. Doch Bertsche tat mehr.

Eishockey gilt als schnellster Teamsport, die Anweisungen müssen kurz und knapp und vor allem schnell erfolgen. «Es faszinierte mich von Anfang an, wie gut Jeff von der Bank aus Spielsituationen erkennen konnte, obwohl er nur Umrisse von Spielern wahrnahm», sagt Bertsche. «Er wusste aber nicht, um welche Spieler es sich handelt, also teilte ich ihm die Namen mit.»

In den ersten rund drei Monaten hatten die beiden noch auf das zusätzliche Hilfsmittel, Funk, verzichtet.

Das bedeutete für Jeff aber, auf direktes Feedback an die Spieler zu verzichten. Das Risiko der Verwechslung war zu gross.

Im Laufe der Saison wurde Bertsche dann für Jeff «zum kleinen Mann im Ohr!», als Live-Kommentator der Spiele. Damit dieser auf der Spielerbank seine beiden Assistenten nicht ständig nach Details fragen musste, lieferte ihm Bertsche diese via Funk direkt ins Ohr: «Gutes Forechecking von Stürmer X! Schlechtes Defensivverhalten von Verteidiger Y!»

Mit Bertsches Anweisungen im Ohr konnte er wieder direktes Feedback geben: Kaum kam der Spieler vom Eis zurück auf die Bank, gab es Lob oder Tadel.

«Natürlich merkten die Spieler, dass sich etwas verändert hatte», sagt Bertsche. «Damit dies nicht für zu viel Aufsehen sorgte, musste ich alles herunterspielen. Zum Beispiel, als Verteidiger Simon Seiler mich nach ein paar Spielen mit einem Lachen fragte, warum denn plötzlich auch die Abwehrspieler von Jeff so ausführliches Feedback erhalten.» Seilers Verwunderung war nachvollziehbar: In der Regel kümmert sich der Cheftrainer um die Stürmer, während ein Assistent ein Auge auf die Verteidiger hat.

Doch bei Jeffs eingeschränkter Sicht war vieles anders. Damit er sich zumindest während der Heimspiele ein möglichst genaues Bild vom Geschehen machen konnte, stellte Bertsche seinen eigenen überdimensionalen Bildschirm zur Verfügung und installierte ihn direkt bei der Spielerbank. Er verlegte ein Kabel bis hinauf zur Pressetribüne, um den Bildschirm von seinem Laptop aus mit Videoclips bespielen zu können. Unterstützung bekam er dabei von Klotens Skills-Coach Toni Szabo, der die Spiele direkt neben ihm verfolgte: «Da ich die wichtigsten Szenen bereits markiert hatte, konnte Toni diese auf Jeffs Wunsch hin sofort nach unten auf den grossen Bildschirm bei der Spielerbank senden.»

Die Kommunikation zwischen Jeff und Bertsche beschränkte sich aber bei Weitem nicht nur aufs Eishockey. Weil Jeff in seiner ersten Klotener Saison noch im Nachbarort Nürensdorf wohnte und die Anreise mit Bus und S-Bahn umständlich war, wurde Bertsche zum Chauffeur. Er fuhr ihn in die Eishalle und zurück. Dazwischen verbrachten die beiden weitere Zeit beim Mittag- und Abendessen. Und nicht selten war er auch Kontrolleur der Speisen in Jeffs Kühlschrank. Waren der Joghurt oder etwas anderes verdorben?

Die beiden lernten sich genau dann kennen, als Jeff seine schwerste Zeit durchmachte.

Das Hoch mit Rapperswil-Jona war gerade vorbei, immer seltener konnte nun Jeff dank des Eishockeys seine neue Situation verdrängen. «Wir sprachen in dieser Zeit über viele verschiedene Dinge», sagt Bertsche.

«Jeff ist ein wunderbarer Geschichtenerzähler, er kann dich blendend unterhalten. Er kennt so viele Stories, dass wir in den beiden Jahren kaum zwei Mal über dasselbe sprachen.» Die beiden besprachen auch viele ernste Themen, wie Jeffs Situation: «Wir kamen häufig darauf zurück. Auf den Sinn des Lebens, ob er so überhaupt weiterleben wolle.» Bertsche sagt, er könne sich gut vorstellen, dass es in Jeffs Innerem manchmal ganz anders aussah: «Aber zumindest nach aussen verlor er die Zuversicht nie. Ich finde das unglaublich.»

Jetzt kam der Zeitpunkt, da brauchte Bertsche Hilfe. Er hatte seinem Freund und Chef häufig die Augen geliehen. Nun brauchte er ein Ohr. Er hatte sich gerade von seiner Freundin getrennt und benötigte jemanden, der ihm zuhörte.

Jeff bot sich an, also zog der Goalie-Trainer für zwei Wochen bei ihm ein, die Gespräche dauerten bis tief in die Nacht. Aus sportlicher Sicht war der Zeitpunkt nicht optimal. Der EHC Kloten hatte als Aufsteiger in die National League bislang an einem sportlichen Märchen geschrieben.

Die Top 10 und damit das Pre-Playoff – sogar Platz 6 und die direkte Playoff-Qualifikation waren völlig unerwartet in Reichweite. Die optimistischsten Prognosen sahen Kloten auf Rang 12, die meisten auf Platz 13 oder 14 – also Tabellenletzter, normal für einen Liga-Neuling.

Doch nach den vielen Siegen hatte der Aufsteiger plötzlich seine Leichtigkeit verloren und kassierte eine Niederlage nach der anderen. Rang 11, das Verpassen des Pre-Playoffs rückte bedrohlich näher. Der Vorsprung wurde immer kleiner – selbst Rang 13 und damit der Abstiegskampf wurden plötzlich zu einem realistischen Szenario.

Aus einer wunderbaren Saison drohte ein Desaster zu werden. Bertsche erinnert sich, mit welch schlechtem Gewissen er Jeff um Hilfe bat: «Er hatte grundsätzlich genug mit sich selbst zu tun, sportlich lief es uns auch nicht mehr gut, und nun würde auch ich ihm noch zur Last fallen.» Doch nichts von seinen Befürchtungen traf ein: «Wir waren in dieser Zeit einfach füreinander da.»

Bertsche erlebte hautnah den 25. Februar 2023 mit, den Tag der Erlösung für den EHC Kloten und seinen Cheftrainer. Das Spiel in der drittletzten Runde bei

Langnau, dem Gegner, der auf Rang 13 stand und Kloten nahe gerückt war.

Es würde ein Wegweiser werden: Bei einem Sieg wäre der Ligaerhalt geschafft, bei einer Niederlage wäre die Abstiegsrunde nahe gerückt. «Mittlerweile sieht Jeff vieles entspannter, wenn es um Eishockey geht», sagt Bertsche. «Er pflegt häufig zu sagen: Hey, it's a game – es ist nicht das Leben!» Doch an dem Tag des Spiels hat er ihn sehr angespannt erlebt. «Wahrscheinlich streitet Jeff es ab, aber an diesem Tag war vieles anders. Morgens, vor und während des Spiels.» Jeff pflegte vor Auswärtsspielen lange im Bus zu bleiben. In Langnau nicht. «Und auch während des Spiels war er beim Coaching viel aktiver als vorher. Er hörte zwar immer noch auf die Inputs von Toni und mir, aber dennoch nahm er viel mehr Einfluss.» Kloten gewann 3:1, der Druck war weg.

«Jeff hat ein sehr gutes Gespür, wann er vor der Mannschaft etwas tun muss», sagt Bertsche. «Gerade in heiklen Momenten habe ich in diesen zwei Jahren viel von ihm gelernt.» Er erlebte Jeff auch hart kritisierend, nach dem klar verlorenen ersten Pre-Playoff-Spiel in Bern zum Beispiel: «Er war da tough, sprach die Dinge klar an. Dass wir schlecht gewesen waren, nicht bereit – Männer gegen Buben, Punkt!»

Bei der Mannschaft sei dies angekommen, weil Jeff das Gespür habe, wie weit er mit Kritik gehen kann, ohne zerstörerisch zu wirken.

Es wirkte: «Spiel 2 gegen Bern zu Hause war eine der tollsten Partien in unserer Heimarena, das sagten viele Leute danach zu mir», sagt Bertsche.

Zwei Tage später, nach einer weiteren Niederlage in Bern, war aber alles vorbei: Klotens Saison, und vor allem Jeffs Karriere als Trainer.

«Es war ein rührender Moment in der Garderobe», erinnert sich Bertsche. «Er sagte zu mir dasselbe wie ein Jahr zuvor nach dem Aufstieg. Wie dankbar er sei und wie unmöglich sein Weg ohne mich gewesen wäre.» Bertsche betont den immensen Einfluss Jeffs auf das Team: «Wir sahen dies im ersten Jahr in einem Playoff-Spiel, das verloren ging und das Jeff krankheitshalber verpasste.» Vieles sei wegen der Abwesenheit des Cheftrainers anders gewesen: «Es herrschte eine ganz andere Dynamik auf der Bank, es fehlte Jeffs Leadership.»

Die Saison für Kloten war vorbei. Eine zweijährige gemeinsame Reise zu Ende. Bertsche erinnert sich gut an Mitte Mai 2021:

Es war der Tag, als Jeff vom EHC Kloten offiziell als neuer Trainer präsentiert wurde. An diesem Tag lernte er Jeff näher kennen – diesen Mittwoch würde er nie mehr vergessen. Er hatte schon Monate zuvor zugesagt, vom HC Thurgau zu Kloten zu wechseln. Wer sein Cheftrainer sein würde, wusste er damals nicht. Jeffs Zusage beim EHC erfolgte erst später. «Ich hatte keine Ahnung, wie es Jeff geht, ich wusste nur von seiner Nieren-Geschichte», erklärt Bertsche. «Jeff erzählte mir zudem gleich zu Beginn, dass er auch Probleme mit den Augen habe. Doch was das genau bedeutete, wusste ich nicht.»

Er würde schnell dazulernen – denn noch am selben Tag fuhren die beiden gemeinsam nach Rapperswil-Jona. Jeffs Umzug nach Nürensdorf stand an, Bertsche bot seine Hilfe an. Kaum angekommen, ging es los: «Jeff zeigte mir beim Ausräumen der Schränke ein Glas Honig und fragte mich, was das sei», erzählt Bertsche. So ging es weiter, Gegenstand für Gegenstand. Bis tief in die Nacht fuhr er hin und zurück, bis er alles in Jeffs neue Wohnung gebracht hatte. Er ahnte: Da steckte mehr dahinter als bloss «Probleme mit den Augen». Als der Umzug geschafft und der erste Tag mit Jeff vorbei war, rief Bertsche seinen Vater an und erzählte ihm, welch grossartiger Typ der neue Trainer Klotens sei und wie schnell die beiden bereits eine unglaubliche Verbindung auf menschlicher Ebene aufgebaut hätten.

«Ich sagte meinem Vater aber auch: Ich habe keine Ahnung, wie das beim EHC Kloten so funktionieren soll …»

Zwei Saisons später wusste auch Bertsche: Es hat funktioniert – und wie!

Die Zusammenarbeit war im Sommer 2023 beendet. Bertsche stand auf mehreren Ebenen vor einem Neuanfang: «Nach meiner Freundin war mit Jeff nun auch die zweite wichtige Bezugsperson weg.» Als der EHC Kloten mit Gerry Fleming den Nachfolger Jeffs verpflichtete, nahm Bertsche sich etwas vor: «Ich sagte mir, dass ich keine Vergleiche anstellen werde. Auch Jürgen Klopp hatte damals, als er nach Liverpool ging, gebeten, ihn nicht ständig mit den vorherigen Trainern zu vergleichen. Das würde weder ihm noch den anderen Coaches gerecht.» Lehrreich würde die Arbeit auch unter Fleming werden, fand Bertsche: «Jeff sagte mir einmal, dass ein junger Coach ohnehin alle zwei Jahre eine Abwechslung braucht. Dann lernt er mehr.»

Zwei Dinge sind für Bertsche klar. Zum einen, dass für ihn selbst der Posten des Cheftrainers kein Ziel ist: «Meine Welt sind die Torhüter und das persönliche Verhältnis, das du mit ihnen aufbauen kannst. Du bist näher an ihnen dran als der Cheftrainer.»

Zum anderen, dass sich auch bei der Beziehung zu Jeff nichts ändert: «Auch wenn er nicht mehr Klotens Trainer ist: Unsere Freundschaft, die bleibt bestehen.»

Kapitel 10:
Das Ende und der Neubeginn

Bevor die Serie gegen Biel begann, wusste ich: Es könnte sehr schnell gehen. Wenn wir zwei Mal verlieren, ist nicht nur die Saison und meine Zeit mit Rapperswil-Jona zu Ende, sondern auch mein Leben als Trainer. Solange wir spielten, konnte ich die Gedanken an das «Danach» aufschieben und das Leben in meiner Scheinwelt geniessen. Ich brauchte diese Atmosphäre, die Spieler, den Coaching Staff, die Leute in der Garderobe. Ich musste um sie herum sein. In ihrer Umgebung fühlte ich mich wohl. Wenn ich nach den Trainings und den Spielen zurück nach Hause ging, war ich mit meinen Gedanken und meinen Dämonen allein. Dann fühlte ich mich schlecht. Das Team, die Menschen, sie waren meine Flucht vor der Realität. Ich hoffte darum, dass es immer weitergeht.

Meine ersten drei Auswärtsspiele, in Biel und in Lugano, wurden zu besonders langen Tagen: Alle drei gewannen wir erst nach Verlängerungen. Es wurde entsprechend spät, bis ich wieder zu Hause und alleine war. Das war grossartig. Das bedeutete, dass mein Leben im Happy Place fernab der Realität verlängert wurde. Die Einsamkeit durfte warten.

Auf den Rückfahrten im Bus konnte ich mich mit Nik und Bergi unterhalten und die nächsten Schritte planen. In diesen Momenten war ich wieder ein normaler Mensch, ein normaler Coach.

Ich wollte nicht alleine zu Hause sein. Und ich fürchtete mich erst recht vor der Zeit bei der Familie in Düsseldorf. Normalerweise wäre das ein Happy Place. Damals war es für mich ein trauriger Ort. Dachte ich an ihn, dachte ich auch daran: Meine Tochter wird mit einem blinden Vater aufwachsen. Dieser Gedanke machte mich fertig. Natürlich ist das heute anders, mein Happy Place ist mein Zuhause mit meinen Girls. Aber bevor das wieder so war, entfloh ich lieber meiner Realität.

Zuvor hatte ich das immer so gesehen: Es gibt zwei Teams, meine Mannschaft und meine Familie. In Rapperswil-Jona versteckte ich mich nun bei meiner Mannschaft, sie war jetzt meine Fantasiewelt. Es war darum gut, dass ich nur einen Tag, nachdem ich Olivia beim Aufwachen nicht erkennen konnte, bereits wieder in der Schweiz war. Es galt, eine Eishockeypartie zu gewinnen.

Spiel 2 gegen den HC Lugano stand zu Hause an. Gegen diesen Gegner waren wir klarer Aussenseiter. Es war darum keine Überraschung, dass Spiel 1 in Lugano, das ich verpasst hatte, deutlich mit 2:6 verloren gegangen war. Im Happy Place heckte ich mit meinen Assistenten einen Plan aus, um in der Best-of-7-Serie zurückzuschlagen.

Und in meinen einsamen Momenten begann ich still an einem Plan zu feilen, wie ich verhindern konnte, dass jemand von meinen Problemen erfuhr.

Ich musste Situationen vermeiden, die mich verraten könnten. Die Zeit der Schauspielerei ging weiter: Verbergen, Vortäuschen, ständiges Hoffen, dass nichts nach aussen drang. Dass niemand plötzlich merkte, wie es wirklich um mich stand.

Nik wohnte in meiner Nähe, er war nun mehr als bloss mein Assistenzcoach. Er wurde zu meiner Alltagshilfe. Haben meine Joghurts schon Beine, oder kann ich bedenkenlos den Löffel in den Mund schieben? Kochen konnte ich ohnehin nicht mehr und alleine einkaufen auch nicht.

Also nahm mich Nik mit und lief neben mir. Er war mein Guide und mein Chauffeur, er holte mich am Morgen ab und brachte mich später wieder nach Hause.

Irgendwann schaffte ich es, den Bus zu benutzen. Busfahren gehörte zu meiner Therapie.

Ich konnte und wollte nicht meine ganze Freizeit in der Wohnung auf der Couch verbringen und meinen dunklen Gedanken nachhängen. Also fuhr ich mit dem Bus mitten in die Stadt nach Rapperswil. Ein wenig herumlaufen oder einfach in einem Café nichts tun und den See und die Berge anschauen – oder zumindest die Umrisse und Schemen, die bei gutem Wetter noch sichtbar waren. Diese kleinen Ausflüge wurden zu Lektionen. Der Bus hielt vor meinem Haus. Und in Gegenden, die ich gut kannte, fühlte ich mich wohl. Auch in Kloten bewegte ich mich meist an denselben überschaubaren Orten, ass und trank in den immer gleichen Restaurants und Cafés. Der Unterschied ist: Heute habe ich keine Angst mehr.

Es gab ein Problem, das mich bis heute verfolgt: Wenn mich Leute auf der Strasse erkennen und grüssen. Sind das Leute, die mich näher kennen? Oder sind das Fans, die nur schnell «Hey, Jeff!» sagen wollten?

Umgekehrt passierte und passiert Ähnliches. Wenn ich an Bekannten vorbeilaufe und einfach weitergehe – selbst wenn sie winken und ich in ihre Richtung gucke. Da meine Augen in der unteren Hälfte gar nichts mehr sehen, erkenne ich nicht, wenn mir jemand die Hand schütteln will. Ich muss aktiv nach unten schauen, um zu wissen, ob da jemand seine Hand ausstreckt.

Es ist aber unhöflich, den Leuten nicht in die Augen, sondern auf die Füsse zu schauen.

Manchmal hat jemand auch einfach etwas in den Armen. Ein Baby zum Beispiel. Leute zu treffen, kann also belastend sein. Ich habe schon mehrfach gehört, dass mich Leute, an denen ich offenbar einfach vorbeigelaufen bin, für arrogant halten.

Als Team kamen wir ins Rollen. Wir gewannen gegen Lugano Spiel 2 mit 4:1 zu Hause. Das folgende Auswärtsspiel nach Verlängerung mit 3:2. Ausgerechnet Sandro Forrer schoss das entscheidende Tor in der Overtime. Wir waren Aussenseiter, keine Ansammlung von Stars. Sandro war einer unserer typischen Arbeiter. Er schoss in der gesamten Saison in 52 Spielen nur zwei Tore. Eins davon in der Verlängerung eines Playoff-Spiels.

Spiel 4 gewannen wir zu Hause 3:1. Danach kam die Krönung: Wir reisten mit einer Führung von 3:1 Siegen nach Lugano und wussten, dass wir nur noch einen Sieg benötigten, um uns für die Halbfinals zu qualifizieren. Es folgte ein völlig verrücktes Spiel: Nach zwei Dritteln stand es immer noch 0:0, danach fiel Tor um Tor. Wir führten dank zwei später Treffer 3:1, Lugano glich aber durch zwei Tore in den letzten Sekunden aus.

Das Spiel wurde erst mit einem Treffer in der Verlängerung entschieden. Und es war mit Gian-Marco Wetter wieder einer dieser Krampfer, der traf.

Wir hatten in dieser speziellen Corona-Saison unsere ganz eigene besondere Story geschrieben: Rapperswil-Jona stand im Playoff-Halbfinal! Das war erst einmal in der Clubgeschichte der Lakers vorgekommen. 15 Jahre war das mittlerweile her. Die Presse im ganzen Land wurde auf uns aufmerksam. Es gab Interviews, wir erzählten unsere Geschichte wie jene unseres Goalies Melvin Nyffeler. Der kam nach einem Sieg zu mir an die Bande und umarmte mich: «Ich sagte ihm, dass ich ihn liebe», lautete eine Schlagzeile.

Es war völlig skurril. Keiner der Journalisten wusste, dass ich häufig Auskunft gab über Tore, Szenen und Spiele, die ich gar nicht gesehen hatte.

Vor dem Halbfinal gegen den EV Zug entschied sich mein Club auch darum, mich etwas in Ruhe zu lassen. Sie baten die Medien, für ein paar Tage keine Interviewanfragen mehr an den Trainer zu stellen. Der offizielle Grund? Nierenprobleme.

Dafür war ich dankbar, denn immer häufiger fühlte ich mich unwohl, vor allem bei Interviews mit TV-Sendern.

Ich konnte nicht sehen, wo die Kameras standen. Meine Angst, mich zu verraten, war gross. Und sie blieb es in diesen Situationen bis zum Ende meiner Trainerkarriere.

Wegen der coronabedingten Verzögerungen wurden die restlichen beiden Playoff-Runden von der Liga verkürzt. Unsere Serie gegen Zug war also nur noch ein Best-of-5: Drei Siege hätten gereicht, um in das Finale einzuziehen. Wir wehrten uns nach Kräften gegen den späteren Meister Zug und gewannen sogar ein Auswärtsspiel. Doch nach Spiel 4 im eigenen Stadion war die Reise zu Ende: Wir verloren 3:6 und damit auch die Halbfinal-Serie. Die Saison war zu Ende.

Ich habe nur noch bruchstückhafte Erinnerungen an die Momente danach. Ich verabschiedete mich von den Jungs, bedankte mich bei allen für die grosse Hilfe und Unterstützung. Meine Augen blieben nicht trocken. Es war schwierig zu realisieren, was da alles passierte. Ich verabschiedete mich ja nicht nur von den Spielern und den Kollegen im Staff. Es war ein Abschied aus Rapperswil und damit von einem Ort, den ich wirklich liebte und der immer eine spezielle Bedeutung für mich haben wird. In Rapperswil machte ich Andrea 2017 meinen Heiratsantrag.

Ich bin nicht gut mit Goodbyes, ich versuchte darum, den Jungs lieber «Wir sehen uns wieder!» zu sagen.

Und da waren noch die Fans. Mittlerweile durften wieder je 50 Zuschauer in die Halle. Doch vor dem Stadion warteten viele, viele mehr. Ich weiss die genaue Zahl nicht, da ich nichts sehen konnte, doch in meinen Erinnerungen sind es Tausende.

Egal, wie viele es wirklich waren: Sie bereiteten uns einen hoch emotionalen Abschied. All das ehrte mich sehr. Es kamen immer mehr unterschiedliche Emotionen dazu. Es bereitete mir Mühe, mit diesem Mix an Gefühlen gleichzeitig umzugehen.

Doch immer mehr wurde mir klar: Nicht nur die Saison mit Rapperswil war zu Ende und damit auch meine dortige Zeit nach sechs Jahren. Auch mein Leben in der Parallelwelt war vorbei. Mein Happy Place, mein Zufluchtsort. Der Moment war nun da, es gab keinen Aufschub mehr, keine weiteren Spiele, keine weiteren Reisen: Mein neues Leben begann nun definitiv.

Jetzt.

Drei weitere Wochen Schonfrist in der Schweiz blieben. Der Umzug von Rapperswil nach Kloten.

In meiner alten Wohnung hatten sich so viele Dinge angesammelt. Was kommt mit und was nicht – das ist schwierig, wenn du so gut wie nichts siehst. Es war darum unmöglich, schnell zu packen. Ich brauchte wieder Hilfe. Meine Assistenten waren noch einmal für mich da: Nik, Bergi. Auch Thomas Mitew, ein alter Freund aus Berliner Tagen, kam vorbei.

Und Tim Bertsche war da. Er war der neue Torwarttrainer Klotens. Wir wechselten gemeinsam zum EHC. Ich aus Rapperswil, er kam vom HC Thurgau. Es war quasi die perfekte Übergabe. Chauffeure und andere Helfer. Das, was Nik die ganze Zeit für mich getan hatte, herumzufahren, in allen Lagen helfen, für mich da zu sein, das würde in Kloten nun auch Tim tun. Offiziell traf ich meinen Goalietrainer. Rückblickend war das der Beginn einer tiefen Freundschaft.

In Anlehnung an Metallicas Song «Enter Sandman» nenne ich diesen Moment «Enter Tim-Man». Er kam in mein Leben und wurde zu meinem Retter. Er tat einfach alles Mögliche für mich.

Als Erstes fuhr Tim meine Umzugskartons in die neue Wohnung.

Im Frühling 2021 war ich in Kloten angekommen. Es war aber bereits im März, mitten in der Saison mit Rapperswil, als ich mit dem EHC einig wurde.

Noch ohne zu wissen, welche einschneidende Diagnose mich rund zwei Wochen später treffen würde. In Rapperswil hatte ich schon zwei Monate zuvor erfahren, dass ich so oder so nicht bleiben würde.

In welcher Liga meine Reise mit Kloten weitergehen würde, war offen, denn der EHC befand sich im Aufstiegskampf von der Swiss League in die National League. Drei Tage vor dem Saisonende mit Rapperswil scheiterte Kloten im B-Final am HC Ajoie, der stattdessen aufgestiegen ist. Als meine Zeit bei den Lakers zu Ende war, wusste ich also bereits: Wenn ich den Job in Kloten wirklich annehme, arbeite ich wieder eine Liga tiefer. Das spielte für mich aber keine Rolle. Die «Mission Wiederaufstieg» tönte reizvoll, meine Arbeit in Rapperswil hatte schliesslich auch in der zweiten Liga begonnen.

Meine Frage war vielmehr: Kann ich den Job in Kloten überhaupt annehmen? Ich hatte zwar mit Rapperswil vier Wochen unter diesen sehr besonderen Umständen erfolgreich hinter mich gebracht. Aber ein Monat im Playoff ist nicht dasselbe wie die reguläre Arbeit einer ganzen Saison. Würde ich das wirklich können? Es war mir eigentlich klar: Nein, das geht nicht. Ich entschied mich, dem EHC Kloten meine Lage zu erklären und trotz des gültigen Vertrages abzusagen.

Sie würden das verstehen.

Ich rief Klotens Geschäftsführer Pascal Signer an und erklärte ihm die Lage. Er reagierte wie die meisten Leute. Auch ihm war nicht bewusst, wie meine Situation war.

Er sagte mir: «Nein, Jeff, das ist okay. Du bist ein Coach, du musst coachen! Wir wollen auf jeden Fall, dass du kommst.» Wahrscheinlich dachte er, dass ich einfach eine gute Brille brauche. Ich versuchte darum, so deutlich wie nur möglich zu sein: «Ich kann nicht sehen!»

Pascal liess nicht locker: Wir würden gemeinsam eine Lösung finden. Als Erstes mit der Therapie in Magdeburg, danach würden wir in Kloten weiterschauen: «Wir haben hier auch Ärzte, du bekommst jede Hilfe», sagte Pascal.

Ich dachte: Holy Shit, die wollen mich ja wirklich! Völlig unsicher, was ich tun sollte, sprach ich mit Andrea. Sie ermutigte mich: «Vergiss nicht: Die meisten Teams hätten dir unter solchen Umständen sofort abgesagt.» Das ist wohl wahr.

Was mich auch umdenken liess, war Hoffnung. Tief in mir drin war ich überzeugt, dass es meinen Augen irgendwann besser gehen würde.

Die Ärzte hatten das ausgeschlossen – es tat mir also gut, dass Pascal an mich glaubte. Selbst wenn dies wohl darum war, weil er das Ausmass meiner Probleme nicht kannte. Andrea insistierte auch: «Wenn es ein Team gibt, das dich derart unterstützen will, dann musst du gehen. Sie brauchen dich, du brauchst sie!»

Auch das hörte ich gerne und redete mir ein: Ich muss jetzt loyal sein und kann nicht einfach einen Rückzieher machen. Ich vereinbarte mit Kloten, es step by step anzugehen. Schritt Nummer 1: Das erste Eistraining im Juni. Pascal meinte, ich solle doch mit den Spielern aufs Eis gehen und schauen, wie ich mich fühle. Also reiste ich nach Kloten, um ein Team zu trainieren, das ich nicht kannte und nicht richtig sehen konnte.

Die Situation war völlig anders als in Rapperswil-Jona. Dort hatte ich jeden meiner Spieler gut gekannt. Ich erkannte sie als Umriss, an ihrem Laufstil auf dem Eis. Und als ich im März 2021 plötzlich fast nichts mehr sah, kam mir die «Jahreszeit» auch entgegen. Die Playoffs sind die entscheidende Phase einer Saison mit Spielen an jedem zweiten Tag. Da trainierst du praktisch nicht mehr, an den spielfreien Tagen geht es um Erholung der Spieler und kleine taktische Anpassungen mit Videostudium.

Es sorgte also nicht für Aufsehen, wenn ich kaum noch aufs Eis ging – das hatte ich in den Playoffs in den Jahren vorher auch nicht getan.

In Kloten war das nun anders. Selbstverständlich besteht die Saisonvorbereitung nur aus Training – da bist du als Cheftrainer voll involviert. Dafür war ich da: das erste Training auf dem Eis. Es fand nicht in Kloten statt, sondern im nahe gelegenen Städtchen Wetzikon.

Wir konnten das Stadion des lokalen Viertligisten benutzen. Die Hallen der Proficlubs sind für die TV-Übertragungen hervorragend beleuchtet. Hier war es kleiner und dunkler, das würde nicht wirklich helfen.

Ich sass zunächst in der Trainergarderobe. Drei weitere Personen waren anwesend: Torwarttrainer Tim Bertsche, mein neuer Assistenzcoach Fabian Sutter sowie Felix Hollenstein – eine Klotener Clublegende und bisheriger Sportchef, der künftig als Berater für den Verein tätig sein würde.

Tim kannte meine Situation bereits besser als die anderen – er hatte mir ja beim Umzug von Rapperswil nach Kloten geholfen. Wie gut er über das Ausmass Bescheid wusste, war mir zwar nicht klar.

Ich erkannte Dinge beim Verpacken und beim Umzug einfach nicht. Ich musste alles fragen.

Das war in diesem Moment kein Thema. Wir sassen einfach da und sprachen vor dem Training nur über Eishockey und über die Spieler – das fühlte sich wunderbar normal an. In diesem Moment wurde mir klar: Ich will das wirklich tun! Oder es zumindest versuchen.

Doch dann ging es raus aufs Eis. Eine mehr oder weniger simple Trainingseinheit aufziehen, und viel mehr war im Sommer noch nicht gefragt, war nicht das Problem.

Als Coach lernst du irgendwann, bestimmte Dinge quasi blind zu tun. Wer schon einmal ein Eistraining einer Eishockeymannschaft gesehen hat, weiss, was ganz am Anfang immer gemacht wird: Aufwärmen.

Wir fahren auf dem Feld herum, die Trainer mischen sich auch unter die Spieler. Genau das taten wir. Bloss: Ich fuhr stets neben meinem neuen Assistenten Sutti. Das ist nicht auffällig. Und weil ich ihn brauchte. Die Spieler, die wir links und rechts passierten, erkannte ich nur als Schemen. Wenn du neu zu einer Mannschaft kommst, ist eine Kennenlernphase normal. Ich musste nicht nur die Spieler kennenlernen, sondern einprägen, wie sich jeder von ihnen auf dem Eis bewegt. Nur so könnte ich sie einigermassen auseinanderhalten.

Ein grosser, wendiger Spieler fiel mir sofort auf. Ich fragte Sutti: «Wer ist dieser Typ?» Er antwortete: «Das ist Harrison Schreiber.» Harrison war unser deutsch-amerikanischer Stürmer bei den Junioren. Der war schon gut genug, um auch bei der ersten Mannschaft zu spielen. Ich speicherte ihn ab: Harrison Schreiber, zwei Meter gross, gut auf den Schlittschuhen – das magst du als Eishockey-Coach. Wir liefen weiter herum, immer wieder kamen Spieler. Erneut fiel mir einer auf. Also fragte ich wieder Sutti: «Wer ist das?» Er: «Das ist Harrison.» Und kurz danach nochmals: «Und wer ist DIESER grosse Typ?» Er: «Das ist Harrison.»

Ich lernte gleich vier Dinge.

Erstens: Es würde nicht einfach werden.

Zweitens: Harrison Schreiber ist gross und wendig.

Drittens: Sutti ist geduldig, das würde sehr hilfreich werden.

Viertens, und das war das Wichtigste: In dieser Umgebung waren die Spieler und Kollegen hilfsbereit, dankbar und motiviert. Das ist die Basis, um in meiner Situation erfolgreich sein zu können. Nach dem Training kamen mehrere Spieler zu mir, dankten mir für die Übungen und gaben positives Feedback.

Das erste Training war gelungen. Wie erwähnt, half da die Erfahrung: Ich wusste, welche Drills nötig waren, ich wusste auch, wann ich wo auf dem Eis stehen musste, um nicht aufzufallen oder im Weg zu stehen. Die positive Aufregung rund um den Club war mit den Händen greifbar. Wer alles da war, konnte ich nicht sehen, wusste aber, dass sich viele Leute mein erstes Training anschauen wollten, auch Mitarbeiter und Entscheidungsträger des EHC Kloten.

Die Hoffnung, die ich bei den Spielern spürte, tat mir gut. Es waren ja Spieler, die nichts von meiner Situation wussten. Da merkte ich: Wow! Das Ganze kann sich wirklich so entwickeln, dass ich ihnen helfen kann!

Dem Verwaltungsrat des Clubs waren meine Probleme nicht im Detail bekannt. Bis heute weiss ich nicht, ob allen wirklich klar ist, wie schlecht es um meine Augen steht. Sutti weihte ich sofort ein, er würde gemeinsam mit Tim Bertsche zu einer meiner wichtigsten Vertrauenspersonen werden. Lange war nicht klar, ob sie wussten, wie schlimm es um mich steht.

Vielleicht dachten sie hin und wieder, dass ich übertreibe und dass es mir eigentlich ganz gut geht. Vielleicht aber nahmen sie meine Probleme auch noch als viel grösser wahr, als ich es schilderte. So etwas ist ja immer eine Frage der Perspektive.

Mit Angehörigen erlebe ich das oft. Sie sagen mir dann, dass ich sie einerseits positiv überrasche, andererseits aber auch für Situationen sorge, in denen sie sich fragen: «Wie kannst du DAS nicht sehen?» Sie wünschen sich, wenigstens für ein paar Momente erleben zu können, wie es ist, wenn man so sieht wie ich.

Ich habe mir schon überlegt, meine Ärztin zu bitten, eine Spezialbrille anfertigen zu lassen. Diese könnte ich dann weitergeben, dann lernen alle meine Welt kennen.

Natürlich wollte ich, dass auch meine Spieler mehr über mich und meine Situation erfahren. Das musste aber warten, da meine Spezialtherapie in Magdeburg anstand. Diese konnte und wollte ich nicht verschieben.

Auch das hatte ich mit Kloten so abgemacht. Die zwei Wochen in Magdeburg halfen mir wirklich. Die Therapie war anders. Und es war nicht so, als sei sie mir von meinen Ärzten empfohlen worden.

Im Gegenteil: Ich war gewarnt worden, dass das eine Art «Hokuspokus» sei, der nichts nützt und ich mein Geld besser sparen sollte.

Die Therapie in Magdeburg wurde nicht durch meine Versicherung abgedeckt. Trotzdem wollte ich hin. Weil wir alles versuchen würden, selbst wenn die Diagnose unverrückbar wäre und meine Augen nie wieder besser werden. Ich wollte die Hoffnung nicht aufgeben.

In Magdeburg wurde versucht, die Zellen rund um die Augen mit Elektroden zu stimulieren und wiederherzustellen. Zudem wurden mir spezielle Augenübungen gezeigt, zum Beispiel, um sie besser feucht zu halten. Es ging vor allem um den psychologischen Aspekt. Ich sollte mich in meiner Situation wieder besser fühlen können. Und das klappte.

Sie zeigten mir: So bist du jetzt! Gewöhn dich dran! Das ist das neue Du! Denke nicht an den Jeff, der du mal warst, den gibt es nicht mehr. Leute verändern sich, du hast dich verändert. Mir wurden dennoch Hoffnungen mit hohen Zielen gemacht: Eines solle sein, dass ich wieder Autofahren könne. Ich habe keine Ahnung, worauf diese Vorgabe basierte – aber ich hörte das gerne.

Das klang wirklich komplett anders als das, was mir die Ärzte vorher gesagt hatten. Es war quasi die Kollision zweier Welten.

Und nein, ich sah nach den zwei Wochen nicht besser. Aber der psychische Fortschritt war immens. Als Mensch ging es mir besser. War es wirklich nur «Hokuspokus»? Vielleicht. Das war mir egal. Darum bereue ich es nicht. Irgendwann mache ich dort eine weitere Therapie.

Während ich in Magdeburg war, übernahm Sutti mit Hilfe der Juniorencoaches das Training. Wieder zurück in Kloten, informierte ich nun die Spieler – allerdings nicht allzu detailliert. Sie sollten nur wissen, dass ich Probleme mit den Augen habe und ich darum auf ihre Unterstützung angewiesen sein werde. Jeden weiteren Spieler, der bis Saisonbeginn zu uns stiess, nahm ich gleich nach seiner Ankunft zur Seite und erzählte ihm dasselbe.

Dennoch stand ich mit den meisten Spielern erst am Anfang unserer Beziehung. In Rapperswil-Jona kannte ich jeden Spieler und den Menschen dahinter. Ich musste in Kloten die Spieler neben dem Eis noch besser kennenlernen, um Vertrauen aufzubauen – das war in meiner Situation nun noch wichtiger. Es brauchte eine lange Zeit, bis ich mich komfortabler fühlte.

Perfekt wurde es natürlich nie. Es änderte sich bis zum Ende meiner zweiten und letzten Saison als Klotens Trainer nichts daran, dass ich auf dem Eis teilweise ganz in die Nähe der Spieler musste, um sie mit Sicherheit erkennen zu können. Wir machten dennoch Fortschritte, wir wurden uns vor allem neben dem Eis immer vertrauter.

Es zeichnete sich schon ganz zu Beginn etwas ab: Wir waren nicht genügend Leute im Trainerstab. Als Torhütertrainer würde Tim während der Spiele auf der Pressetribüne sein, um sich um seinen Nebenjob als Videocoach kümmern zu können. An der Bande würden somit nur Sutti und ich coachen – Sutti die Verteidiger, ich die Stürmer. In der Swiss League, der zweithöchsten Liga, ist es unüblich, dass ein dritter Coach an der Bande steht. Das ist eine Frage der Finanzen. Doch für mich würde diese Zwei-Mann-Lösung nicht funktionieren. Ich würde die Stürmer nicht richtig instruieren können.

Ein weiterer Assistent sollte das für mich übernehmen. Der Club hatte mir versprochen, auch diesbezüglich zu helfen. Ich besprach gemeinsam mit Geschäftsführer Pascal Signer und Patrik Bärtschi, dem neuen Sportchef, die Situation. Die Suche nach einem weiteren Assistenztrainer konnte starten.

Per Video-Calls interviewten wir diverse Kandidaten und entschieden uns für den Finnen Kimmo Rintanen. Er war ab 2001 zehn Saisons lang in der National League ein Topstürmer Klotens gewesen und begann nach seinem Rücktritt 2012 seine Trainerkarriere als Assistent beim EHC. 2015 kehrte er zurück in seine Heimat. Alles, was Kimmo zu Beginn wusste, war, dass ich Hilfe benötigen würde.

Das Ausmass lernte auch er erst kennen, als er bereits in Kloten an Bord war. Kimmo ist wirklich cool, und wenn er etwas sagt, ist es oft lustig. Er hat einen wunderbar trockenen Humor. Er erfüllt eben das Klischee des ruhigen Finnen, der halt nur dann spricht, wenn es wirklich nötig ist. Seine Reaktion, als ich ihn einweihte, war darum nicht viel mehr als ein «Ah, okay! Alles klar!» Vielleicht wähnte er sich in Wahrheit in einem Science-Fiction-Film und dachte für sich: «Mein Gott, ich habe zugesagt, mit einem blinden Headcoach zu arbeiten!» Falls es so war: Anmerken liess er es sich nicht. Was für mich wichtig war: Ich spürte bei ihm sofort, dass ich ihm vertrauen konnte. Es war das gleiche Gefühl wie bei Tim und Sutti – und dieses Gefühl sollte nicht trügen. Es brauchte in meiner Situation das wortwörtlich blinde Vertrauen.

Wenn wir über Taktik, die Rollen der Spieler oder ihre Performance in den Partien sprachen, mussten wir sehr präzise sein. Wir mussten exakt wissen, was wir meinen. In meiner Situation brauchst du in solchen Momenten grossartige Leute. Ich würde ja vor die Mannschaft treten und den Spielern die Ideen des Trainerteams präsentieren. Wenn ich sehr nahe am Bildschirm und dieser gross genug war, war ich fähig, Videobilder der Spiele zu schauen. Später half mir zudem eine Software, die mir von der SIBU, der Schweizerischen Fachstelle für Sehbehinderte im beruflichen Umfeld, Basel, vermittelt wurde: Diese liess mich Bildausschnitte besser heranzoomen.

Doch all das war einerseits viel zeitaufwendiger als früher. Andererseits musste ich für die Details regelmässig die Meinungen von Kimmo, Sutti und Tim einholen.

Stellen Sie sich die Situation im Profisport vor. In einer der besten Ligen der Welt. Ein Assistent, der auf den Job des Cheftrainers spekuliert, will mir in so einem Moment schaden. Also gibt er mir Informationen über Spielszenen, die gar nie stattfanden. Alle wissen es, nur der Chef nicht. Wie hätte ich da vor der Mannschaft gewirkt? Wie lächerlich hätte ich mich da vor ihr gemacht? Und wie schnell hätte ich ihr Vertrauen verloren? Erst wenn man sich dies bildlich vorstellt, merkt man, wie delikat meine Situation war. Darum war es so wichtig, enge Beziehungen zu den Spielern und Trainerkollegen aufzubauen.

Wenn du das nicht tust, riskierst du, dass du und deine Situation einigen völlig egal ist – das Eishockey-Business kann knallhart sein, in Extremsituationen sind viele sich selbst am nächsten. Das durfte nicht passieren. Und es passierte auch nicht.

Diese Loyalität ist unglaublich.

Pascal Signer
«Wer sagt, dass ein Trainer etwas sehen muss?»

2018 trafen sich Jeff und Pascal Signer zum ersten Mal. Der damals erst 29-jährige Geschäftsführer des EHC Kloten war mit seinem Sportchef Felix Hollenstein auf Trainersuche. «Es war ein sehr gutes Gespräch, doch Jeff sagte ab und verlängerte seinen Vertrag in Rapperswil-Jona», erzählt Signer. Knapp drei Jahre später, Anfang des Jahres 2021, erinnert er sich an Jeff und das damalige Gespräch. Signer braucht erneut einen Trainer für Kloten, doch diese Suche würde anders werden. Spezieller. Heikler.

Signer arbeitet mittlerweile wegen gesundheitlicher Probleme Hollensteins in Personalunion als Klotens Sportchef. Zumindest nach aussen macht es den Anschein, dass sein Club gar keinen neuen Coach braucht. Der EHC Kloten hat seinen Trainer, er ist gut in der Swiss League unterwegs. Drei Jahre nach dem Abstieg scheint das grosse Ziel, die Rückkehr in die höchste Liga, wieder realistisch. Trotzdem ist Signer auf Trainersuche. Selbst im Falle eines Aufstiegs will er den Coach wechseln.

Er will Jeff in Kloten haben. Dieser trainiert zwar noch Rapperswil-Jona, wird den Club aber im Sommer nach sechs Jahren verlassen. «Wir philosophierten bei Bier und Pizza drei Stunden über Eishockey», erzählt Signer. «Am Ende gaben wir uns die Hand, Jeff würde nach der Saison zu uns nach Kloten wechseln.» Natürlich darf das noch niemand erfahren, denn wenn es publik wird, könnte dies die Mission Aufstieg stören. Signer weiss zu diesem Zeitpunkt nicht, dass Jeff auf dem rechten Auge so gut wie nichts sieht. Und Jeff weiss nicht, dass in wenigen Wochen mit dem linken Auge dasselbe passieren würde.

Die Qualifikation der Saison 2020/21 geht zu Ende, Jeff verpasst mit Rapperswil-Jona die letzten beiden Spiele vor den Playoffs. Er ist zum Augenspezialist nach Deutschland gereist. Signer weiss auch nicht mehr als die Öffentlichkeit: «Ich erfuhr aus den Medien, dass er einen medizinischen Zwischenfall hatte und darum zwei Spiele lang nicht dabei sein konnte.» Weil Jeff zu Beginn des Pre-Playoff beim Spiel in Biel wieder an der Bande steht, schenkt Signer dem keine besondere Beachtung. Sein Fokus liegt auf dem Aufstiegsrennen mit Kloten.

Doch dann scheitert Kloten im Final am HC Ajoie. Es ist nun immerhin leichter, Per Hanberg die Trennung mitzuteilen, als den erfolgreichen Aufstiegstrainer gehen zu lassen.

Für Signer ist alles klar: Die Aufstiegsmission geht weiter. Jeff wird der Trainer, der den EHC Kloten zurück in die National League führt. «Ich hatte mich für Jeff entschieden, weil ich von seiner menschlichen Art überzeugt war, sein Führungsstil würde unserer Mannschaft guttun», sagt Signer. «Als Coach ist er knallhart. Wenn du nicht performst, hast du ein Problem mit ihm. Er sieht auch den Menschen hinter jedem Spieler, und so behandelt er ihn auch. Ich wollte genau so einen Trainer und keinen Peitschenschwinger.»

Für die Mannschaft ist das verlorene Finale gegen Ajoie ein Tiefschlag, der verdaut werden muss. In der Qualifikation auf Rang 1 und als Favorit ins Playoff und damit auch ins Aufstiegsrennen gestartet: Das Scheitern tut besonders weh. Es ist die erste von zwei Corona-Saisons, in der es zwar keine Absteiger, dafür aber einen Aufsteiger gibt. Es ist also einfacher aufzusteigen als normalerweise. Nach dem B-Meistertitel fällt das Duell mit dem Letzten der National League weg.

Es steht fest, dass der Grossteil der Mannschaft in Kloten bleibt. Es ist die Zeit, in der die Spieler zum verschworenen Haufen werden. Diese Niederlage gegen Ajoie wollen sie wieder gutmachen.

Jeff würde dazu kommen, Signers Wunschtrainer. Er ist darum überzeugt: Nächste Saison wird es klappen.

Doch zunächst kommt der Anruf. Jeffs Agent ist am Apparat und informiert Signer, dass Kloten einen neuen Trainer suchen müsse. Jeff sei wegen seiner Probleme mit den Augen nicht mehr verfügbar. Signers erster Gedanke: «Ich will selber mit Jeff reden. Er hat einen Vertrag bei uns, und wir werden keinen Mitarbeiter von uns einfach so fallen lassen.» Er ruft ihn an und sagt: «Du bist unser Coach, wir schaffen das.»

Es folgen viele Telefongespräche. Irgendwann besucht Signer Jeff in Rapperswil zu Hause. Bevor die beiden wissen, ob Jeff die Stelle überhaupt antreten wird, reden sie bereits über die Kaderplanung. Signer wird das Ausmass von Jeffs Problemen langsam bewusst: «Damals hatte er sogar noch in der eigenen Wohnung Mühe, sich zurechtzufinden.» Aufzugeben, ohne alles versucht zu haben, kam für ihn dennoch nicht infrage.

«Ich sagte Jeff, dass ich notfalls auch kurz vor Saisonstart im August noch einen neuen Trainer suchen könne – falls es für ihn wirklich nicht gehen sollte.» Noch immer weiss in Kloten ausser Signer und Verwaltungsratspräsident Mike Schälchli keiner, dass ein Trainer kommen würde, den man als praktisch blind beschreiben kann. «Und dennoch sagte mir mein Bauchgefühl: Das klappt!»

Es wird früh klar, dass rund ums Team Anpassungen nötig sein würden. Es wird ein zweiter Assistenztrainer gesucht und mit Kimmo Rintanen gefunden. Mit dem früheren Spieler Beat Equilino wird Jeff auch ein neuer Teammanager zur Seite stehen und eine wichtige Unterstützung sein. «Für die zweithöchste Liga waren wir also breit aufgestellt», sagt Signer. Als Jeff für das erste Mannschaftstraining in die Schweiz reist, erlebt ihn Signer verunsichert. Er weiss, dass sein neuer Coach, der nun auf dem Eis herumkurvt, so gut wie nichts sieht. «Doch als die Spieler nachher vom neuen Trainer schwärmten und nichts Aussergewöhnliches bemerkten, hatte ich die endgültige Gewissheit.» Signer geht in die Garderobe und sagt zu Jeff: «Alle sind happy! Wir machen das!»

Die Vorbereitung verläuft gut, fast schon zu gut. Kloten bezwingt in Testspielen auch Teams aus der ersten Liga. Die Erwartungen im Club steigen ins Unermessliche. «Du hörtest überall nur noch, dass wir durchmarschieren und den Aufstieg problemlos bewerkstelligen würden», erzählt Signer. Er ist darum gar nicht so unglücklich, dass das erste Saisonspiel auswärts in La Chaux-de-Fonds ein Debakel wird: Die Mannschaft spielt schlecht. Offensichtlich ist sie nach den guten Testpartien überheblich.

Nach 60 Spielminuten schleicht die Mannschaft mit einer 1:6-Niederlage vom Eis.

Die Liga lacht über den hochfliegenden Favoriten, der gleich im ersten Auftritt auf den Boden der Tatsachen zurückgeholt worden ist. «Jeff haderte nach dem Spiel», erinnert sich Signer, «er war überzeugt, dass er die Spieler ständig verwechselt hatte.»

Er sei vom Gegenteil überzeugt gewesen, sagt Signer: «Ich stand der Mannschaft nahe, kannte die Spieler gut und wusste: Sie hatten nichts gemerkt. Darum wusste ich auch, dass diese erste klare Niederlage nichts mit Jeff zu tun hatte.» Und dabei sei es geblieben: «Niemand merkte etwas, weder die Zuschauer im Stadion, die Jeff auf der Bank beobachten konnten, noch unsere Sponsoren oder Spieler. Aber Jeff blieb lange dünnhäutig, da er ein Perfektionist ist und sich über jede einzelne Verwechslung von Spielern ärgerte.»

Die Tage vergehen, der EHC Kloten kommt immer besser in Fahrt, schon bald dominiert er gemeinsam mit dem EHC Olten die Swiss League. Blickt Signer zurück, denkt er auch daran, wie selten Jeffs Situation überhaupt ein Thema war für ihn. «Die eine Ausnahme war dann, wenn ich mit der Versicherung stritt, weil diese fand, dass es für Jeff zu gefährlich sein könnte, als Trainer zu arbeiten.» Signer dreht in diesen Momenten den Spiess um: «Mein Argument war: Wo steht geschrieben, dass ich einen sehbeeinträchtigten Headcoach nicht einstellen darf? Und wer sagt, dass ein Trainer sehen muss? Er kann mit den Spielern reden, er kann die richtigen Impulse geben. Und er macht ja nicht alles allein. Solange er gute Assistenten hat, kann das funktionieren. Und wir hatten gute Assistenten.»

Und dennoch bleibt das Risiko gross. Was, wenn die Mannschaft erfolglos spielt? Was, wenn dann Jeffs Situation publik würde? Die Vorwürfe an den EHC Kloten wären laut: Wie konntet ihr einen blinden Cheftrainer einstellen?

Das Kader ist gross. Das bedeutet, dass in jeder Partie mehrere Spieler überzählig sein würden. Und jeder, der nicht zum Einsatz kommt, ist ein potenzieller Unruhestifter, der im Extremfall Internes nach aussen trägt. «Ja, der Druck in Kloten war immer riesig», sagt Signer. «Aber ich hatte keine Angst. Das Team war wie eine Familie, es liebte Jeff, nicht einmal die Überzähligen fluchten über ihn. Sie hätten ihm nie schaden wollen.»

Signer arbeitet nicht mehr beim EHC Kloten, er verliess den Club noch im Aufstiegsjahr.

Nach der Saison, als der Rücktritt Jeffs ein weiteres Mal im Raum stand, kontaktierte er ihn wieder und gehörte zu jenen, die ihn zum Weitermachen überredeten. Was ihn störte, war die Art und Weise, wie Jeffs Rücktritt auch in den Medien überhaupt zu einem Thema wurde. Der Club hatte bereits am Morgen nach dem erfolgreichen Aufstieg eine Mitteilung über Jeffs Ende als Cheftrainer publiziert.

Sie platzte mitten in die Euphorie der Spieler, Trainer und Fans. «Ich fand das nicht okay», sagt Signer. Auch darum kontaktierte er Jeff. «Jeff war mit einer Rekordsaison aufgestiegen, er war in Kloten zum Helden geworden, viele Spieler sehen ihn wie einen zweiten Vater. Ich fragte ihn darum: Willst du jetzt wirklich aufhören? Ich war mir immer noch sicher, dass Jeffs Arbeit auch in der höchsten Liga funktionieren würde.»

Signer geht noch einen Schritt weiter: «Jeff könnte immer noch ein Coach sein, er hätte ein drittes Jahr in Kloten anhängen können. Er kann immer noch im Hockey arbeiten. Statt sich täglich zu bemitleiden, hat er sich das selber erarbeitet. Selbst als Berater kann er für einen Club Gold wert sein. Sein Weg ist so besonders, er kann darum von ganz anderen Dingen berichten als andere.»

Kapitel 11:
Meine erste Saison in Kloten - wie ich als Trainer funktionieren wollte

In Erinnerung geblieben sind natürlich die Erfolge. Wir gewannen in meiner ersten Saison mit Kloten die Meisterschaft der Swiss League souverän, stiegen auf und übertrafen danach in der National League als Aufsteiger mit der Qualifikation fürs Pre-Playoff alle Erwartungen. Wir schieden erst im entscheidenden 3. Spiel gegen den SC Bern aus.

Mein erstes Jahr in Kloten, die Saison 2021/22, war aber auch für mich so viel mehr als nur all die Siege und das entsprechende Happy End. Es gab beispielsweise die schwierigen sportlichen Schlüsselmomente, die das Potenzial hatten, das Ganze zu einem hässlichen Ende zu führen. Am Anfang, als ich in Kloten ankam, hatte ich den Bonus des früheren Rapperswil-Trainers, der mit den Lakers ebenfalls den Aufstieg schaffte. Zudem gab es bei Kloten einzelne Spieler, die ich schon früher gecoacht hatte. Andere zeigten sich wirklich glücklich, dass ich da war und waren bereit, meinem Weg zu folgen. Wir gingen also mit grossem Schwung an die Sache. Und das zeigte sich in den Testspielen: Wir gewannen praktisch jedes einzelne.

Der Start in die Meisterschaft war allerdings richtig harzig. Wir starteten mit einer 1:6-Niederlage in La Chaux-de-Fonds. Kloten, der grosse Favorit der Liga. Gleich zu Beginn haben wir so richtig eins aufs Dach bekommen. Und das auch noch völlig zu Recht! Rund um den Club machte sich ein wenig Panik breit.

Dass wir ein paar Tage später auch noch zu Hause dem Aussenseiter Sierre unterlagen, machte die Stimmung nicht wirklich besser. Ich hingegen war trotzdem happy. Nicht nur, dass wir verloren hatten, sondern deutlich. Denn nur wenn es klar ist und es richtig wehtut, kannst du wirklich mit den Korrekturen beginnen. Erst dann hört dir die Mannschaft wirklich zu.

Nach aussen zeigte ich meine Zufriedenheit über den schlechten Start nicht. Ich liess die Mannschaft auch ein paar Tage später nach einem hohen Heimsieg meinen Ärger am nächsten Morgen im Training spüren.

Wir hatten am Abend vorher in der ersten Spielhälfte für eine klare Führung gesorgt. Danach liessen wir uns aber dominieren, glücklicherweise ohne Auswirkungen auf das Ergebnis. Das konnte ich nicht akzeptieren. Die Mannschaft schuldete mir 30 Minuten Einsatz, also mussten sie mir im Training diese halbe Stunde zurückzahlen: 30 Minuten Training ohne Puck, nur intensive Laufarbeit.

Solche Massnahmen kannst du als Trainer nur sehr dosiert einsetzen.

Und ich kannte den Grund, er war offensichtlich. Die hervorragende Vorbereitung mit guten Spielen und den ganzen Siegen hatte uns überheblich gemacht. Die Selbstzufriedenheit war zu spüren.

Sorgen machte ich mir nicht: Die Spieler und ich wussten, was sie konnten. Das hatten sie bereits in der Vorbereitung realisiert. Es gelang uns, wieder bissig zu werden – es folgten Siegesserien und eine Rekordsaison mit 41 Siegen in 50 Spielen. Platz 1 in der Tabelle. Wir krönten die Saison danach in den Playoffs mit dem B-Meistertitel und dem Aufstieg in die National League, der höchsten Liga. Doch auch das ist nur die Kurzzusammenfassung dieser Saison. Ich gehe in der Folge auf mehrere Episoden aus dieser Saison detaillierter ein, auch auf solche, die ich hier bereits kurz erwähnt habe. Denn ich glaube, dass sie zeigen, wie ich als Trainer und Coach arbeiten und wirken wollte.

Als wir nach dem schwierigen Start immer häufiger gewannen, begann ich regelmässig, die Saison mit meinem Aufstiegsjahr mit Rapperswil-Jona zu vergleichen. Hin und wieder erschrak ich, dass wir mit Kloten in fast allen Statistiken besser waren. Subjektiv fühlte es sich für mich nämlich überhaupt nicht so an. Vielleicht hatte das auch mit dem Erwartungsdruck zu tun, der auf Kloten lastete.

Natürlich wollten wir mit Rapperswil-Jona nach drei Jahren auch aufsteigen. In Kloten war aber von Anfang an klar: In dieser Saison müssen wir aufsteigen, alles andere wäre als Versagen wahrgenommen worden. Darum war mir wichtig zu wissen, dass wir stets auf Kurs waren.

Wenn Perfektion das Ziel ist, bist du nie happy. Ein Grund dafür war sicher auch, dass wir lange Zeit trotz guter Statistiken und vielen Siegen nur Tabellenzweiter waren.

Olten, unser Hauptrivale im Aufstiegskampf, gewann bis Weihnachten fast jedes Spiel und war entsprechend vor uns klassiert. Ich spürte aber bereits früh, dass wir im Gegensatz zu Olten auf dem richtigen Weg waren. Wir wurden stärker und stärker, während der EHC Olten den

Höhepunkt seiner Leistungen schon deutlich vor den Playoffs erreichte und dann nicht mehr besser wurde.

Dieses Gefühl bestätigte sich gegen Ende der Saison. Wir besiegten am Ende im Finale zwar wie erwartet Olten, aber als unsere härteste Serie entpuppte sich die vorher im Halbfinal gegen den HC Thurgau. Dieser Erfolg gab mir für das Finale ein äusserst gutes Gefühl.

Es gab mir fast schon die Gewissheit, dass wir alles im Griff haben würden. Wir waren im wichtigsten Moment der Saison nicht nur spielerisch bereit, sondern auch mental.

Ausserdem wusste ich, dass es für den EHC Olten trotz Finalteilnahme, aber im Gegensatz zu uns nicht mehr im Höhenflug, sehr schwer werden würde, dieses Momentum gegen uns noch zu drehen.

Wenn du Perfektion anstrebst – so wie wir es mit Kloten taten – und die entscheidenden Partien erst ganz am Ende der Saison stattfinden, verändert sich der Blick auf das Ganze. Im Verlauf einer solchen Spielzeit kommt unweigerlich der Moment, in dem es für dich als Trainer nicht mehr nur um Sieg oder Niederlage gehen kann.

Wie willst du deine Spieler ständig pushen, wenn du bis zu zwölf Siege aneinanderreihst? Du kannst da schlicht nicht mehr mit den Resultaten argumentieren. Du definierst vielmehr einen Standard, der in jedem Spiel erreicht werden muss. Darum gab es immer wieder diese Siege, nach denen ich nicht happy war. Wir waren in diesen Spielen unter unserem definierten Standard geblieben, darum verbuchte ich diese Spiele für mich als Niederlage und liess das die Mannschaft auch wissen.

Was mich wütend machte: Spiele, in denen wir hoch führten und die Gegner in der Schlussphase noch etwas herankommen liessen. Das waren für mich die Zeichen, dass die Mannschaft mitten im Spiel plötzlich selbstgefällig oder gar faul geworden war.

Kennen Sie die Redewendung «Neugier ist der Katze Tod»? Im Englischen ändere ich für mich jeweils das Wort «Curiosity» auf «Complacency» ab: Für mich ist Selbstzufriedenheit, die deine Mannschaft killt.

Auf eine Mannschaft, die so häufig siegt, wie wir das in dieser Saison taten, lauert immer die Gefahr, selbstzufrieden zu werden. Häufig gewannen wir Spiele, die wir eigentlich hätten verlieren müssen. In denen mogelten wir uns aber dank unserer spielerischen Überlegenheit irgendwie zu einem Erfolgserlebnis durch.

Es ist eine der grössten Herausforderungen für einen Coach, die Momente in einer Saison zu managen, in der du der grosse Favorit bist. Die Spieler kommen nach dem Freudentanz vor den Fans zurück in die Garderobe – sie sind happy, egal, ob der Sieg verdient zustande kam oder nicht. Und dann stehst du als Trainer da und bist der Spielverderber, der seine Unzufriedenheit zum Ausdruck bringen will. Und der ihnen zudem am nächsten Tag mit Videoclips zeigt, dass diese Leistung einfach nicht gut genug war.

Du neigst als Trainer darum dazu, deinen Spielern in einer Siegesserie genau aus diesem Grund eher mehr Negativbeispiele zu präsentieren. So versuchst du, die Selbstzufriedenheit zu bekämpfen.

Natürlich zeigst du die Fehler auch dann, wenn sich Niederlagen häufen. Du willst die Leistung der Mannschaft verbessern. Aber du willst den Spielern gleichzeitig auch Hoffnung geben und zeigst ihnen in einer Negativphase darum auch die Dinge, die sie gut machen. Und es gibt einen weiteren Grund, in schwierigen Momenten positive Dinge zu zeigen und zu lehren: Spieler nach Niederlagen erinnern mich häufig an Pferde mit nach vorn gestellten Ohren, die Interesse signalisieren. Sie sind bereit zu lernen.

Überspitzt gesagt: Nach Siegen haust du drauf, nach Niederlagen baust du auf.

Ich bin davon überzeugt, dass die Spieler hinter meinem Rücken auch mal sagten: «Coach, beruhig dich! Wir haben gerade zehn Mal hintereinander gewonnen.» Meine Antwort wäre gewesen: «Nein! Der Standard ist definiert, da ändern wir nichts daran!»

Und wenn du irgendwann deinen definierten Standard regelmässig erreichst, willst du als nächsten Schritt kleine Fortschritte in einzelnen Bereichen sehen: Verteidigen wir immer besser? Treffen wir in bestimmten Situationen immer häufiger die richtigen Entscheidungen mit dem Puck? Entwickeln wir uns im Powerplay (Überzahlspiel) und Penalty Killing (Unterzahlspiel) in die richtige Richtung?

Du kannst dich auf all diese Dinge fokussieren und dabei Siege und Niederlagen ausblenden. Mein Fokus lag in dieser Saison von Anfang an nur auf diesem Prozess.

Wenn ich mich nicht irre, erwähnte ich vor der Mannschaft den Aufstieg vor der Saison nur einmal kurz, obwohl dieser am Ende ja unser klar definiertes Ziel war. Danach aber nahm ich dieses Wort nie mehr in den Mund. Ich glaube nämlich, dass die wenigsten damit gut umgehen können, wenn du sie Tag für Tag mit diesem Druck konfrontierst: «Wir müssen aufsteigen!» Wenn du das Ziel zu sehr betonst, blendest du den Weg aus, der für dieses Ziel nötig ist.

Laugt es dich als Coach besonders aus, auch nach Siegen immer wieder auf Standards hinzuweisen und die Resultate bewusst auszublenden? Und kostet es zusätzliche Energie, dabei stets weiter zu pushen – und trotzdem glaubhaft zu bleiben?

Ja und nein. Nein, weil das schlicht zum Job gehört. Ja, weil die Arbeit als Trainer grundsätzlich viele Aspekte hat, die sehr ermüdend sind, weil du immer wieder dasselbe betonen musst. Du musst dabei natürlich einen Mittelweg finden, um nicht zu übertreiben. Unverzichtbar ist, immer wieder für Spassmomente zu sorgen.

Haben die Spieler Spass, werden sie auch eher über die Pflichten hinausgehen. Kümmere dich als Coach auch um den Spass in der Garderobe. Sei mit dabei, wenn es um Spässe geht. Erlaube den Spielern, auch mal mit dir «Blödsinn» zu quatschen bei der Kaffeemaschine. Ja, ich stand in meiner Trainerkarriere den Spielern häufig nahe.

Als Spieler war ich ein Leader gewesen, ein Captain, so fühlte ich mich später auch häufig als Trainer:

Als Teil des Teams – ob die Spieler dies nun wollten oder nicht. Auch so baust du Beziehungen zu ihnen auf. Diese sind für mich ebenso wichtig und gehen über das Kabinenleben hinaus.

Kenne die Partnerinnen der Spieler. Kenne ihre Kinder. Wisse, wann alle ihre Geburtstage haben. Frage nach ihren Hobbys. Falls diese auch Sport treiben, frage nach den Spielen oder Resultaten der Kinder. In Rapperswil kaufte ich wie auch später in Kloten jedes Jahr allen Kindern der Spieler Weihnachtsgeschenke. Und ich machte von Anfang an das jährliche Halloween-Fest des gesamten Teams inklusive ihrer Familie zur Pflicht. Ich drohte sogar mit Straftraining, wenn die Mannschaft diese Party nicht professionell organisieren würde. Ich selbst ging als gutes Beispiel voran und trug immer aufwendige Kostüme. Vielleicht klingt das albern. Aber auch solche Dinge machen für mich ein gutes Team aus. Wenn du gemeinsam ein grossartiges Halloween-Fest feiern kannst, dann spielst du auch als Mannschaft gerne miteinander.

Zeigst du als Trainer, dass du dich wirklich interessierst, sorgst du für die Vertrauensbasis, die es dir erlaubt, schwierige Diskussionen zu führen. Dann kannst du sie bei Bedarf auch mal zusammenstauchen, ohne damit die gesamte Beziehung zu gefährden. Wichtig ist: Dein Interesse muss aufrichtig sein.

Glauben Sie mir: Spieler entlarven einen Coach sofort, wenn er nicht authentisch ist! Sie sind diesbezüglich smart, sie beobachten dich schliesslich bei jedem deiner Schritte. Sie lernen dich also sehr schnell und sehr gut kennen. Bist du falsch, verlieren die Spieler sehr schnell das Interesse an dir. Und wenn das passiert, hast du als Trainer keine Chance mehr auf Erfolg. Sei also authentisch, sorge für Freude! Das ist alles wichtig und richtig. Es muss aber allen klar sein: Wenn wir im Spiel oder im Training aufs Eis gehen, gehen wir zur Arbeit. Dort gibt es keine Kompromisse.

Auf diese Weise hatte ich bereits in Rapperswil-Jona versucht, Beziehungen zu den Spielern aufzubauen. In Kloten wollte ich das auch. Die Ausgangslage war eine andere.

In Rapperswil-Jona war es ein drei Jahre langer Prozess bis zum Aufstieg – und ich konnte problemlos sehen und meine Spieler erkennen. Das war in Kloten anders. Die Zeit, das angestrebte Ziel zu erreichen, war deutlich kürzer – nur eine Saison.

Dazu kam meine neue persönliche Situation. Es ist herausfordernder, Beziehungen zu Menschen aufzubauen, die du oft kaum erkennst, obwohl sie vor dir sind. Und ja, es war häufig schwieriger in Kloten. Aber nicht immer. Manchmal fiel es mir sogar leichter. Die Ausgangslage war klar, aber in gewisser Hinsicht auch besser: Es musste schnell gehen, aber dafür stand mir von Anfang an eine professionelle und gute Mannschaft zur Verfügung. In Rapperswil-Jona hatten wir drei Jahre mit vielen Wechseln am Team geschraubt und dieses entwickelt, bis es dann mit dem Aufstieg klappte.

Was ich in Kloten nun tun musste, war, so schnell wie möglich so viel wie möglich mit den Spielern zu reden. Und zwar bereits, als ich über den Sommer teilweise noch in Düsseldorf war. Ich telefonierte mit so vielen Spielern wie möglich und machte mir Notizen.

Das erleichterte mir später in Kloten den Einstieg, weil wir uns bereits nähergekommen waren. Das war die Basis, um einen nach dem anderen besser kennenzulernen und die Gespräche mit ihnen zu vertiefen. Als Coach willst du auch schnell herausfinden, welcher Spieler auf welche Arten von Belohnung steht. Es gibt zum Beispiel Spieler, die einen Extra-Frei-Tag mehr schätzen als andere. Sie gehen für dich durchs

Feuer, wenn du ihnen hin und wieder solche Privilegien gewährst.

Andere Spieler fühlen sich besser, wenn du ihre Stärken häufiger hervorhebst, vor allem wenn es sich um die Art von Attributen handelt, die von Aussenstehenden kaum beachtet werden: Wirft sich ein Spieler besonders häufig in gegnerische Schüsse? Dann lobe ihn dafür und stelle sicher, dass du dies explizit erwähnst, wenn es bei einem Sieg ein entscheidender Faktor war.

Ich lief also von Anfang an immer wieder durch die Garderobe und fragte die Spieler, was sie am Vorabend mit ihren Liebsten oder den Kollegen unternommen hatten. Das war für mich wichtiger, als viel Zeit mit langen Referaten über Taktik zu verbringen. Natürlich ist das auch wichtig und nimmt im Verlauf einer Saison eine immer grössere Rolle ein – genauso wie die Trainings, in denen du jeden Spieler besser machen willst. Wenn du es zu Beginn der Saison aber verpasst, gute Beziehungen zu deinen Spielern aufzubauen, verschwendest du Zeit.

Bald nahm ich gewisse Risiken in Kauf und sprach mit Spielern, ohne mir sicher zu sein, wer da vor mir stand. Ich versuchte dann, während des Gesprächs, herauszufinden, um wen es sich handelte.

Mit gewissen Fragen fiel es mir immer leichter, ungezwungene Gespräche zu beginnen. Schon bald erkannte ich auch die Stimmen der Spieler. Oder ich konnte sie anhand ihrer Bewegungen oder ihrer Frisur identifizieren. Und irgendwann kennst du auch ihre Routinen an Trainings- und Spieltagen: Wer läuft auf welche Art um welche Zeit in die Garderobe? Spieler haben so viele Gewohnheiten, von denen sie kaum abweichen. Es gibt darum Unmengen an Möglichkeiten, sie kennenzulernen.

Ich sprach von der Perfektion, auf die wir mit Kloten hinarbeiteten. Natürlich erwartete ich das tief in mir drin nicht. Aber ich wollte unbedingt Fortschritte sehen – Schritt für Schritt. Die Spieler haben schnell verstanden, dass meine Forderungen nicht dazu dienten, sie fertigzumachen oder kleinzuhalten. Es ging mir darum, sie an einen Punkt zu bringen, an dem sie – als Mannschaft – in gewissen Situationen unschlagbar wären.

Das war unsere gemeinsame Mission.

Du erreichst als Trainer mit deinen Methoden nie alle Spieler in einer Mannschaft. Das ist unmöglich. Es war aber bemerkenswert, wie gross die Zahl der Spieler in unserem Team war, die mich und meine Vorgaben akzeptierten und sich mit Hingabe einbrachten. Was dabei auch gut funktionierte: Es waren einige Spieler im Team, die mit Kloten in den beiden Vorjahren im Aufstiegskampf gescheitert und darum offen für neue Inputs waren. Es entsteht eine unglaubliche Eigendynamik im Team, wenn alle an einem Strick ziehen. Wir sprechen da auf Englisch jeweils von einem «Buy-in». Es ist aber wichtig, zu betonen, dass ich hier über eine Entwicklung spreche. Es gibt nicht diesen einen Moment, in dem sich eine Mannschaft entscheidet: «Ja, wir sind dabei!» Im Gegenteil.

Das ist bei jedem einzelnen Spieler individuell. Bei vielen braucht es Wochen oder Monate, bis sie sich «entscheiden». Zuvor befinden sie sich in ihrer Beziehung zum Coach in einem konstanten Wechselbad der Gefühle. Die ersten Meisterschaftsspiele einer Saison sind irgendwann im September. Es kommt häufig vor, dass einzelne Spieler bis in den Januar hin und her schwanken und dich als Coach mal so richtig gut mögen, nur um dich ein paar Tage später das Allerletzte zu finden.

Es beeinflussen so viele Faktoren dieses Auf und Ab: Vielleicht denkt der Spieler, dass er in den Partien viel mehr Einsatzzeit verdienen würde, als ich ihm als Coach gewähre.

Vielleicht ist er besonders unter Druck, da sein Vertrag ausläuft. Darum will er sich aufdrängen. Vielleicht ist er überzeugt, besser für grössere Rollen geeignet zu sein als seine Mitspieler. Ursachen, den Trainer zu mögen, gibt es umgekehrt auch: Du hast einen Lauf, der Coach gibt dir gute Rollen, du bist happy. Doch plötzlich spielst du wieder weniger, weil dich der Trainer in einem Tief sieht und andere Spieler für ihr Hoch belohnt. Solche Phasen gehören für die meisten Spieler während einer langen Saison dazu. Natürlich fragen sie sich dann: Wo liegt die Wahrheit?

Aber spätestens im Januar oder Februar, wenn die Playoffs immer näher rücken, kommt der Moment dieses definitiven «Buy-in». Dann werden sie wirklich Teil des Grossen und Ganzen und der gemeinsamen Mission. Oder sie entscheiden sich für das Gegenteil. Essenziell für dich als Coach ist: Gelingt es dir bis zu diesem Zeitpunkt, den Grossteil der Mannschaft auf deine Seite zu bringen?

Das ist die wichtigste Frage im Hinblick auf die anstehenden Playoffs. Die Antwort darauf entscheidet darüber, ob du in den kommenden Tagen und Wochen ein Gewinner sein wirst. Ich habe es erwähnt: Selbst, wenn du als Coach alles richtig gemacht hast, wirst du auch zu diesem Zeitpunkt nicht 100 Prozent des Teams zu diesem

«Buy-in» verhelfen können. Sind es im besten Fall nur drei oder vier Spieler, bei denen du merkst, dass sie nicht wirklich «dabei» sind, musst du entsprechend handeln. Je weniger es sind, desto einfacher ist es, ihnen bis Saisonende nur noch kleine Rollen im Team zu geben – oder in bestimmten Fällen sogar überhaupt keine mehr.

Auch ich traf mehrmals solche Entscheidungen. In der entscheidenden Phase der Saison kannst du als Coach keine Rücksicht mehr auf Befindlichkeiten nehmen. Willst du dem Spieler entgegenkommen, musst du das bereits in der ersten Saisonhälfte, also in der Phase der «Fluktuationen» machen. Denn es stimmt auch umgekehrt: Es ist deine Pflicht als Trainer, dich vor den Spielern zu beweisen und zu hinterfragen.

Für den Spieler stellt sich diese Frage gar nicht erst. So gut wie jeder hinterfragt fast jede deiner Aktionen: «Trainieren wir richtig? Treffen wir in den Spielen die richtigen Entscheidungen?» Als Trainer stehst du immer unter Beobachtung und in der Prüfungsphase. Bestehst du diese Prüfung, erhältst du den Lohn zum Ende der Saison in den Playoffs.

Etwas darf man nicht vergessen: Die Ausgangslage zu Saisonbeginn ist für dich als Trainer entscheidend – und sie ist nie ganz dieselbe.

In meiner ersten Saison in Kloten hatte ich den Bonus, weil mir die Mission Aufstieg mit Rapperswil-Jona bereits erfolgreich gelungen war. Natürlich hören dir die Spieler eher zu und zweifeln weniger an deinen Entscheidungen. Sie denken schliesslich: «Er hat das gerade erfolgreich hinter sich gebracht, der weiss, was er tut.» Aber während einer langen Saison kommt trotzdem der Moment, in dem das Hinterfragen beginnt.

Du wirst dich wegen früherer Erfolge als Coach nie zurücklehnen können. Du musst dich den Spielern immer wieder aufs Neue beweisen.

Die Spieler sind deine «Pferde». Sie erledigen die harte Arbeit für dich. Sie schwitzen, haben Schmerzen und bluten. Du bist eigentlich nur derjenige, der ihnen den Weg zeigt. Sie sind es, die sich in Schüsse werfen müssen, nicht du. Sie sind es, die Spiel für Spiel an ihr physisches Limit gehen müssen, nicht du. Behandle sie also entsprechend. Denn du brauchst ihr Vertrauen. Dieses muss beidseitig sein. Ich kann hier lange von Dingen erzählen, die ich in Kloten auf dem Weg zum Aufstieg tat oder eben nicht tat. Eine riesengrosse Rolle spielte, wie die Mannschaft mich und meine Situation akzeptierte, mich respektierte und aufnahm. Wenn sie all das nicht getan hätte? Wir hätten keine Chance auf Erfolg gehabt.

Wir kennen ja auch die andere Seite: Teams, die die Erwartungen in den Playoffs nicht erfüllen und regelmässig früh scheitern, obwohl sie vom Potenzial her hätten weiterkommen müssen. Für mich hat dies in den meisten Fällen genau damit zu tun: Wie viele Spieler haben bereits im Vorfeld des Playoffs ihr «Buy-in» hinter sich? Sind es zu wenige, stehen die Chancen, Erfolg zu haben, schlecht.

Es ist diesbezüglich unglaublich schwierig, ja fast unmöglich, während der Playoffs noch für einen Turnaround zu sorgen. Natürlich gibt es in den Spielerverträgen Prämien für einen Playoff-Erfolg. Aber diese haben normalerweise keinen grossen Einfluss auf deinen grundsätzlichen Verdienst als Spieler. Du spielst in den allermeisten Fällen in den Playoffs nicht wegen des Geldes. Deine Motivation muss eine ganz andere sein.

Aber zurück zu unserer Aufstiegssaison mit Kloten. Ich erwähnte Oltens Hoch in der ersten Saisonhälfte. Die Siege unseres grössten Rivalen um den Aufstieg halfen uns, fokussiert zu bleiben. Niemand wollte, dass der Vorsprung auf Platz 1 zu gross wurde – selbst wenn der Qualifikationsplatz keine wirkliche Rolle spielt. Zumindest mir war darum lange Zeit egal, ob wir Olten vor den Playoffs noch einholen oder Zweiter bleiben würden. Es ging nur darum, sich stetig zu verbessern. Denn wenn uns das gelingen würde, war ich mir sicher, dass wir dann auch Olten noch abfangen und Erster der Qualifikation werden würden – was uns am Ende ja auch gelang.

Ich vermied es mit wenigen Ausnahmen, zum Beispiel wenn wir gegen Ende des Spiels unbedingt ein Tor brauchten, die Kräfte zu bündeln oder einzelne Spieler zu forcieren. Ich versuchte dies sogar nie, wenn es darum ging, einen Vorsprung über die Zeit zu bringen.

Meine Idealvorstellung von einer 60 Spielminuten langen Partie ist, dass am Ende jeder Feldspieler mindestens zehn Minuten auf dem Eis stand und keiner mehr als 20. Es nervt mich sogar, wenn ich nach der Partie beim Blick auf die Statistiken feststellen muss, dass einer auf über 20 Minuten kam. Die Chance ist gross, dass beim Coaching ein Fehler unterlaufen ist.

Eine Saison ist ein Marathon. Unter diesen Umständen macht es keinen Sinn, einzelne Spieler physisch auszupressen. Sie sind am Ende der Saison nicht nur ausgelaugt, wenn es wirklich zählt. Du erhöhst damit auch noch die Verletzungsgefahr. Und gleichzeitig ist das kein optimales Teambuilding. Denn jenen Spielern, die du nur kurz einsetzt, signalisierst du auch, dass du ihnen eigentlich nicht vertraust. Dabei bist du gerade in den Playoffs auch auf sie angewiesen.

Können sie dann aber einen positiven Einfluss haben, wenn sie nie eine gute Rolle hatten, auf die sie stolz sein können? Ich denke nicht.

So sehr die Saison mit Kloten in der zweithöchsten Swiss League sportlich ein Erfolg war: Meine persönlichen Probleme blieben. Ich konnte mich weiterhin nicht frei bewegen.

Bei Auswärtsspielen benötigte ich nach wie vor regelmässig die Hilfe und Führung meiner Assistenten. Auch wenn ich einige der Hallen noch aus früheren Jahren mit Rapperswil-Jona kannte, kamen weitere Schwierigkeiten dazu. Zum Beispiel, als es im Winter dunkler und auch darum teilweise der Weg zur Bank noch komplizierter wurde. Es blieb normal, dass dann Sutti, Kimmo oder Tim vor mir liefen und ich ihnen ganz eng folgte. In Sierre zum Beispiel, einer alten Halle mit komplexen Gängen, in der ich noch nie war, benötigte ich Schritt für Schritt exakte Anweisungen Kimmos. Nach ein paar Metern war ich gestolpert.

Die Spiele waren das eine.

Herausforderungen waren auch die Trainings und Momente in der Garderobe davor und danach. Wir lernten uns immer besser kennen. Gegenüber den Spielern galt bis zum Ende, dass sie zwar etwas wussten, aber nie die ganze Wahrheit. Es kam darum gerade am Anfang zu Situationen, bei denen ich sicher bin, dass die Spieler merkten, dass da mehr war, als ich ihnen erzählt hatte.

Ich konnte zwar Video-Sessions mit den Spielern durchführen. Im Trainerbüro stand nun ein überdimensional grosser Bildschirm. Dieser gehörte eigentlich Tim Bertsche, doch er überliess ihn mir. Ich dachte immer, dass alleine die Anwesenheit dieses riesengrossen Gerätes Hinweise über meine wahren Sehfähigkeiten preisgeben würde. Warum steht in einer normalen Garderobe so ein Monster? Es gab aber auch Leute, die in die Kabine kamen und bloss dachten: «Cool, sowas hätte ich auch gerne!» Hätten sie dann aber auch noch den Spezial-Cursor gesehen, den ich übers Bild bewegen konnte, spätestens dann hätten die Alarmglocken geläutet. Einen normalen Cursor hätte ich nicht erkannt, also war der extra für mich knallrot und riesig. Darum stellte ich sicher, dass so wenig Aussenstehende wie möglich den Bildschirm zu sehen bekamen – und den Cursor erst recht nicht.

Die Spieler kannten diesen Cursor. Das alleine war aber nicht der Grund, weshalb ich sicher bin, dass es schon bald zu mehreren Situationen kam, in denen die Spieler merkten, dass da mehr als «bloss» Probleme mit meinen Augen waren. Dieses Monstrum von einem Bildschirm half mir zwar. War ich nah genug dran, konnte ich die Situationen und die Spieler darauf erkennen. Es ist aber normal, dass du als Coach bei Videositzungen während des Erklärens Sichtkontakt mit dem jeweiligen Spieler hast. Wenn ich eine Szene mit unserem Captain Steve Kellenberger zeigte und seinen Namen nannte, wollte ich zumindest einigermassen in die Richtung schauen, in der «Kelli» sass.

Bloss: Zu Beginn war da vor allem die Hoffnung, dass das auch so war. Denn ich musste auswendig lernen, wer wo in der Garderobe seinen Platz hat. Ich bin sicher, dass ich am Anfang die falschen Spieler anschaute.

Ich lernte zu improvisieren. Es ist als Coach ebenfalls normal, dass du bei Einzelgesprächen mit Videobildern arbeitest. Es versteht sich von selbst, dass du dem Spieler Bilder seiner eigenen Szenen zeigst. Nun passierte hin und wieder aber Folgendes: Ich zeigte die Bilder, der Spieler nickte, sagte aber: «Okay, Coach! Aber das da auf dem Bild bin nicht ich, das ist ein anderer Spieler von uns!»

Also sagte ich sofort: «Ja, aber es geht um die Situation auf dem Feld!» Und ich entschuldigte mich für das Missverständnis. Mir kam es so vor, dass solche Episoden sehr häufig waren. Ich weiss aber nicht, ob das wirklich der Fall war. Und ich weiss auch nicht, wie sehr meine Spieler dies bemerkten und wie sehr sie das irritierte.

Improvisieren, Schauspielern – das konnte ich gut, und wie! Ich musste es lernen, bis ich so gut war, dass ich einen Oscar verdient hätte.

Ausserhalb der Eishalle hielt ich mich gern an Orten auf, die mir vertraut waren. In meinem zweiten Jahr in Kloten wurde der Platz in der Nähe des Bahnhofs, wo ich auch wohnte, zu einer sicheren Zone. Derselbe Laden, dasselbe Restaurant, dasselbe Café – da fühlte ich mich wohl. Ging ich mit jemandem in ein anderes Restaurant, in dem ich die Karte noch nicht kannte, hatte ich meine Tricks, um nicht aufzufallen. Ich fragte mein Gegenüber: «Was nimmst du?» Je nachdem, was er wählte, sagte ich: «Klingt gut! Das nehme ich auch!» War mir aber gar nicht danach, dann hatte ich einen Plan B: Ich fragte den Kellner nach einem Salat. Ich tue dies bis heute hin und wieder.

Im ersten Jahr wohnte ich in Kloten noch in einer Wohnung in Nürensdorf. Ein kleines Örtchen gut fünf Kilometer ausserhalb. Mein Weg in die Eishalle war umständlich. Zur Bushaltestelle, um in ein Nachbardorf zu fahren, dann in die S-Bahn umsteigen und nach Kloten fahren. Das Ganze dauerte 45 Minuten. An Trainingstagen wollte ich normalerweise um 6 Uhr in der Eishalle sein.

Auch Dinge des Alltags wurden kompliziert. Um einzukaufen, musste ich einen Kilometer zum nächsten Laden gehen. Hin und wieder verzichtete ich darum ganz auf den Einkauf oder bestellte mir etwas. Es war die Zeit, als Tim Bertsche, unser Torwarttrainer, auch zu meinem Chauffeur wurde. Unzählige Male holte er mich ab, selbst wenn er um 5.45 Uhr bei mir sein musste. Er führte mich auch im Alltag immer wieder herum, um mir die Umgebung vertraut zu machen. Bis am Ende meiner Zeit als Trainer war er häufig das Auge, das mich warnte: Achtung, Treppe!

Nach dem ersten Jahr in Kloten und dem Aufstieg in die National League war klar: Umzug. Ich bat den Club um eine Wohnung mitten in Kloten. Der neue Ort war mit mehr Unabhängigkeit verbunden, das war grossartig für mich. Alles war in der Nähe: die Apotheke, die Läden und die Restaurants.

Und ich hatte in der Zwischenzeit mit Mitarbeitenden der SIBU, der Schweizerischen Fachstelle für Sehbehinderte im beruflichen Umfeld, geübt, mich besser im Alltag zu bewegen. Nur den Blindenstock lehnte ich ab. Ich wollte nicht, dass der Cheftrainer des EHC Kloten mit einem Blindenstock gesehen wird. Sie verstanden es.

Ich hatte in Kloten versucht, mich darauf einzustellen, dass in einer ganzen und dadurch entsprechend langen Saison vieles anders werden würde als in den kurzen und aufregenden Playoffs mit Rapperswil-Jona. Eines änderte sich zwar nicht: Auch mein neues Team in Kloten sah ich als «Happy Place». So lange ich als Trainer wirken konnte, waren meine Sorgen vergessen. Gleichzeitig begann ich zu akzeptieren, wer ich nun war.

Und auch wenn es noch ein langer Weg war, wurde es langsam okay, Zeit alleine zu verbringen. Das galt selbst für unangenehme Situationen, als ich mich nach und nach zu Spaziergängen ohne Begleitung überwinden konnte.

Teilweise hatte ich keine Ahnung, wohin ich lief.

Ich erlebte skurrile und schlussendlich auch hilfreiche Situationen wie diese: Ein Arzttermin in Zürich. Den Weg von Nürensdorf in die grosse Stadt wollte ich alleine bewältigen.

Die Fahrt mit den öffentlichen Verkehrsmitteln war schon eine grosse Herausforderung, da ich mehrfach umsteigen musste. Ich schaffte es aber zu meinem Ziel – dachte ich. Die Adresse schien zu stimmen, die Türe war offen. Eine Dame am Eingang begrüsste mich, ich sagte ihr, dass ich einen Termin im Haus hätte. Sie bat mich, kurz Platz zu nehmen und offerierte mir ein Glas Wasser – ein Angebot, das ich gerne annahm. Ich nutzte die Gelegenheit für etwas Small Talk, sie bemerkte meinen Akzent und wollte wissen, wo ich ursprünglich herkäme. Also erzählte ich. Irgendwann stellte sie mir die Frage, warum ich hier sei. Ich antwortete, dass ich eine Verabredung mit Helen hätte. Worauf sie erwiderte: «Hier arbeitet keine Helen. Worum geht es?» Ich erklärte ihr, dass ich für eine Therapie für Körper und Geist gekommen sei. Das Gebäude, in dem ich mich befand, verkaufte aber Küchengeräte und Teppiche. Und die Frau, die mir das Wasser offeriert hatte, dachte, ich sei ein Vertreter eben dieser Produkte, der einfach nicht auf den Punkt kam und stattdessen lieber mit ihr quatschte. Es stellte sich heraus, dass das Haus, das ich gesucht hatte, gegenüber auf der anderen Strassenseite war.

Dieses Erlebnis war komisch. Es machte mich aber auch mutig. Also entschied ich nach dem Termin, alleine durch Zürich zu spazieren. Raus aus meiner Komfortzone. Würde ich mich verlaufen?

Egal. Ich wusste, dass ich so oder so nach Hause finden würde. Im schlimmsten Fall würde ich versuchen, einen Uber oder ein Taxi zu bestellen, irgendwie würde das schon gut kommen.

Nach rund dreissig Minuten hatte ich keine Ahnung mehr, wo ich war.

Ich rief Andrea in Düsseldorf an, um ihr in einem Video-Call zu zeigen, dass ich irgendwo in Zürich verloren war. Sie sah mich und meine Umgebung und rief: «Was machst du da?»

Ich stand vor einem Strip-Lokal. Ich hatte mich ausgerechnet auf die Party-Meile der Zürcher Langstrasse verirrt. Andrea leitete mich am Telefon zum Hauptbahnhof. Nun konnte ich mit dem Zug nach Hause fahren.

Die Komik gab mir Auftrieb: «Hab keine Angst, dich zu verlaufen! Es interessiert niemanden, wenn du dich verirrst. Und trotzdem wirst du einen Weg finden, nach Hause zu kommen.» Es gab für mich neben Erfolgen mit der Mannschaft also auch kleine Erfolge ausserhalb. Das tat gut. Das half wieder einmal, mir klar bewusst zu werden, dass sich der Druck des Trainers nicht mit dem Druck im «echten» Leben vergleichen lässt.

Praktisch blind und alleine durch eine Stadt zu laufen: Das ist Druck. Wenn deine Kinder oder Eltern krank sind: Das ist Druck. Das ist überhaupt nicht vergleichbar mit der Angst des Trainers, wegen einer weiteren Niederlage entlassen zu werden. Diese Angst hatte ich zu jenem Zeitpunkt endgültig verloren. Wenn du dir ehrlich zugestehen kannst, keine Angst mehr vor der Entlassung zu haben, ist das hilfreich bei der Arbeit. Sobald du Angst hast, trägst du diese in die Kabine und steckst deine Spieler mit deiner Furcht an. Ich habe es erwähnt: Deine Spieler durchschauen alles.

Nicht nur in der Grossstadt Zürich war es schwierig. Dazu reichten mir oft vergleichsweise kleine Räumlichkeiten in Kloten. Als Neuling in einem Club lernst du natürlich auch viele Leute ausserhalb der Mannschaft und des Staffs kennen. Das hatte seine Tücken.

Es kam vor, dass ich mich einer Person im Büro vorstellte und bei einem Treffen bei einem Teambuilding-Ausflug ein paar Tage später dasselbe noch einmal tat. Solche Momente waren richtig peinlich: Wie bei einem Treffen mit dem Red Line Club, einer Gönnervereinigung des EHC Kloten. Der Präsident stellte mir eine Dame vor, von der ich meinte, es sei seine Ehefrau.

Ich sagte ihm darum, dass ich sie bereits kennengelernt hätte. Bloss, die Dame war gar nicht seine Ehefrau.

Diese stand daneben und fand das gar nicht komisch, dass ich sie mit einer deutlich älteren Person verwechselte. Ich machte mich in diesen Situationen zum Narren.

Das ist einer der vielen Gründe, warum ich meine Geschichte endlich in diesem Buch erzählen will. Ich habe mich in den letzten beiden Jahren als Hochstapler gefühlt. In den meisten Situationen hatte ich das Verständnis meiner Spieler, meines Staffs und meiner Familie. Ich wünschte mir oft, dass auch all die anderen Leute, mit denen ich zu tun hatte, mehr Verständnis für meine Handlungen hätten zeigen können. Aber wie?

Sie kannten die Wahrheit nicht. Ich war es schliesslich selbst, der nicht wollte, dass diese an die Öffentlichkeit gelangt.

Patrick Bärtschi «Ich kannte Jeff nicht. Und war beeindruckt»

Für Patrik Bärtschi ist es kein alltäglicher Start in den Job, als er im Sommer 2021 Sportchef des EHC Kloten wird. Er wird zum Nachfolger Felix Hollensteins, der Clublegende, die den Job wegen einer Krebserkrankung nicht mehr weitermachen kann. Bärtschi, der frühere Schweizer Nationalstürmer, gehört schon zum EHC Kloten. Er leitete knapp drei Jahre die Nachwuchsabteilung des Clubs. Als er beginnt, steht das Spielerkader für die Mission Aufstieg mehr oder weniger fest. Der neue Trainer ist auch schon da. Und, wie er von Pascal Signer, dem CEO, sogleich instruiert wird: Dieser ist stark sehbehindert.

«Wenn du das hörst, kannst du das Ausmass schwierig einschätzen», sagt Bärtschi. Er entscheidet sich, die Zusammenarbeit mit Jeff genau gleich wie mit jedem anderen Angestellten anzugehen. «Wenn ich in einer Führungsposition bin, dann möchte ich als allererstes den Menschen kennenlernen und herausfinden, wie er tickt. Ich wollte darum alles andere erst einmal ausblenden.» Dieses Ausblenden ist im Falle Jeffs natürlich einfacher gesagt als getan.

Es ist bis heute eines der faszinierendsten Aspekte in Jeffs Geschichte: Er konnte zwei Saisons durchziehen, ohne als der Trainer, der fast nichts sieht, aufzufliegen. «Das Spezielle war aber», sagt Bärtschi, «sobald ich es wusste und ihn beobachtete, merkte ich vieles.» Dieses erste Training in Wetzikon, das für die Uneingeweihten auf dem Feld und auf der Tribüne derart toll in Erinnerung bleibt, wird für Bärtschi zum richtigen Augenöffner: «Ich sah ihn auf dem Eis und dachte nur: Houston, wir haben ein Problem.»

Bis dahin bleiben Jeffs Probleme auch für Bärtschi etwas schwierig Fassbares und Abstraktes. Jeff hat zwar versucht, es zu erklären, auch mit kreativen Mitteln: «Einmal gab er mir zwei WC-Rollen, damit ich durch sie hindurchschaue und feststelle, über welch eingeschränktes Sichtfeld er verfügt. Das Wenige, das er noch erkennt, ist ein verschwommener Fleck irgendwo in der Mitte», erzählt Bärtschi.

Doch trotz aller Fragen und Bedenken wird an der Zusammenarbeit mit Jeff festgehalten. Denn Bärtschi findet genug gute Gründe dafür: «Da waren einerseits die Gespräche mit ihm, aber auch die Art, wie er die Mannschaft zu führen begann.» Er war häufig in der Garderobe und Zeuge von Jeffs «Soft Skills».

«Es imponierte mir, wie Jeff den Jungs den Druck vom Aufstieg nahm und den Fokus auf die tägliche Arbeit legte.» Natürlich wurde auch über Ziele diskutiert: «Aber die waren kurzfristiger Natur. Wir definierten diverse Milestones, die wir auf unserem Weg erreichen wollten.»

Bärtschi war darum schnell klar: «Wir machen das. Aber Jeff wird so viel zusätzliche Hilfe wie möglich erhalten.»

Also wird im Trainerstaff aufgerüstet. Jeff wird während der Spiele verkabelt und immer im Kontakt mit Torhütertrainer Tim Bertsche sein. Der verfolgt die Spiele auf der Pressetribüne. Der Trainerstab Klotens ist für die Verhältnisse der zweithöchsten Liga zwar normal besetzt, für Jeffs Umstände zu klein. Also wird auch dort investiert. Mit dem früheren Klotener Spieler Kimmo Rintanen wird nebst Bertsche und Fabian Sutter ein weiterer Assistenztrainer verpflichtet. Kloten wird vom Rest der Liga sowieso bereits als übermächtiger Krösus beäugt.

Dieser Schritt bestätigt die Konkurrenz in ihrer Ansicht. Aber den Verdacht, dass mit Jeff etwas nicht stimmen könnte, hat niemand.

Wie selbstverständlich Rintanen seine Aufgaben in Angriff nimmt, erstaunt Bärtschi bis heute: «Kimmo stellte die doch sehr spezielle Situation nie in Frage. Und er tat dies auf eine sehr authentische und glaubhafte Art.» Rintanen wird zur wichtigen Stütze von Jeff, die er in der Entwicklung der neuen Situation dringend benötigt. «Unsere Diskussionen mit Jeff drehten sich häufig um diese Fragen: Was geht? Was geht nicht? Was brauchst du?», sagt Bärtschi. Im Kerngeschäft, dem Eishockey gab es keine Zweifel: «Da waren wir bald auf einem Nenner», sagt Bärtschi. «Bezüglich der Zielvorgabe gab es sowieso nicht viel zu diskutieren, wir hatten vom Club nur eine: Aufsteigen!»

Was für Bärtschi mit der einfachen Zusage als Sportchef des EHC Kloten beginnt, wird nun auch für ihn zum Abenteuer und Experiment mit unvergesslichen Erlebnissen: «Ich kannte Jeff zuvor nicht richtig und wusste darum auch nicht, wie er früher als Trainer war. Doch was ich in Kloten sah, war beeindruckend.» Einen Faktor in Jeffs Arbeit hebt Bärtschi besonders hervor: die «Soft Skills», die sozialen Kompetenzen wie Teamfähigkeit und Empathie. Man müsse sich dies so vorstellen, erklärt Bärtschi: «Wenn du Spieler betreuen musst und du nur sehr begrenzt mitbekommst, was überhaupt passiert, dann musst du extrem feinfühlig sein und wirklich gut auf Menschen eingehen können.»

Nur der Start in die Saison ist schwierig, danach kommt der EHC Kloten immer besser ins Rollen. Doch als die Playoffs näher rücken, steigen auch Hektik und Nervosität. Für den Sportchef Bärtschi gilt es schliesslich, sich bereits lange vorher mit dem Aufstieg zu befassen. Bärtschi erinnert sich an einen plötzlich gestressten Trainer: «Es war die Phase, in der Jeff sehr verletzlich wirkte. Er schien sich nicht mehr sicher zu sein, ob all das, was wir in der ersten Saison geschafft hatten, auch in der National League klappen würde.»

Der Druck ist gross, eines steht schon fest: Verpasst Kloten den Aufstieg auch im vierten Anlauf, würden mehrere gute Spieler den Club verlassen. Jeder weitere Aufstiegsversuch würde schwieriger werden. Am besten also gar nicht zu lange daran denken? «Ich arbeitete vor allem eingleisig, mit der Überzeugung, dass der Aufstieg gelingt», gesteht Bärtschi. Auch Jeff sollte involviert sein. «Wenn du das als Sportchef tust, wird es von aussen häufig so dargestellt, als würde der Trainer die Spieler verpflichten und nicht du. Aber für mich ist das völlig normal, dass der Trainer dabei ist. Er muss die Spieler einsetzen. Er hat die Erfahrung, die ich nutzen will. Also griff ich auf Jeffs Erfahrungsschatz zurück und sprach mit ihm über die Skills potenzieller Spieler und wie sie die Teamdynamik beeinflussen könnten.»

Dass Letzteres ein häufig unterschätzter Faktor ist, hat Bärtschi bereits als Spieler gelernt: «Die Rollenakzeptanz ist sehr wichtig, nur mit Stars funktioniert es nicht. Ich hatte in vielen sogenannten Dream-Teams gespielt, die dann doch nicht erfolgreich waren. Und wenn wir von Rollen im Team sprechen, dann meine ich nicht nur die auf, sondern auch die neben dem Eis.»

Die Sorgen sind umsonst, zumindest die über den Aufstieg. Souverän gewinnt der EHC Kloten das Playoff und steht als B-Meister als neuer Teilnehmer der höchsten Schweizer Liga fest. Zur Ruhe kommen weder Bärtschi noch Jeff. Das Feiern steht im Vordergrund, im Moment der Euphorie soll nicht über die Zukunft des Trainers entschieden werden. Zur Überraschung aller versendet der EHC Kloten schon am nächsten Morgen eine Medienmitteilung. Es heisst, dass es für Jeff als Trainer aus gesundheitlichen Gründen nicht weitergehen werde und seine Rolle im Verein noch definiert werden würde. Auch Jeff und Bärtschi werden auf dem falschen Fuss erwischt.

Natürlich könnte es tatsächlich so sein. Denn mit Jeffs Problemen würde eine Saison in der höchsten Liga eine ganz andere Herausforderung werden. Das Verrückte und Unglaubliche, sagt Bärtschi, waren in diesem Moment die ersten Reaktionen ausserhalb des Kreises der

Eingeweihten: «Niemand hinterfragte Jeffs Rücktritt als Trainer. Jeder dachte wohl an seine Nierenprobleme und dass diese der Grund für das Aufhören sein müssten.»

Wie wir wissen, wird die «Entscheidung» nach weiteren Diskussionen geändert. Jeff entschliesst sich für eine weitere Saison als Trainer. «Das war von Anfang an die beste Entscheidung», sagt Bärtschi. Die vielen Fragezeichen weichen schon bald der Zuversicht: «Als Aufsteiger wäre der Druck deutlich geringer gewesen. Und ich war überzeugt: Die Mannschaft wird auch mit Jeff weiterhin funktionieren.»

Dazu kommt die spezielle Situation auf dem Transfermarkt. Russland marschierte im Februar in die Ukraine ein, praktisch alle schwedischen und finnischen Spieler, die in der KHL-Meisterschaft ihr Geld verdienten, wollen weg aus Russland. Der Transfermarkt ist also auf einen Schlag deutlich hochklassiger besetzt als üblich. «Wir hatten die Chance, sehr gute ausländische Spieler zu holen», erzählt Bärtschi. «Dazu kam die Regeländerung in der Schweiz, dass man mit sechs statt nur vier Import-Spielern antreten durfte. Ich war mir darum sicher, dass wir eine Mannschaft haben würden, die in der neuen Liga nicht gleich kollabiert.»

Wie wir heute auch wissen, nimmt die erste Saison nach dem Aufstieg ein Happy End.

Die Mannschaft schafft die Überraschung, qualifiziert sich für das Pre-Playoff und ist am Ende nur einen Sieg vom Playoff der Top-8 entfernt.

Doch der Start ist schwierig: Die Mannschaft verliert fast jedes Spiel. Und das ist nicht das einzige Problem. Die Herausforderungen mit Jeff als Trainer werden in der National League ungleich grösser. In der höchsten Liga steht man viel mehr im Fokus der Öffentlichkeit, auch das mediale Interesse ist nicht mit der Swiss League zu vergleichen.

Bärtschi erinnert sich: «Die Verantwortung, das Ganze mit Jeff durchzuziehen, war riesig.» Erst recht musste alles unternommen werden, um seine wahre Situation geheim zu halten. «Bei einem Misserfolg wäre uns das schliesslich um die Ohren geflogen.» Plötzlich lauern neue Gefahren, neue Fettnäpfchen. TV-Interviews, die in der höchsten Liga Usus sind. Bärtschi fragt sich: «Was, wenn von Jeff plötzlich verlangt wird, dass er das Spiel nach der Partie detailliert anhand von Bildern auf einem Bildschirm analysieren und bestimmte Szenen erklären soll? Wir wollten so eine Situation nicht riskieren.» Falls ein längeres Gespräch mit Journalisten droht, war der

Plan, Assistent Kimmo Rintanen zu den Interviews zu schicken. «Wir konnten es immer noch damit begründen, dass es Jeff gerade nicht gut ging …»

Das Thema Versicherung wird auch immer präsenter. «Auch darum entschieden wir uns, dass die Coaches im Training Helme tragen sollen. Diese Massnahme wäre nicht auffällig und würde nicht dafür sorgen, dass jemand sie mit Jeffs Situation in Zusammenhang bringt.» Der Ablauf der Trainings auf dem Eis wird ebenfalls angepasst, sodass Jeff nicht in unangenehme Situationen gerät. Auch hier gilt: Für Aussenstehende ist nichts auffällig. Dass die Assistenztrainer involvierter sind, ist im modernen Eishockey nicht mehr aussergewöhnlich. Mittlerweile ist mit Saku Martikainen ein weiterer Finne als Assistenztrainer zum Trainerstab gestossen. «Auch Jeff war happy, wie er mit Kimmo und Saku arbeiten konnte. Beide sind Top», sagt Bärtschi. Und nicht zu vergessen Tim Bertsche, der Goalietrainer: «Sein Part war riesig. Zwischen ihm und Jeff entstand eine Beziehung, die für eine ganz eigene Dynamik in dieser bereits aussergewöhnlichen Konstellation sorgte.»

Dies gilt auch für Bärtschis Beziehung zu Jeff: «Sie wurde wegen seiner Situation eng. Ich wurde zur Unterstützung in Momenten, die es für einen Trainer im Club normalerweise nicht gibt.»

Dennoch: Das Happy End erlebt Bärtschi nicht mit. Bereits im Oktober, wenige Wochen nach Saisonstart, verlässt er den EHC Kloten. Es ist aussergewöhnlich, dass ein Club den Sportchef mitten in der Saison austauscht. Der Wechsel hatte sich früh abgezeichnet – zwischen Bärtschi und der Clubführung herrschten bereits seit Längerem Spannungen. Der Sportchef kündigte noch vor Saisonbeginn.

Zunächst war die Rede davon, die Spielzeit 2022/23 gemeinsam zu Ende zu bringen. Doch dieses absurde Szenario blieb allen Beteiligten erspart: Im Oktober, nach der Verpflichtung seines Nachfolgers, kam es zur endgültigen Trennung.

«Ich denke, dass es für Jeff ein Schock war, als ich ihm vor der Saison meine Entscheidung mitteilte», sagt Bärtschi. «Aber ganz überraschend dürfte sie auch für ihn nicht gekommen sein.» Es habe ihm leidgetan, den Trainer im Stich zu lassen. «Aber ich konnte unter den Umständen nicht mehr weitermachen. Und ich war mir sicher, dass das Trainerteam funktionieren würde – auch wenn ich nicht mehr im Club bin.»

Kapitel 12: Plötzlich wieder Underdog – meine letzte Saison

Der Saisonmodus mit Auf- und Abstieg ist eine spezielle Herausforderung. Wir waren zum grössten Teil immer noch dieselbe Mannschaft wie im Vorjahr. Wir hatten eine Saison hinter uns, in der wir fast nur Siege erlebt hatten. Dementsprechend souverän hatten wir auch den Aufstieg bewerkstelligt.

Wir standen vor der nächsten Saison, und es wäre normal gewesen, kaum noch Spiele zu gewinnen. Ajoie, der Aufsteiger des Vorjahres, hatte gerade 41 von 52 Spielen verloren. In meinem ersten Jahr nach dem Aufstieg mit Rapperswil-Jona war es ähnlich gewesen: Wir gewannen nur zehn von 50 Spielen. Der Niveau-Unterschied zwischen der höchsten Spielklasse, der National League, und der zweithöchsten, der Swiss League, ist im Schweizer Eishockey riesig.

Corona hatte zudem immer noch Auswirkungen auf die Gesamtsituation. Normalerweise läuft es so: Gibt es einen Aufsteiger, dann gibt es gleichzeitig auch einen Absteiger. Und als Aufsteiger würdest du dann versuchen, die besten Schweizer Spieler des Absteigers zu dir zu lotsen. Diesmal war das nicht möglich.

Wegen Corona gab es keine Absteiger. Mit Ajoie ein Jahr zuvor und jetzt Kloten kamen also zwei neue Mannschaften, die dafür sorgten, dass in der National League mit 14 statt zwölf Teams gespielt werden würde. Diese Aufstockung hatte uns auf dem Weg in die höchste Liga geholfen, wir mussten auf dem Weg nach oben nach dem B-Meistertitel schliesslich nicht wie üblich auch noch eine Best-of-7-Serie gegen den Letzten der National League spielen. Doch nach dem Aufstieg spürten wir den Nachteil des neuen Modus': Wir konnten uns kaum mit neuen Schweizer Spielern verstärken.

Wie gehst du als Trainer mit der Herausforderung um? Das Ziel ist nicht mehr Platz 1, sondern das Überleben in der Liga. Mit den Corona-Regeln würde es zum Saisonende vorbei sein. Das Duell zwischen dem Letzten der National League und dem Gewinner der Swiss League würde wieder stattfinden, entsprechend konnte ein Team wieder absteigen. Wir wollten das unter allen Umständen vermeiden. Die erfolgsverwöhnten Spieler mussten sich mental anpassen.

Als Trainer musst du weiterhin deinen Standard einfordern und deine Spieler zur Rechenschaft ziehen, wenn sie diesen nicht erreichen. Ich war mir sicher: Wenn wir diesen Standard weiter einfordern, ohne auf die

Resultate zu achten, dann würden wir auch Spiele gewinnen.

Gleichzeitig war auch klar, dass es in der neuen Underdog-Rolle viel wichtiger werden würde, uns immer wieder aufzuraffen. Man darf nie vergessen: Es ist extrem hart für die Spieler, häufig zu verlieren. Du kannst viele Niederlagen hintereinander nicht einfach so abschütteln. Sie ziehen dich runter. In diesem Zustand dein Bestes zu geben, ist kaum möglich. So, wie ich in der Saison zuvor trotz all der Siege immer zu pushen versuchte, würde ich nun regelmässig die positiven Dinge betonen, die die Spieler trotz der Niederlagen machten. Der ganze Ton der Kommunikation würde sich verändern: «Wir machen das gut! Wir müssen nur diese kleinen Dinge hier und dort reparieren! Wir schauen das gemeinsam an und machen es im nächsten Spiel besser!»

Meine grösste Herausforderung würde darin bestehen, die Mannschaft nach Niederlagen immer wieder aufzubauen. Erfolgserlebnisse würden nun nicht mehr nur über Siege definiert werden, sondern über kleine Momente: einzelne Szenen in Videoclips, in denen die Spieler alles richtig gemacht hatten.

Ich würde ihnen diese Bilder zeigen und dabei betonen, dass das nächste Ziel sein müsse, genau solche Aktionen konsequent zu wiederholen.

Dabei bewegte ich mich auf einem schmalen Grat: Einerseits musste ich die kleinen, guten Dinge gross machen – sichtbar, spürbar, motivierend. Andererseits durfte ich niemals zulassen, dass sich Selbstzufriedenheit einschlich.

Lob war wichtig. Aber Massstab blieb Massstab. Am Gesamtprozess würde sich für mich trotz der anderen Ausgangslage nichts verändern. Ob Aufstiegsfavorit oder Underdog: Es ging wie schon in der Vorsaison darum, unabhängig von Resultaten Schritt für Schritt besser zu werden.

Mir war wichtig, weiterhin glaubwürdig zu bleiben. Ich machte darum bereits im Sommer keinen Hehl aus unserer neuen Ausgangslage. Es sollte nichts beschönigt werden. Vor dem Team sprach ich offen über die bevorstehende Saison. Es würde hart werden und wir mussten in den kommenden Wochen und Monaten eine grosse Anzahl von schwierigen Situationen bewältigen.

Nach Niederlagenserien würden wir alle nur noch wütend sein. Umso wichtiger würde es werden, dass wir zusammenhalten und uns immer wieder gegenseitig aufbauen und helfen.

«Wir schaffen das gemeinsam!» So oder ähnlich sollte unser grosser Kampfschrei lauten. Denn würde uns das gelingen, könnten wir einige der grossen Teams überrumpeln, da war ich mir sicher. Ich forderte von den Spielern also wieder diesen schon mehrfach erwähnten «Buy-in» – er würde aus Spielersicht aber auf einer ganz anderen Ebene erfolgen müssen.

Wir waren keine grossen Hunde mehr, sondern kleine Hunde. Ich wollte aber dafür sorgen, dass wir uns wie grosse Hunde fühlen.

Was unsere Aufgabe erleichterte, waren die neuen ausländischen Spieler, die zur Mannschaft stiessen. In der Swiss League darfst du pro Spiel nur zwei sogenannte Imports einsetzen. Jetzt waren es sechs. Unsere wichtigsten Zugänge waren ausländische Leistungsträger. Es ging schnell, sie zu integrieren. Sie waren überhaupt nicht egoistisch. Sie trugen einen Grossteil dazu bei, dass wir auch menschlich eine richtig gute Truppe waren. Das gab der ganzen Mannschaft Mut für die bevorstehende Aufgabe.

Ebenfalls hilfreich war das Vertrauen, das im Vorjahr zwischen den Spielern und dem ganzen Coaching-Staff aufgebaut worden war. Und genauso wie im Jahr zuvor hatte ich dank meiner Erfahrung zu Saisonbeginn die

Spieler erneut auf meiner Seite. Sie hatten damals gewusst, dass ich mit Rapperswil-Jona bereits einmal den Aufstieg geschafft hatte. Sie wussten auch, dass ich mit den Lakers nach dem Aufstieg ein sehr schwieriges erstes Jahr überstanden hatte.

Auch ich als Trainer war dank jener toughen Saison 2018/19 vorbereitet auf die Ausgangslage. Ich wusste, was in einer Mannschaft vor sich geht, wenn sie regelmässig verliert und wie du als Coach darauf reagieren musst. Es war mir vor allem klar, dass ich nicht zu sehr auf den Spielern herumhacken dürfte.

Es würde Spiele gegen die Top-Teams der Liga geben – und in manchen würden ihre Stars unsere Spieler mit solcher Klasse stehen lassen, dass es geradezu tölpelhaft wirken würde. Wirst du auf dem Eis vorgeführt, kann das Spuren hinterlassen. Manchmal sogar Scham.

Unsere Aufgabe als Coaches war es, genau das zu verhindern – oder zumindest dafür zu sorgen, dass solche Abende nicht zur Gewohnheit wurden.

Im Training rückten deshalb gezielt jene Spielsituationen in den Fokus, in denen die Gefahr besonders gross war, vom Gegner blossgestellt zu werden. Das individuelle Skilltraining rückte in den

Hintergrund und die taktische Vorbereitung in den Vordergrund.

Die Jungs sollten lernen, solchen Situationen mit Vertrauen zu begegnen. Und sie sollten wissen: Diese peinlichen Momente werden uns nicht ständig passieren. Wir sind vorbereitet.

Dann ging es los. Und wie. 0:7, 1:9, 2:6, 0:5. Mit diesen Resultaten kassierten wir unsere ersten vier Auswärtsniederlagen in der National League. Dazwischen gab es auch noch ein 0:6 zu Hause. Nach neun Spielen waren wir so richtig überrannt worden.

Wir fühlten uns wie die Schiessbude der Liga. Solche Resultate waren Gift für das Selbstvertrauen der Mannschaft. Es half aber, vorbereitet zu sein. Und erinnern Sie sich noch an die Metapher von den Spielern, die wie Pferde mit gespitzten Ohren sind? Nach dieser Flut an schlimmen Ergebnissen war es soweit: Sie waren wissbegierig, wollten und brauchten Hilfe. Es war nach einer dieser hohen Niederlagen in Biel, als wir im Coaching-Staff wussten: Es muss etwas passieren. Und zwar sofort.

Die Garderobentüre blieb nach dieser Partie lange zu.

Die Spieler sassen zunächst einfach nur da, es war gespenstisch ruhig. Man hätte eine Stecknadel fallen hören können. Wir Coaches ergriffen als Erste das Wort. Wir sagten den Spielern, dass es so nicht weitergehen könne. Andererseits wollten wir ihnen Mut machen, bevor wir uns auf die Heimfahrt aus Biel machten. Wir standen in diesem Moment also unmissverständlich zu unserer Verantwortung: den Jungs so schnell wie möglich Lösungen anbieten.

Kimmo, Saku und ich, das gesamte Personal – wir würden ihnen Antworten liefern. «Macht euch keine Sorgen! Wir geben euch zwei Tage frei. Und schon im nächsten Training am Dienstag werden wir euch im Detail informieren!»

Für uns hiess es, gleich am nächsten Morgen unser Spielsystem zu analysieren und es entsprechend anzupassen. Die Spieler sollten sich darin wohler fühlen. Kimmo und Saku kamen mit grossartigen Ideen. Die wichtigsten betrafen das Spieltempo der Gegner: Wie können wir sie einbremsen? In Biel, gegen ein läuferisch sehr starkes Team, waren unsere Schwächen deutlich. Wir wollten unseren Ansatz des spielerischen Eishockeys nicht komplett begraben. Die Idee war nicht, in Folge deutlich defensiver oder gar destruktiv zu spielen – selbst wenn man es uns als Aufsteiger und Underdog wohl verziehen hätte. Aber wir wollten gerade gegen unsere läuferisch besonders starken Gegner auf keinen Fall mehr ins offene Messer laufen. Wir schauten diverse Spielsituationen an und entschieden uns, das Forechecking – das aggressive Angreifen des Gegners in dessen Verteidigungszone – anzupassen. Die Gegner würden weniger Tempo im Spielaufbau machen.

Man hört auch von Spielern häufig, dass Selbstvertrauen durch die Offensive entsteht. Meiner Meinung nach ist das Gegenteil richtig: Du wirst selbstsicherer, wenn sich das Verteidigen, das Spiel ohne Puck, besser anfühlt. Ich erlebte das als Spieler, der lange Zeit nur offensiv dachte und 27 Jahre alt werden musste, um zu lernen, wie man richtig verteidigt. Ab dem Zeitpunkt spielte ich mit deutlich mehr Selbstvertrauen.

Hier möchte ich noch einmal betonen: Wir veränderten in Kloten unsere Spielweise ausdrücklich nicht zu einem passiven, im Eishockey-Jargon als «Trap», also «Falle» genannten System. Beim «Trap» verzichtest du praktisch komplett auf das Forechecking.

Die Finnen können das besonders gut, sie haben damit auch international viele Erfolge feiern können. Sie denken jetzt vielleicht: Ich hatte mit Saku und Kimmo doch zwei finnische Assistenten.

Schlugen die mir nicht automatisch vor, zur Stabilisierung der Defensive auf «Trap» umzustellen? Nein! Sie kannten mich bereits gut genug, um zu wissen, dass ich allergisch darauf reagiert hätte.

Das Team sollte nicht grundsätzlich auf diese Weise spielen, sondern höchstens in einigen wenigen Spielsituationen. Aber grundsätzlich «Trap» zu spielen, ist gegen meine Persönlichkeit. Saku und Kimmo war das bewusst. Sie hatten zudem andere sehr gute Ideen.

Wie reagierten die Spieler auf unsere Umstellung? Fantastisch! Wir spürten sehr bald, dass es in diesem Moment keine Frage des «Buy-in» ihrerseits sein würde. Ihre Ohren waren aufgestellt, sie waren wissbegierig, sie wollten die Situation ebenfalls unbedingt verbessern. Das war ein wunderbares Gefühl für mich als Coach. Für uns im Staff war es wichtig, Leadership zu beweisen.

Den Fehler einzugestehen und klar zu kommunizieren, dass diese hohen Niederlagen und die Art und Weise, wie wir sie kassiert hatten, unsere Verantwortung war. Wir hatten den Fehler gemacht. Wir wollten attraktiv spielen, egal, ob als Underdog oder nicht. Wir versuchten, mit unserer sehr aktiven und frechen Spielweise mit den grossen Hunden zu bellen. Aber es wurde schnell klar, dass wir halt eben doch die kleinen Hunde waren.

Den Spielern zu erlauben, nach Niederlagen nicht in übermässige Schuldgefühle zu verfallen, war ein wichtiger Schritt für Selbstvertrauen und mentale Stabilität. Als Coach willst du nicht alles infrage stellen. Wer nach jedem Rückschlag alles auf den Kopf stellt, riskiert, die Mannschaft zu überfordern – oder das Vertrauen zu verlieren.

Manchmal braucht es gerade in schwierigen Momenten Beständigkeit. Und das Gefühl: Wir sind noch auf dem richtigen Weg. Unser Motto war: Geben wir den Spielern mindestens ein Ding, an das sie sich klammern können. Wir hatten Zeit, das angepasste System zu trainieren. Das nächste Spiel war erst in sechs Tagen. Wie sehr sich die Umstellungen auf unsere Resultate auswirkten, war ebenfalls wunderbar: Wir gewannen sieben der nächsten neun Spiele. Ab dem Moment waren wir mittendrin im Kampf um die Pre-Playoff-Plätze. Am Ende wurden wir Neunte, was für einen Aufsteiger ein Riesenerfolg war.

Kimmo Rintanen
«Alles herausholen? Keiner kann das besser als Jeff.»

An einem Sommertag 2021 leuchtete auf Kimmo Rintanens Mobiltelefon eine Schweizer Nummer auf. Er sass mit seiner Ehefrau im Auto und wartete auf die Fähre. Die beiden waren unterwegs auf dem Turku-Archipelago, einem Strassennetz aus Brücken und Fährenrouten, das aus Dutzenden kleinen Inseln besteht. Turku war 1994 zu seiner zweiten Heimat geworden, als er dort sechs Jahre spielte.

2001 startete sein erstes Auslandsabenteuer in der Schweiz. Zehn Jahre blieb er beim EHC Kloten, er beendete nach einer weiteren Saison in Lugano seine Karriere.

Kloten blieb trotzdem seine dritte Heimat. Er wechselte ins Coaching und blieb bis Dezember 2014 beim EHC. Mit der Entlassung von Cheftrainer Felix Hollenstein ging auch seine Zeit in der Schweiz zu Ende, und er wechselte als Assistenztrainer zu TPS Turku zurück in seine Heimatstadt in Finnland.

Sechs Jahre später war er arbeitslos. Nach einer Finalniederlage entschied sich TPS für einen kompletten

Wechsel im Trainerstab. Rintanen durfte zwar im Club bleiben und sich um die Junioren kümmern. Allerdings nicht mit Profivertrag. «Ich hatte keine konkreten Pläne», erinnert sich Rintanen. Es war Juli und damit zu spät, um in einer guten Liga einen Trainerjob für die kommende Saison zu finden. Also schien die Überbrückung mit den TPS-Junioren klar. Sollte dennoch von irgendwoher ein ernsthaftes Angebot als Profitrainer kommen, konnte er wieder absagen.

Das Angebot kam schneller als erwartet. Denn die Schweizer Nummer auf Rintanens Telefon gehörte Patrik Bärtschi, dem neuen Sportchef des EHC Kloten.

Über Details wurde nicht gesprochen. Alles, was Rintanen erfuhr, war: Der EHC Kloten habe einen neuen Trainer, Jeff Tomlinson. Und dieser benötige zusätzlichen Support. «Nebst Torwarttrainer Tim Bertsche arbeitete nur Fabian Sutter als Assistent Jeffs im Trainerstab», erzählt Rintanen. «Ich sah also nichts Spezielles daran, dass der Club einen zweiten Assistenten suchte. Ein Trainerstab mit drei oder vier Coaches war in Finnland völlig normal.»

Das Interesse Rintanens war geweckt. Aber auch die Skepsis meldete sich. Würde er wirklich an denselben Ort zurückkehren wollen, an welchem er knapp sieben Jahre zuvor entlassen wurde?

«Die letzte Erinnerung an Kloten war, wie 'Fige' und ich damals gehen mussten. Und das war nicht schön», sagt Rintanen.

Aber er kannte mittlerweile das Trainerbusiness nur zu gut. «Es ist nicht so, dass du in einer Position bist, in der du die freie Auswahl hast. Du gehst dorthin, wo dich jemand will.»

Es gab aber einiges zu diskutieren. Es war klar, dass er alleine in die Schweiz ziehen würde, während Ehefrau, Sohn, Tochter und Hund in Turku bleiben würden. «Wir mussten uns die Frage stellen, wie das für alle sein würde. Am Ende entschieden wir: Ja, ich mache es. Ich gehe wieder nach Kloten.»

Noch wusste Rintanen nicht, was ihn erwarten würde. Er kannte Jeff nicht persönlich. «Ich wusste, dass er zuvor in Rapperswil gearbeitet hatte», erzählt Rintanen. «Und ich hatte die Artikel über seine Probleme mit den Nieren gelesen. Ich dachte also, dass er aus diesem Grund vielleicht mehr Unterstützung benötigen würde.» Erst in Kloten bei den ersten Gesprächen im Trainerstab erfuhr er von Jeffs weiteren Problemen.

«Natürlich war das eine Überraschung für mich. Ein Schock!», sagt Rintanen.

«Meine ersten Gedanken waren: Wie konnte dies geschehen? Von einem Moment zum nächsten? Und ich fragte mich auch: Wie war es Jeff wohl in jenem Moment ganz am Anfang gegangen?» Das würde er in den nächsten zwei Jahren erfahren. Die Beziehung der beiden stand noch am Anfang, «wir fingen bei null an», sagt Rintanen.

Sollte es überhaupt Zweifel gegeben haben, dann waren sie schnell verflogen. «Ich liebte die Arbeit», sagt Rintanen. «Jeffs Kontakt zu den Spielern. Wie er sie behandelte. Das galt auch für uns Trainer. Ich freute mich jeden Morgen auf die Halle – wegen der Stimmung, die wir miteinander aufgebaut hatten.»

Alles, was normalisiert werden konnte, wurde normalisiert. Es war nicht Jeffs besondere Situation, die die Arbeit speziell gemacht habe. «Ich kannte die Arbeit des Assistenztrainers bereits. Ich hatte alles schon gemacht. Wenn du die Arbeit mit einem Headcoach beginnst, kommt es immer darauf an, wie viel er dir überlässt. Im Falle Jeffs war es halt mehr als gewohnt.»

Bestimmte Situationen seien ihm besonders in Erinnerung geblieben, sagt Rintanen. «Wenn alles schnell ging und Jeff nicht wirklich mitbekam, was passierte. Der Support für ihn und meine Verantwortung wurden grösser.»

Es gab auch absurde Momente, über die sie heute lachen können. Bei einem Heimspiel im zweiten Jahr führte Biel nach wenigen Sekunden bereits 2:0. Jeff hatte aber nur das erste Tor mitbekommen. Der Grund war simpel: Das geschockte Publikum reagierte nach dem frühen 0:1 fast gar nicht auf den zweiten Treffer.

Oder das Spiel im ersten Jahr in Visp, von dem Rintanen mit einem Schmunzeln erzählt: «Wir führten kurz vor Schluss mit einem Tor. Visp nahm den Torwart für einen zusätzlichen Feldspieler vom Eis. Jeff fragte mich verwundert, warum ausgerechnet Linus Klasen, der schwedische Starspieler Visps, in dieser Situation nicht auf dem Eis sei. Und ich zeigte geradeaus Richtung Mittelkreis vor uns und sagte ihm: Aber da steht er ja. Klasen trug sogar den speziellen Helm des besten Scorers des Teams, doch Jeff konnte das nicht sehen.»

«Das gab es häufiger», sagt Rintanen. Aber deswegen alles hinterfragen? Das sei ihm nie in den Sinn gekommen. «Ich gab diesen Vorfällen keine allzu grosse Bedeutung. An den Tagen zwischen den Spielen, wenn wir im Trainerbüro die Spiele analysierten und die nächsten Trainings besprachen, fühlte sich alles normal an.» Er sei sich nie wie der heimliche Cheftrainer vorgekommen, sagt Rintanen. «Es war immer Jeff, der in der Garderobe der Boss war.

Als Assistenten leiteten wir mehr Trainings als üblich, aber das letzte Wort hatte immer er.»

Die Diskussionen waren nicht immer einfach. Wie begegnet man als Assistent dem Widerspruch des Cheftrainers, wenn man weiss, dass er es gar nicht gesehen hat? «Für mich wurde das Teil unserer Kooperation. Ich teilte ihm stets mit, wenn Dinge verändert werden sollten. Auch während der Spiele. Wenn ich der Meinung war, dass ein bestimmter Spieler nun weniger eingesetzt werden sollte. Und obwohl Jeff gar nicht gesehen hatte, was dieser Spieler auf dem Eis getan hatte, war er nicht immer einverstanden.»

Auch Rintanen wurde überrascht, als es nach dem Aufstieg hiess, Jeff trete als Trainer zurück. «Für mich machte das keinen Sinn. Ich fragte ihn: Wäre es für dich möglich? Und wenn ja: Warum nicht genau gleich weitermachen?» Gründe, die dagegensprechen würden, fand Rintanen keine: «So wie Jeff die Garderobe geführt und mit den Spielern umgegangen war, sahen sie auch keine Probleme. Und ich sah nicht ein, warum sich in der National League irgendetwas verändern würde. Es ist immer noch Eishockey. Für alle weiteren Probleme würden wir im Staff Lösungen finden.»

Rintanen betont, wie froh er sei, diese zweite Saison mit Jeff erlebt zu haben: «Ich liebte diese Zeit. Und dass wir weiterhin Erfolg hatten, hatte einen Zusammenhang mit Jeffs Situation: Als Spieler hätte ich auch alles für ihn getan. Wie Jeff mit all dem umging, war der Impuls, dass alle dafür sorgen wollten, dass wir eine gute Atmosphäre haben.»

Als Stürmer hatte Rintanen unter ganz verschiedenen Trainertypen gespielt. Mit dem Russen Wladimir Jursinow und dem als besonders tough geltenden Finnen Hannu Jortikka waren zwei einzigartige und besondere Persönlichkeiten darunter. Es hat darum besondere Bedeutung, wenn er sagt, jemanden wie Jeff nie erlebt zu haben. «Das Wichtigste, das mir aus den zwei Jahren mit ihm blieb, sind die Dinge, die ich lernen konnte.»

Man rede im Eishockey häufig von Taktik und von guten Spielern, die Tore schiessen oder verhindern sollen. «Aber die Frage ist doch: Wie schaffst du es, aus jedem einzelnen Spieler und aus der Mannschaft als Ganzem, das Beste herauszuholen? Ich kenne niemanden, der das so gut konnte wie Jeff. Auch darum bin ich dankbar für unsere Zusammenarbeit und wie viel ich lernen und beitragen konnte.»

Kapitel 13: Gicht und Herzinfarkt

Im Sommer 2016 hatte ich mein erstes Jahr in Rapperswil-Jona hinter mir und verbrachte ein paar Wochen in der Nähe in North Carolina, um meine Jungs zu besuchen. Leichte Atemprobleme nervten. Da ich mich nach einer langen Saison aber ohnehin müde fühlte, dachte ich nichts weiter. Die Ferien waren wohl notwendig. Darum sah ich auch keinen Grund, irgendetwas an meinen regelmässigen Work-outs zu ändern oder damit aufzuhören. So trainierte ich eines Tages mit Zac, als ich bei der Arbeit mit schweren Gewichten bemerkte, dass irgendetwas nicht stimmte. Es war ein Gefühl, das ich nicht kannte. Darum setzte ich mich vorsichtshalber hin. Zac sah mir das Unwohlsein wohl an, vielleicht entdeckte er sogar Angst in meinem Gesicht. Er schlug vor, dass wir aufhören und nach Hause gehen sollten. Ich winkte ab, und nach einer kurzen Pause ging es mir bereits wieder besser. Also machten wir weiter.

Es folgte eine seltsame Nacht.

Ich war in einem kleinen Haus einquartiert, in der Nähe meiner Söhne und ihrer Grosseltern. Wir waren circa 80 Kilometer westlich von Raleigh entfernt.

Mitten im Nirgendwo. Siler City, ein Örtchen mit ein paar Tausend Einwohnern. Schlechtes WiFi und kaum Handyempfang. Vor dem Schlafengehen sass ich auf einem Stuhl, als dieses Gefühl von Unwohlsein wiederkam, diesmal aber viel stärker. Es fühlte sich an, als würde ein Elefant mit seinem Fuss auf meine Brust treten.

Ich hatte keine Ahnung, was los war. Ich war sehr müde, mit einem mulmigen Gefühl ging ich ins Bett. Ich erinnere mich noch, dass ich mit vielen unschönen Gedanken einschlief. Am nächsten Morgen war alles wieder normal. Es tat nichts mehr weh, kein komisches Gefühl war mehr da.

Wie geplant blieb ich in den USA und flog dann zurück nach Düsseldorf. Dort erlebte ich wieder Seltsames. Es ging mir grundsätzlich gut, aber immer wieder hatte ich Mühe beim Laufen, musste nach nur wenigen Metern innehalten. Andrea überredete mich, zur Kontrolle ins Krankenhaus zu gehen.

Als ich am selben Tag mit meiner Mutter in Winnipeg telefonierte, sagte sie dasselbe: «Lass dich untersuchen!»

Nach diversen Tests, inklusive des Blutbildes, informierten mich die Ärzte: Das war kein imaginärer

Elefant, sondern ein Herzinfarkt gewesen. Ich hatte fälschlicherweise immer angenommen, dass ein Herzinfarkt sich entsprechend der Lage des Herzens eher auf der linken Seite der Brust bemerkbar machen müsse.

Die Symptome sind unterschiedlich – das wurde mir schnell klar. Ich verbrachte zunächst einige Tage auf der Intensivstation. In Rapperswil-Jona musste ich dann operiert werden: Drei Stents wurden eingesetzt. Stents sind kleine, röhrenförmige Gefässstützen, die verengte Herzkranzgefässe offenhalten. Seitdem hatte ich keine Herzprobleme mehr – mit einer Ausnahme zwei Jahre später. Damals musste aufgrund einer Deformierung ein weiterer Stent eingesetzt werden.

Ich bekam von allen Seiten einiges zu hören – und das völlig zu Recht. Die Warnzeichen waren so gross wie ein Elefant. Und ich? Einfach schlafen gehen? Im schlimmsten Fall wäre es das letzte Mal gewesen. Ich selbst ärgerte mich am meisten. Du warst Profisportler! Höre auf deinen Körper! Und reagiere entsprechend!

Diesen Ratschlag sollte sich jeder sprichwörtlich zu Herzen nehmen. Ich hätte niemals gedacht, dass es sich um einen Herzinfarkt handelte. Dennoch erzählte ich lange Zeit niemandem ausserhalb der Familie etwas davon, da ich mich dafür schämte, wie ich damit umgegangen war.

Die Grosseltern meiner Söhne wohnten keine 100 Meter entfernt. Es wäre ein Einfaches gewesen, um Hilfe zu bitten.

Hatte der Herzinfarkt mit meinen Nieren zu tun? Das konnte kein Arzt mit Sicherheit bestätigen. Aber die Chancen stehen gut, weil schlechte Nieren Einfluss auf alle Organe haben. Ansonsten lebte ich gesund: Ich ernährte mich bewusst, trieb regelmässig Sport, achtete auf meine Form. Letztlich war es wohl all das Gift, das sich über die Jahre durch die Nierenprobleme im Körper angesammelt hatte.

Drei Jahre später, 2019, nach der Transplantation, verschwanden viele dieser Beschwerden.

Wenn deine Nieren über Jahre immer weniger das viele Gift aus deinem Blut herausfiltern, kann das diverse Auswirkungen haben. Ich hatte jahrelang auch mit Gicht zu kämpfen. Bei mir führte dies sogar zu Hospitalisierungen, da ich vor Schmerzen kaum noch gehen konnte. Und zwar wortwörtlich: Ich erlebte Nächte, in denen ich vom Bett ins Badezimmer kriechen musste, da ein normales Gehen unmöglich wurde.

Die Gicht beeinflusste meine Arbeit als Trainer. Eistrainings verpasste ich, weil es zu schmerzhaft war, die Schlittschuhe anzuziehen. Spiele stand ich nur dank der Einnahme starker Schmerzmittel durch.

Die Spieler und Trainerkollegen dachten wohl, dass ich wieder meine Knieprobleme hatte – diese habe ich ja in der Tat wegen des Morbus-Sudeck-Syndroms. Es kann durchaus sein, dass mein Umfeld die Gicht schneller bemerkte als Jahre später die Probleme mit meinen Augen. Gicht wird auch durch bestimmte Nahrungsmittel verstärkt. Dazu gehören Rotwein, rotes Fleisch oder Süssgetränke. Seit der Transplantation habe ich damit keine Probleme mehr.

Es ist paradox: Seit der Nierentransplantation habe ich kaum noch körperliche Beschwerden. Ich fühle mich eigentlich grossartig, oft sogar besser als je zuvor. Dass ich 2023 mich endgültig dazu entschied, mit dem Coaching aufzuhören, hatte zwar mit einer langen Liste an Dingen zu tun. Aber in Wahrheit habe ich mit der Begründung «Aus gesundheitlichen Gründen» für ein Missverständnis gesorgt. Es gibt einen Hauptgrund, und der ist meine Situation mit den Augen. Ich habe grundsätzlich auch kein schwaches Herz, im Gegenteil. Mein Infarkt hatte nichts mit einem schwachen Herz zu tun, sondern mit vielen anderen Dingen, die in meinem Körper vor sich gingen.

Ich bin sogar überzeugt, dass mein starkes Herz der Grund dafür ist, dass ich heute noch am Leben bin.

Es gibt sogar Ärzte, die über einen Zusammenhang zwischen meinen Nieren und dem Morbus-Sudeck-Syndrom als auch meinen Augenproblemen spekulierten. Es passierten so viele komische Dinge in meinem Körper, dass es mir zeitweise peinlich wurde. Wie ein Hypochonder beklagte ich mich ständig über alles Mögliche.

Denke ich heute darüber nach, ist es kein Zufall, dass ich in meinem Leben so viele verschiedene Probleme mit meinem Körper hatte. Ich denke nicht, dass ich eine solch schlechte Person bin, die ein so mieses Karma verdient hätte. Der einzige plausible Grund war wohl, dass ich über Jahre hinweg deutlich kränker gewesen war, als ich selbst geglaubt hatte. Ich erinnere mich an einen Besuch beim Nephrologen Jahre vor der Nierentransplantation.

Er fragte mich, wie es mir gehen würde. Ich sagte wie immer «Grossartig!» Er sagte, dass das nicht sein könne. Ganz sicher würde ich mich nicht grossartig fühlen. In all den Jahren mit dem Gift im Körper und der langsamen, aber stetigen Verschlechterung meines Zustandes hatte ich vergessen, was es heisst, sich grossartig zu fühlen. Mittlerweile weiss ich, was er meinte.

Ich fühle mich heute besser als mit 45.

Sind meine Nieren die Ursache für meine anderen gesundheitlichen Probleme? Die Vermutung liegt nahe. Mit Sicherheit werde ich es nie wissen. Will ich es überhaupt herausfinden? Ich habe diesbezüglich meinen Frieden gefunden. Es ist nicht mehr rückgängig zu machen. Ich habe gesund gelebt. Ich habe keine Drogen genommen, ich habe nicht mehr Alkohol konsumiert als der grosse Durchschnitt. Ich habe mich richtig ernährt und mich mein ganzes Leben lang fit gehalten und trainiert. Ich habe sehr vieles richtig gemacht. Ich kann mir nicht vorstellen, dass es auf der Welt viele Menschen gibt, auf die das zutrifft und die meine Probleme haben.

Ausgehend davon, dass die Nieren das Problem sind, kann ich ganz gut damit leben. Seit der Transplantation 2019 wurde, ausser meinen Augen, alles besser. Es gibt die Theorie, dass diese Probleme auch eine Art Nachwirkung meiner kranken Nieren sind.

Ausgelöst in Zusammenhang mit Stress und den Unmengen an Gift, die sich wegen meiner immer schlechter funktionierenden Nieren in meinem Körper gesammelt haben. Das macht Sinn. Ich habe schon früh gelernt, mit Stress umzugehen. Zum Job des Trainers gehört der Stress dazu – egal wie viel Spass man hat.

Auch wenn ich es für mich immer als Wettkampf bezeichnete: Sobald ein Spiel beginnt, gehen Herzfrequenz und Blutdruck hoch, also hast du automatisch Stress. Du kannst ihn nur vermeiden, wenn dich das Spiel nicht interessiert ...

Ich liebte die Emotionen und den Stress. Ich brauchte beides, unbedingt. Sie machten mir Spass. Erst als die Probleme mit den Augen begannen, musste ich umdenken. Denn irgendwann wird aus dem gesunden Spass ungesunder Stress. Wann genau der Übergang erfolgt, ist fast nicht festzustellen. Zumindest konnte ich das nicht, vielleicht belog ich mich auch selbst.

So sehr ich die Arbeit im Eishockey auch liebe – einen Vollzeit-Job kann ich nicht mehr annehmen. Ich würde ihm einfach nicht mehr gerecht werden.

Mit voller Konzentration in etwas zu stürzen, gelingt mir vielleicht noch eine Woche im Monat. Und selbst nur dann, wenn alles in einem langsameren Tempo abläuft.

Die Anstrengung, Dinge erkennen zu können, ist riesig. Mein Kopf und mein Körper brauchen schon nach kurzer Zeit lange und viel Erholung. Den typischen Arbeitstag eines Eishockey-Cheftrainers, der von 6 bis 14 Uhr dauert und bei Spielen regelmässig Nachtarbeit beinhaltet, schaffe ich nicht mehr. Komplett zurückziehen möchte ich mich aber auch nicht.

Es besteht die Möglichkeit, dass sich der Zustand meiner Augen weiter verschlechtert. Oder dass ich andere Probleme bekomme. Hoher Blutdruck hilft in meiner Situation auch nicht. Darum musste ich einsehen: Ich kann nicht mehr der Coach sein, der ich sein will. Ich musste lockerer werden. Inneren Frieden finden. Darum musste ich aufhören. Ich war nicht mehr bereit, den Preis dafür zu zahlen, er war es mir nicht mehr wert.

Erstmals in meinem Leben entschied ich, dass meine Gesundheit höchste Priorität haben würde. Bis zu jenem Zeitpunkt war ich immer überzeugt gewesen, dass ich ohne Eishockey nicht leben kann. Seit fast 50 Jahren war das meine Droge.

Damit war es nun vorbei. Mit 53 war ich endlich reif genug: Du hast keine andere Wahl, du musst dich zurücknehmen. Worüber ich glücklich bin: Selbst heute, wenn ich als Berater mit meinem Sport zu tun habe, ob im Kontakt mit Spielern, Trainer, dem Sportchef, oder bloss, weil ich in einer Eishalle bin, verbinde ich Eishockey immer noch mit Spass. So gerne ich immer noch coachen möchte: Ich weiss, dass ich nun das gesündere Eishockeyleben lebe.

Das ist nicht selbstverständlich. Es gibt viele Gründe, den Sport zu verfluchen. Es bringt zwar nichts, zu sehr über die Vergangenheit nachzudenken. Aber in meiner schlimmsten Phase, nachdem ich fast nichts mehr sehen konnte, stellte ich mir diese Frage ständig: Wäre mir das alles passiert, wenn ich nicht Eishockeycoach geworden wäre? Und es mag absurd klingen, vielleicht sogar etwas sadistisch: Trotz allem, was ich durchgemacht habe, möchte ich mein Leben als Trainer nicht missen. Es ist meine Identität, das ist, was ich bin. «Du bist ein Coach, Jeff! Du musst coachen!» Erinnern Sie sich? Diese Aussage ist wohl richtig. Es ist besser, dass ich nie herausfinden werde, warum alles, was passiert ist, so passiert ist. Ich kann mir die Welt machen, wie ich will. Hin und wieder ist es besser, nicht alles zu wissen.

David Reinbacher
«Jeff hat mir alle Türen geöffnet»

Der 28. Juni 2023 war der grösste Tag in der noch jungen Karriere von David Reinbacher. Der damals 18-Jährige wurde beim NHL-Draft als Nummer 5 ausgewählt, er egalisierte damit den Rekord für Spieler aus Österreich: Exakt 20 Jahre zuvor war es Thomas Vanek gewesen, der für grosses Aufsehen gesorgt hatte in seinem Heimatland, das keine klassische Eishockeynation ist.

Und als wäre dieser historische Moment für Reinbacher nicht der Ehre genug gewesen, waren es ausgerechnet die Montreal Canadiens, die sich die Rechte am jungen Verteidiger sicherten. Der Traditionsclub aus dem Mutterland des Eishockeys dürfte auch jenen ein Begriff sein, die sich sonst nicht mit dieser Sportart auseinandersetzen. Ebenfalls mit dabei beim Draft in Nashville war sein aktueller Trainer: Jeff war als Gast der Familie Reinbacher mit in die USA gereist.

Dies ist ungewöhnlich. Erst recht, wenn der Spieler aus Europa kommt. Für Reinbacher machte es aber Sinn, Jeff an diesem besonderen Tag in seiner Nähe zu haben. Sie sind den Weg zum Draft gemeinsam gegangen.

«Jeff hat alles in die Wege geleitet, er öffnete mir alle Türen», sagt Reinbacher. «Ich bin ihm jeden Tag dafür dankbar. Wenn ich daran denke, was ich dank Jeff alles erleben konnte, bekomme ich gleich wieder Gänsehaut.»

Nach ihrem Kennenlernen zwei Jahre vorher bekam Reinbacher von Jeff zunächst nur die Anweisung: Nicht zu viel denken, einfach trainieren. Jeff hatte den Teenager von den Klotener Junioren zum Schnuppern in der ersten Mannschaft eingeladen.

Es war die Vorbereitungsphase auf Jeffs erste Saison in Kloten, der Fokus auf Reinbacher war da sehr klein. Der Trainer überraschte ihn eine Woche später mit einem Angebot für ein Testspiel mit den Erwachsenen. Reinbacher wurde in der Mittagspause in der Schule angerufen, entsprechend nervös stiess er am Abend zum Team. Er erinnerte sich gut: «Jeff nahm mich in der Garderobe zur Seite und sagte: 'Noch verdienst du keine Hunderttausende Dollar, ich kann dich darum noch nicht zusammenscheissen.' Damit war der Druck sofort weg. Jeff hatte mir mit einem Satz die Angst genommen.»

Es war der Beginn einer engen Zusammenarbeit und einer Beziehung, die über eine normale zwischen Spieler und Trainer hinausging. Reinbacher wusste zu jenem Zeitpunkt nichts über Jeffs Augen: «Ich habe es wohl als einer der Letzten realisiert.» Doch als Reinbacher immer häufiger in der 1. Mannschaft statt bei den Junioren zum Einsatz kam, dämmerte es ihm immer mehr: «Hin und wieder verwechselte er mich mit anderen Spielern, wenn er über meine Einsätze sprach. Ich fand das zunächst aber bloss ein wenig komisch.»

Doch dann häuften sich auch für Reinbacher die Hinweise, dass da mehr dahintersteckte: «Da war dieses zusätzliche iPad, das Jeff während der Spiele dabeihatte, plus der grosse Fernseher bei Heimspielen hinter der Bank. Und ich sah hin und wieder, wie er einfach so ins Stolpern kam.»

Also fragte Reinbacher bei Teamkollege Steve Kellenberger nach. Der 17 Jahre ältere Routinier und Captain der Mannschaft war die ihm am nächsten stehende Person im Team. Er wusste mehr über Jeffs Probleme und weihte den jungen Spieler ein. Am gleichen Abend noch thematisierte Reinbacher dies mit seinem Vater Harald. Der ehemalige Eishockeyspieler wohnte mittlerweile zusammen mit seinem Sohn in Kloten, nachdem er ihn vorher ein Jahr lang täglich vom Wohnort in Österreich hin und hergefahren hatte. «Nicht nur mein Vater, sondern meine ganze Familie hat einen engen Bezug zu Jeff», erzählt Reinbacher. «Wir waren alle sprachlos und hofften einfach das Beste für ihn.»

Die erste Saison in Jeffs Team verbrachte Reinbacher relativ ungestört. Das mediale Interesse an der zweithöchsten Liga beschränkte sich auf die Berichterstattung in den Lokalmedien – Storys über den potenziellen NHL-Draft blieben aus. Dies änderte sich nach dem Aufstieg in die National League schlagartig.

Es wurde schnell deutlich: Der zu Saisonbeginn erst 17-Jährige war etwas Besonderes. Selbst auf höchstem Niveau verriet sein Spiel für einen Teenager eine ungewöhnliche Reife. Nach kurzer Zeit waren die Pressetribünen bei Klotens Spielen voll mit Scouts aus der NHL.

Reinbacher hatte bereits in der ersten gemeinsamen Saison die Arbeit Jeffs geschätzt: «Er nahm mich von Anfang an unter seine Fittiche. Er schaute nach mir, er setzte auf mich, und er gab mir jede Chance, damit ich viel lernen konnte.» Reinbacher hatte keinen festen Platz in Jeffs Team, er musste ihn sich verdienen. Vom Alter her hätte er auch in der zweiten Saison noch bei den Junioren spielen können.

Zudem ergab sich im Sommer 2022 die Möglichkeit, wie viele andere talentierte junge Europäer bei einem Team in der höchsten Nachwuchsliga Kanadas zu spielen: Die Sarnia Sting aus der Canadian Hockey League sicherten sich die Rechte am Österreicher.

Reinbacher wollte Jeffs Meinung wissen, ob er nach Kanada gehen solle oder nicht. Dieser überliess die Entscheidung dem Spieler, machte ihm aber klar, dass auch in der National League weiterhin dasselbe gelten würde: Es gäbe immer einen Platz für Reinbacher, allerdings nur, wenn dieser durch gute Leistungen gerechtfertigt wird.

Für das grosse Talent gab es keine Freikarte. Vor ihrer ersten gemeinsamen Saison spielte Reinbacher die U-18-Weltmeisterschaft mit Österreich. Er erinnert sich an sein erstes Training nach der Rückkehr: «Ich versuchte zwei, drei Pässe, die ich bei den Junioren problemlos spielen konnte, die aber bei den Männern nicht mehr funktionierten. Jeff teilte mir unmissverständlich mit, dass ich mich konzentrieren soll und wir nun bei den Profis seien.»

Es gibt das Erwachsenwerden als Mensch, es gibt aber auch den Reifeprozess als Spieler, der nicht zwingend parallel abläuft. Den grössten Einfluss auf sein Spiel habe Jeff genau in diesem Bereich gehabt, sagt Reinbacher. Er musste als junger Spieler lernen, wie mit Höhen und Tiefen umzugehen ist:

«Jeff beherrscht diesen Umgang mit den Spielern: Er ist immer ehrlich und macht nie leere Versprechungen. Und er ist nie zu hart, aber auch nie zu soft.» Er sei nach guten Spielen weder zu sehr gelobt, noch nach schlechten zu sehr heruntergezogen worden vom Trainer: «So erhielt ich das nötige Selbstvertrauen und konnte wachsen.» Ein Ratschlag Jeffs ist Reinbacher auch Jahre später gut in Erinnerung geblieben, weil er so gut zu seinem Spiel als Verteidiger passt: «Er sagte: 'Suche die Highlights nicht, lass sie zu dir kommen.'» Oder mit anderen Worten: Bevorzuge das einfache Spiel, die besonderen Aktionen hebst du für die passenden Momente auf.

Doch nun, in der höchsten Liga, kamen neue Herausforderungen dazu. «Er war mittlerweile mehr als bloss ein Trainer für mich», sagt Reinbacher. Jeff versuchte, die Situation für seinen jungen Spieler zu normalisieren. Vierzig angemeldete Scouts für ein Kloten-Spiel? «Er sagte mir das vor den Spielen nie», erzählt Reinbacher. «Er versuchte, das Thema Draft so gut es ging von mir fernzuhalten und mich nicht dem Druck durch die Medien auszusetzen. Teilweise wurde ich regelrecht abgeschirmt – und genau das half mir, mich voll aufs Eishockey zu konzentrieren.»

Die Emotionen nach dem Saisonende 2023 mit Kloten hat Reinbacher bis heute nicht vergessen.

Auch weil er wusste, dass Jeff nie mehr sein Trainer sein würde. «Rückblickend kann ich heute darüber lachen», erzählt er. «Aber als wir nach der Saison gemeinsam zum Ausgang gingen, flossen bei mir die Tränen.» Er könne nur wiederholen, was er schon oft gesagt habe: «Jeff ist einer der besten Coaches, die ich je hatte. Es tat darum sehr weh, als er aufhören musste.»

Vergessen haben sich die beiden aber nicht. Im Gegenteil: «Wir versuchen, einmal im Monat miteinander zu telefonieren, und wenn es geht, dann häufiger», sagt Reinbacher. «Dann reden wir über alles, was uns auf dem Herzen liegt.»

Der Kontakt soll weiterhin bestehen bleiben. Auch, weil Reinbacher seinen ersten Trainer bei den Profis eines immer weiter spüren lassen will: «Ich bin dankbar, dass ich Jeff kennenlernen durfte.»

Kapitel 14:
Mehr Empathie für alle

Ich habe bereits erzählt, wie sehr ich mir mehr Verständnis für meine Situation gewünscht hätte – gerade von Menschen, die gar nicht wussten, wie es mir wirklich geht oder womit ich zu kämpfen habe.

Oft habe ich andere ungewollt vor den Kopf gestossen, sie verärgert – ohne es zu merken. Wie damals die Kassiererin in Deutschland, bei der ich mit Schweizer-Franken-Münzen bezahlen wollte. Sie dachte wohl, ich wolle sie betrügen.

Andrea und ich sprechen in letzter Zeit oft über solche Momente. Über das Missverstehen im Alltag – und darüber, wie wichtig Nachsicht ist.

Man weiss nie, was im Leben des anderen gerade vor sich geht. Das gilt im Fall der falschen Münzen für mich – genauso wie für die Kassiererin.

In der Regel reagieren wir oft zu negativ. Ich erlebe oft, wie unhöflich Leute zu mir sind. Aber sie wissen ja nicht, dass ich kaum etwas sehen kann. Genauso, wie ich nicht weiss, was im Leben der Kassiererin alles passiert.

Darum ist es oft unfair, wie wir miteinander umgehen. All das wird mir in meiner Situation immer deutlicher bewusst. Ich realisiere nun auch, wie oft ich früher selbst unwirsch reagiert habe. Wie oft ich über andere Menschen urteilte, ohne ihre Situation zu kennen. Diesbezüglich bin ich geduldiger geworden.

Dazu gehört auch die Geduld im Umgang mit mir. Was das bedeutet? Es war zunächst frustrierend, nicht zu wissen, wie ich aussehe: Wachsen da Haare aus meiner Nase oder aus meinen Ohren? Ist da ein Pickel in meinem Gesicht? Meine Augenbrauen fühlen sich anders an – sehen sie komisch aus? Oder wenn ich nach einem Spiel interviewt wurde oder sogar kurz zum Fernsehen musste. Ich fragte mich ständig: Kleben da irgendwelche Essensreste an meinem Mund? Stehen meine Haare ab oder sehe ich sonst irgendwie komisch aus? Ich hatte und habe keine Ahnung. Und das regte mich zunächst auf. Erstmals in meinem Leben buchte ich auch darum einen Termin beim Friseur, um mir die Augenbrauen in Ordnung bringen zu lassen. Ich hatte Andrea bitten wollen, aber sie gab mir zu verstehen, dass sie keine Lust haben würde, sich die ganze Zeit auch noch um solche Dinge zu kümmern. Ich konnte es verstehen.

Mittlerweile kann ich über solche Momente schmunzeln.

Kürzlich sagte mir im Gym jemand, dass ich mein T-Shirt verkehrt rum anhabe. Wie hätte mich das zu Anfang noch genervt, wie sehr hätte ich mich geschämt. Nun lachte ich aber und sagte ihm: «Offenbar habe ich mich heute Morgen im Dunkeln angezogen.» Wenn er wüsste …

Eine der Botschaften, die mir in diesem Buch wichtig sind, ist darum auch diese: Es wäre besser, wenn wir im Umgang miteinander mehr Empathie zeigen würden. Fühlen wir uns häufiger in andere Menschen hinein. Und dabei sollte es keine Rolle spielen, wer diese anderen Personen sind.

Es ist egal, welchen Status diese Menschen haben, welche Titel sie tragen. In unserem Haus in Düsseldorf haben wir dies nun zu einer Regel gemacht: Du bist zu jedem anständig und nett. Unabhängig davon, wer man ist und welche Privilegien man hat, sollte man sich stets selber fragen: Wer sind wir, um auf andere herabzuschauen?

Anständig sein in scheinbar simplen Situationen? Dazu fallen mir meine morgendlichen Begegnungen mit Birgit ein. Birgit war in meinen zwei Jahren in Kloten in der Eishalle unsere Reinigungskraft. Wir haben uns angefreundet: Wenn sie um 6 Uhr früh ihre Runden machte, war ich oft der Einzige in der Garderobe. Also begannen wir, immer einen Kaffee miteinander zu trinken. Das sind einfache und kleine, aber schöne Erlebnisse.

Aus meiner Zeit als Trainer in Deutschland ist mir eine Episode in Erinnerung geblieben, auf die ich alles andere als stolz bin. Ich nervte mich ständig über einen Assistenztrainer und seine Inkompetenz. Er konnte nichts richtig machen, doch statt ihm zu helfen, stellte ich ihn in meiner Wut bloss. Alle anderen würden sehen, dass er unfähig war. Erst später wurde mir klar, mit welchen privaten Problemen er damals gekämpft hatte. Das erklärt im Nachhinein vieles.

Ich habe den Typ Trainer erwähnt, der ich nicht mehr sein wollte. Diese Geschichte passt gut dazu. Ich war auch jemand, der über andere Leute urteilte, ohne auf ihre Situation einzugehen. Ich stempelte ihn zum Idioten ab, mit dem ich nichts mehr zu tun haben wollte. Diese negative Denkweise ist natürlich auch für einen Trainer hinderlich. Davon wegzukommen, kann dir im Arbeitsalltag nur helfen, auch im Umgang mit deinen Spielern: Wenn einer nicht die Leistung zeigt, die du von ihm erwartest, darfst du nicht gleich davon ausgehen, dass er schlecht ist. Vielleicht hat er Probleme und braucht Hilfe.

Ich kann mir gut vorstellen, dass ich trotz meiner Veränderung in den letzten Jahren trotzdem als arrogant wahrgenommen wurde.

Meine neue Situation verursachte unangenehme Momente. Vielleicht habe ich Leute ignoriert, als ich an ihnen vorbeilief, obwohl sie sogar ihre Hand zum Gruss ausstreckten. Mit Thierry Paterlini passierte mir dies sogar zwei Mal. Ausgerechnet: Er ist ein Trainerkollege in Langnau. Ich weihte ihn nach dem ersten Missgeschick ein wenig in meine Situation ein.

Bei unserem nächsten zufälligen Treffen war es auch so. Diesmal war es beim Mittagessen in einem Hotel. Er sass am Nebentisch, ich erwiderte seinen Gruss kaum. Für mich war es darum eine echte Wohltat, als er zu mir herüberkam, mir seine Hand entgegenstreckte und sich mit dem Namen vorstellte. Eine simple Geste, die mir so viel bedeutet. Er tat das, was bereits die wenigen eingeweihten guten Freunde von mir in solchen und ähnlichen Situationen tun.

Was ich mit diesem Buch vor allem tun will: mich endlich outen!

Aber auf meine Art und Weise. Ich will, dass die Leute Bescheid wissen. Ich bin es leid zu lügen und die Leute hinters Licht zu führen. Weil es mich stresst. Es ist anstrengend, ständig etwas vorzuspielen. Ich will nicht mehr der sozial unbeholfene Typ sein, der sich in Gesellschaft anderer Menschen fehl am Platz fühlt, weil er allen etwas vormachen muss.

Ich habe mich schon oft gefragt, ob die Leute von mir denken, dass ich den Verstand verliere, weil ich hin und wieder einfach so über Dinge stolpere oder die Balance verliere.

Wenn ich die Geschichte in diesem Buch erzähle, dann habe ich zudem die Kontrolle darüber, wie sie an die Öffentlichkeit kommt.

Was ich auf keinen Fall will, ist Mitleid. Ich habe bereits nach der Nierentransplantation ausreichend Aufmerksamkeit erhalten. Mir hätte es besser gefallen, dass die Schlagzeilen zum Team und mir über das Eishockey geschrieben werden, nicht darüber, dass der Trainer krank ist.

Und last but not least: Wenn ich andere Menschen mit ähnlichen Problemen inspirieren kann, dann würde mich dies glücklich machen. Ich habe sehr dunkle Zeiten hinter mir. Heute weiss ich: Das waren nur Phasen. Man kann sich helfen lassen, und mir ist wichtig, dass die Leute dies von mir erfahren.

Hörst du nur noch auf deine Dämonen und verweigerst dir selbst den Blick auf die kleinen, vorübergehenden Sonnenseiten, verlierst du irgendwann den Bezug dazu, was noch alles vor dir liegen könnte.

Als ich aus der Dunkelheit kam, realisierte ich auch dank Andreas Hilfe, dass es Menschen gibt, denen es viel schlechter geht als mir. Ich hatte mich lange Zeit stark bemitleidet, was aus heutiger Sicht selbstsüchtig war.

Darum ist auch dies meine Botschaft: Es gibt an dir immer etwas Positives, selbst wenn es dir sehr schlecht geht. Suche danach!

Heute kann ich von mir sagen: Ich bin ein Mensch, der sich glücklich schätzen darf, weil er so viel Schönes in seinem Leben erfährt: vier wunderbare Kinder, eine grossartige Ehefrau, einen wirklich schönen und engen Freundeskreis in Deutschland. Meine Eltern in Kanada, die alles für mich getan haben. Und nicht zu vergessen meine Spieler und Assistenten, die mich in meiner speziellen Situation dermassen getragen haben. Ich bin ein reicher Mann! Und ich rede jetzt nicht über Geld.

Bitte nicht falsch verstehen: Jede und jeder hat das Recht auf diese Dunkelheit. Man kann sein Elend nicht von Anfang an verdrängen. Das geht nicht.

Es braucht Zeit, bei mir dauerte es über sechs Monate, doch das ist bei jedem Menschen individuell. Irgendwann kam aber auch die Zeit, und da war Andrea sehr hilfreich, als ich einsehen musste: Okay, jetzt müssen wir nach vorne schauen. Ich brauchte jemanden, der mir das nahelegt, ansonsten hätte sich die Zeit der Dunkelheit deutlich verlängert. Auch das ist darum meine Botschaft: Suche Hilfe, suche Menschen, mit denen du reden kannst! Andere Perspektiven sind eine grosse Unterstützung.

Es kann hilfreich sein, sich immer wieder bewusst und in Ruhe mit seiner neuen Situation auseinanderzusetzen. In meinen letzten Tagen und Wochen in Rapperswil-Jona nutzte ich die Freizeit häufig zum Meditieren. Oft für mehrere Stunden am Tag. Rückblickend kann ich auch festhalten: Ich konnte mich durch meine Situation als Coach neu erfinden. Weil ich das meiste nicht mehr sah, begann ich, mich wieder auf die Basics und vor allem auf meine Stärken zu fokussieren. Es blieb mir auch nichts anderes übrig. Ich kann von mir behaupten, dass ich in den letzten zwei Jahren vor meinem Rücktritt ein besserer Coach geworden bin. Und ich kann immer noch ein sehr produktives und erfülltes Leben leben.

Epilog

11. März 2023. Es sind knapp zwei Jahre her seit der Geschichte, mit der dieses Buch begann: Pre-Playoff mit Rapperswil-Jona in Biel, mein erstes Spiel als «blinder Coach», der Versuch, als David gegen Goliath den Weg ins Playoff zu finden. Für meine Mannschaft ist es wieder die Zeit für diese kurze Phase, in der man sich mit zwei Siegen für das richtige Playoff qualifizieren muss.

Diesmal ist es mit Kloten. Das Spiel ist in Bern, das Stadion ausverkauft, 17'031 Zuschauer, die grösste Kulisse, die es 2023 im europäischen Eishockey gibt.

Was für ein Rahmen für mein letztes Spiel als Coach! Ja, es ist das allerletzte Spiel, ich weiss es nach der Partie. Auch wenn im Sommer viele Leute versuchen werden, mich ein weiteres Mal zum Weitermachen zu überreden.

0:5. Das ist kein schönes Resultat zum Abschluss, auch wenn wir das Spiel bis drei Minuten vor Schluss mit einem 0:2-Rückstand offen halten können. Die Serie war eng, in allen drei Partien gewann das Heimteam, ich konnte also immerhin mein letztes Spiel in Kloten mit einem 4:1 gewinnen.

Aber das spielt jetzt keine Rolle mehr. Die Reise ist zu Ende, viele Emotionen kommen hoch. Wir sind ausgeschieden. In der Garderobe suche ich sofort meine Assistenten: Tim, Kimmo, Saku.

Ich danke ihnen für ihr Vertrauen, für dieses blinde Vertrauen.

Das Vertrauen, das sie mir entgegenbrachten. Die vielen schwierigen und komplexen Informationen, die ich ihnen anvertrauen durfte und dass diese nie an die Öffentlichkeit gelangten. Dieses Vertrauen zu spüren, das war für mich das Grösste und das Wichtigste. Wenn man etwas hörte, blieb es immer bei diesen kleinen Gerüchten und Diskussionen über meine «nicht so guten Augen». Als ich ihnen noch einmal dafür danke, kann ich kaum mehr sprechen, die Tränen kommen, ich weine nur noch.

Die drei Jungs, sie hatten meine Probleme nie zu einem Thema gemacht. Sie haben mich nie anders behandelt. Da waren wirklich nur Vertrauen und Unterstützung. Natürlich half es, dass wir zwei Jahre lang sportlich im Hoch waren. Trotzdem ist das nicht selbstverständlich, und das gilt auch für die Spieler. Das Potenzial war da, dass das Ganze hässlich endet. Es gibt in einem Team immer wieder die Unzufriedenen, die reklamieren und dich blossstellen können.

In meinem Falle wäre das einfach gewesen. Sie hätten es laut aussprechen können: Wie kann es sein, dass da ein Blinder den Cheftrainer spielt? Doch das passierte nie. Sogar die Spieler, die selten zum Einsatz kamen und überzählig waren, zogen mit und sorgten dafür, dass wir eine Einheit blieben.

Nun gehen wir noch einmal zurück aufs Eisfeld. Unsere aus Kloten mitgereisten Fans sind immer noch da, trotz dieses brutalen 0:5-Schlussresultats wollen sie noch einmal mit uns feiern. Auch sie wissen, wie perfekt diese Saison war. Wir, die Aufsteiger, waren am Ende nur einen Sieg vom Playoff entfernt.

Die Mannschaft, die Coaches, wir stehen auf dem Feld und lauschen noch einmal den Fangesängen in diesem riesigen Stadion – es ist zum letzten Mal, dass wir gemeinsam auf dem Eis sind.

Ich höre plötzlich Sandras Stimme hinter mir. Sandra arbeitet bei Kloten im Office und ist bei diesem wichtigen Spiel auch dabei. Sie sagt mir, dass bei unserer Garderobe beim Eingang ein Spieler des SC Bern auf mich warte. Es sei Tristan Scherwey, er habe schon drei Mal nach mir gefragt. Ich frage mich, was Scherwey von mir will. Tristan ist der Leader des SC Bern, ein aggressiver Stürmer, der mit seiner Physis und Energie massgeblich dazu beigetragen hatte, dass wir die Serie verloren. Hatte ihm etwas nicht gepasst in diesen drei teilweise sehr emotionalen Spielen?

Meine Sorgen sind unbegründet: Tristan will mir einfach unbedingt danken, bevor wir das Stadion wieder zurück Richtung Kloten verlassen haben. Der Krieg auf dem Eis ist vorbei, er will mir das Beste wünschen und mir sagen, wie sehr ich ihn mit meiner Geschichte inspiriert habe.

Ein gegnerischer Spieler, jemand, der bis heute gar nicht weiss, was alles nicht stimmt mit mir, denkt im Moment des Triumphes an den Coach des Gegners. Das ist wunderschön.

Nachwort von Tristan Scherwey, Schweizer Nationalstürmer

Es war für mich eine grosse Ehre, als mich Jeff für dieses Schlusswort anfragte. Natürlich war ich überrascht. Und ich konnte auch keine spontane Antwort auf seine Frage geben, warum ich ihn nach jenem Spiel aufgesucht hatte. Bevor ich nun von jenem Abend aus meiner Sicht erzählen kann, habe ich ein paar Tage Zeit zum Nachdenken und Reflektieren gebraucht.

Auch ich wusste damals nicht die ganze Wahrheit über Jeff. Doch selbst wenn wir uns nicht näher kannten, hatte mich das Schicksal mit seinen Nieren betroffen gemacht. Für mich war Jeffs Arbeit mit seinen Teams stets eine Inspiration gewesen, genau dies teilte ich nach jenem Spiel auch mit.

Kann man sich als Spieler von einem Trainer inspiriert fühlen, obwohl man nie unter ihm gespielt hat und ihn nicht einmal persönlich kennt? Ich meine: Ja!

Auch als Aussenstehender hatte ich vieles mitbekommen über Jeff. Gerade gegen das Ende seiner Trainerkarriere war er in den Medien oft präsent. Ich konnte nur vermuten, welche Probleme ihn belasten.

Sein Schicksal ging mir sehr nahe.

Und ich wusste nicht nur, welchen sportlichen Erfolg er in all den Jahren in der Schweiz gehabt und was er alles geleistet hatte. Wie ein Trainer mit seinem Team umgeht, wie er auf die Spieler wirkt – all das spürst du auch als Gegner sehr gut. Du weisst, wie ein Team funktioniert und wie die Zusammenarbeit mit einem Trainer ist. Diese beeinflusst das ganze Innenleben der Mannschaft.

Ich wusste nicht alles, aber was ich wusste, reichte für mich, um Jeff als Inspiration zu sehen. Jetzt, da ich das ganze Ausmass seiner gesundheitlichen Probleme kenne, kann ich es sogar so sagen: Es ist Inspiration hoch zehn.

Was ich nach jenem Spiel tat, tat ich in erster Linie als Tristan, die Privatperson. Als Mensch. Was das bedeutet? Ich kann das so erklären: Wer das Schweizer Eishockey ein wenig verfolgt, hat dies sicher schon einmal gehört oder gelesen. Der Tristan auf dem Eis und der Tristan neben dem Eis – das sind komplett verschiedene Geschichten.

Es gibt den Tristan Scherwey mit Helm und jenen ohne. Jener mit Helm würde solche Gesten nicht zeigen und auch nicht solche Worte sagen.

Als Spieler musst du diese beiden Welten trennen, gerade in unserem Business. Du erlebst auf dem Eis so viele Situationen, in denen Sympathie für den Gegner das Gegenteil von hilfreich wäre. Wenn du in unserem Sport auf dem Eis hart spielen möchtest, kannst du nicht gleichzeitig einfühlsam sein und daran denken, dass du deinen Gegenspieler eigentlich als Menschen magst. Die Chance ist dann gross, dass du beginnst, ein schlechtes Gewissen zu entwickeln.

Mir als Mensch sind die Werte unverzichtbar, die mein Leben neben dem Eisfeld prägen sollen: Respekt und Dankbarkeit gehören dazu. Ich versuche, sie dauernd vorzuleben mit allem, was dazugehört. Mir ist das enorm wichtig. Mein Leben besteht aus solchen kleinen Dingen, die mir wichtig sind, darum darf ich mich als guten Menschen bezeichnen. Dank ihnen bin ich im Reinen mit mir selber.

War es ein spontaner Entscheid, nach dem Spiel mit Jeff reden zu wollen? Dazu möchte ich eine weitere Geschichte erzählen. Am Anfang der Saison 2024/25 erlebte ich einen ähnlichen Fall mit Jan Cadieux. Jan ist ebenfalls Trainer und hatte seinen Vater Paul-André nach langer Krankheit zu Saisonbeginn verloren. Paul-André war eine grosse Figur! Er hatte das Eishockey in der Schweiz als Spieler und Trainer an vielen Orten geprägt.

Sein Tod ging mir sehr nahe, Jan hatte ich zudem vor seiner Trainerkarriere als Gegenspieler gut kennengelernt.

Als wir nun nach knapp einem Monat erstmals auf Jans Team Servette trafen, war mir klar, dass ich ihm danach etwas sagen und mein Beileid mitteilen würde. Spiel ist Spiel, klar. Das ist wie eine eigene Welt mit eigenen Regeln. Aber danach würde ich ihm meinen Respekt bekunden wollen. Gegenüber Jan, seiner Familie und natürlich seinem Vater und für alles, was dieser für unseren Sport getan hatte.

Ich hatte es mir genau überlegt: Das Spiel spielen, und wenn sich danach der Moment ergibt, dann gehe ich zu ihm. Genauso bewusst tat ich es auch bei Jeff. Es war tief in mir drin abgespeichert, dass ich dies unabhängig des Spielausgangs tun würde.

Eishockey auf höchstem Level ist Business. Doch ich bin und war immer sehr einfühlsam. Dieser Charakterzug ist ein grosser Teil von mir. Ich weiss auch, dass er mich in gewissen Situationen emotional schwächer macht. Aber für mich überwiegt die schöne Seite dieser Eigenschaft deutlich, ich würde für nichts in der Welt anders sein wollen. Und ich schätze auch bei anderen Menschen einen respektvollen Umgang.

Mir sind solche Gesten wichtig, so wurde ich erzogen. Dies ist auch der Grund, warum ich meine Aktion nach diesem Spiel gegen Kloten gar nie hinterfragt oder nach Gründen gesucht hatte.

Erst jetzt, zwei Jahre später, als ich von Jeffs wahrem Schicksal erfuhr und gebeten wurde, dieses Nachwort zu schreiben, begann ich darüber zu reflektieren.

Jeffs Reaktion an jenem 11. März 2023 habe ich so in Erinnerung: Ich spürte seine Dankbarkeit, eine komplette Öffnung war es aber noch nicht.

Diese ist nun in seinem Buch erfolgt.

Jeff

Meine Geschichte dreht sich um Schicksalsschläge. Natürlich. Aber auch um Loyalität, Vertrauen, Geduld, Verständnis, Hilfsbereitschaft, Ehrlichkeit, Respekt und Liebe. Ich brauchte all das, um meiner Dunkelheit zu entkommen.

So viele Menschen sind Teil meiner Story.

Da sind zunächst meine Spieler. Und ich meine wirklich alle Spieler, deren Weg sich in einem der Clubs mit meinem kreuzte. Ich möchte keine Namen nennen. Erstens wüsste ich nicht, wo beginnen, zweitens würde ich garantiert jemanden Wichtigen vergessen.

Alle sind wichtig.

Natürlich könnte ich viele hervorheben: Jene, die in meiner letzten Saison in Rapperswil spielten. Oder alle, die in meinen zwei Jahren in Kloten waren.

Es gibt keinen Coach, den alle Spieler lieben. Auch bei meinen letzten beiden Teams mochten mich nicht alle Spieler. Sie hätten mich auffliegen lassen können. Sie taten es nicht. Zu gross war ihr Respekt, wofür ich mich bedanken will.

Ist eine Mannschaft erfolgreich, wird häufig der Trainer auf einen Sockel gestellt. Aber vergessen wir nicht: Es sind immer die Spieler, die die wichtigsten Dinge auf dem Eis tun. Mit welcher Loyalität meine Spieler vor allem in Kloten ihre Arbeit verrichteten, war unglaublich. Das ist das ultimative Geschenk, das sie mir geben konnten. Herzlichen Dank!

Ich möchte all die Leute in den Büros der Hockeyclubs nicht vergessen. Ich bescherte ihnen mit meiner speziellen Situation in den letzten beiden Jahren jede Menge zusätzliche administrative Arbeit. Ich bin ihnen genauso dankbar wie all meinen Assistenten, egal, in welcher Funktion sie wirkten: ob auf dem Eis oder im Kraftraum. Ich brauchte viel mehr Hilfe als ein gewöhnlicher Coach, stets waren sie alle für mich da.

Wenn wir von Vertrauen, aber auch Mut sprechen, muss ich der Organisation des EHC Kloten ein besonderes Kränzchen winden. All die Entscheidungsträger im Club, seien es Präsidenten, Verwaltungsräte, CEOs etc. Sie kannten vielleicht nicht das ganze Ausmass meiner Probleme. Aber sie wussten, welches Risiko sie mit meiner Verpflichtung eingingen. Ich danke ihnen für ihren Mut, mir eine Chance zu geben. Diese zwei Jahre in Kloten waren einer der wichtigsten Faktoren in meinem Prozess, der in der Dunkelheit begann und mich zurück ins Glück führte. Und in eine Normalität, die ich zunächst nicht mehr für möglich hielt. Ich durfte dank des EHC Kloten nicht nur Teil von etwas Grossem sein, sondern auch jemand, der wirklich etwas bewirken konnte.

Es versteht sich von selbst, dass ich all den Menschen besonders dankbar bin, die sich die Zeit nahmen, Teil dieses Buches zu werden und ihre Sicht der Geschichte zu erzählen. Sie alle stehen für unbeschreibliche Loyalität und so vieles mehr. Business UND Liebe, welch eine Kombination!

Bei all meinen Freunden ausserhalb des Eishockeys ist es ähnlich wie mit den Spielern: Ich weiss nicht, wo beginnen. Ihr wisst, wer ihr seid! Ihr helft mir auf so viele unterschiedliche Arten.

Um meine Geschichte erzählen zu können, brauchte ich jemanden, der mir unendlich viel Zeit schenkte und sich mit grosser Passion in diese Aufgabe stürzte. Ich weiss, wie viel Arbeit in diesem Buchprojekt steckt. Dafür bin ich Kristian genauso dankbar wie für seinen Entscheid, diese Reise gemeinsam mit mir zu gehen. Immer wieder ist in diesem Buch von Vertrauen die Rede.

Darüber, wie wir meine Geschichte erzählen wollen, diskutierten wir erstmals im Frühling 2023 an einem Küchentisch in Kloten. Dieses Buch war damals noch ganz weit weg. Doch ohne dieses grosse Vertrauen hätten wir gar nicht erst damit begonnen. Weil ich auch Kristian nicht in meine Geschichte eingeweiht hätte.

Vertrauen aufbauen musste ich auch zu meinen Ärzten. Ganz am Anfang, noch tief in meiner Dunkelheit, dachte ich hin und wieder, dass nicht wirklich alles unternommen wird, um mir zu helfen. Heute weiss ich, dass das nicht stimmt. Sie wussten von Anfang an, wie meine Situation wirklich war. Sie wussten, was möglich und vor allem was nicht mehr möglich sein würde. Natürlich akzeptierte ich das damals nicht. Heute bin ich aber dankbar für alles, was meine Ärzte für mich taten und bis heute immer noch tun.

Wenn ich meinen Ärztinnen und Ärzten danke, dann gilt das natürlich auch all jenen, die mich über all die Jahre bei meinen Nierenproblemen begleitet haben. Matthias Neusser haben wir schon erwähnt. Seit der Zeit nach der Transplantation werde ich am Universitätsspital Zürich zudem von Kerstin Hübel betreut, ich sehe sie immer noch bei den monatlichen Kontrollen. Sie ist fantastisch und gibt mir jedes Mal ein gutes Gefühl. Danke auch dafür!

Die Menschen bei der Schweizerischen Fachstelle für Sehbehinderte im beruflichen Umfeld SIBU in Basel halfen mir in vielerlei Hinsicht. Ihr Engagement und ihre Führung waren vor allem am Anfang so wichtig. Sie stellten mir alle Tools, die ich benötigte, zur Verfügung. Sie schulten mich und zeigten mir, worauf ich auf meinem schwierigen Weg achten muss. Sie trainierten mich im Umgang mit dem weissen Blindenstock – auch wenn ich ihn immer noch nicht benutze.

Und sie stellten den Kontakt zu Adrian Mosimann her.

Von Adrian haben wir in diesem Buch bereits erzählt, ich möchte ihm hier dennoch noch einmal danken. Seine Lust am Leben? Wow! Kaum hatte ich ihn kennengelernt, war er mein Held! Ich hörte ihm so gerne zu, wenn er ruhig über seine Situation sprach, die meiner so ähnlich war. Und er erlebte sie schon seit Jahren und lebt dennoch ein fantastisches Leben. Er brachte mich mehrmals zurück in die Spur, wenn ich mich zuvor schlecht fühlte. Und er half mir einfach so, ohne irgendeine Bedingung. Denke ich jetzt an ihn, vermisse ich ihn gleich. Wir müssen unbedingt wieder häufiger miteinander reden.

Ich danke Andreas Familie in Düsseldorf, die nun auch meine Familie ist.

Ihre Geduld, ihre Hilfsbereitschaft, ihr Verständnis, ihre Liebe: unbeschreiblich! Sie mussten mit meinen Problemen umgehen, mich immer wieder unterstützen und Aufgaben übernehmen, die ich normalerweise problemlos erledigt hätte, dazu aber nun nicht mehr fähig war. Wenn ich nur schon daran denke, was ich am Anfang, als ich kaum noch etwas sah, alles anstellte. All das Zeug, das ich zerbrach und herunterwarf, selbst dann, als ich eigentlich helfen wollte.

In meiner Heimat Kanada lebt der andere Teil meiner Familie. Ich bin auch ihr für alles dankbar, insbesondere meiner Mom Linda. Was sie als alleinerziehende Mutter für mich tat, ist unbeschreiblich. All das, was wir in diesem Buch thematisierten, sind nur einzelne Beispiele. Da ist noch so vieles mehr. Sie formte mich als Mensch. Selbst, dass ich mit meiner aktuellen Situation umgehen kann, verdanke ich auch ihrer Erziehung. In meiner dunkelsten Zeit an sie zu denken, half mir ungemein: Das, was sie schon vor vielen Jahren alles durchmachen musste, wie stark sie war und welch wunderbares und erfülltes Leben sie nach dem schwierigen Start nun leben kann – all das war und ist eine Inspiration. Diese half mir, niemals aufzugeben, selbst in meinen schlimmsten Momenten. Mom, du gibst mir immer noch Kraft!

Ich danke meinem Vater Terry, dass er mich zum Eishockey brachte und mir half, die Passion für das Spiel und den Sport im Allgemeinen zu entwickeln. Ich bin glücklich, seine athletischen Fähigkeiten vererbt bekommen zu haben.

Wenn ich von Inspiration rede, möchte ich auch meinen vor einem Jahr verstorbenen Onkel Ronald Meissner erwähnen. Er ist nicht nur der Bruder meiner Mutter, sondern war auch einer meiner besten Freunde. Wie er bis zum Ende gegen den Krebs kämpfte, welche Lebenseinstellung er an den Tag legte, all das inspiriert mich bis heute.

Und selbstverständlich mein Bruder Darryl. Welch Geschenk er mir gab. Meine Dankbarkeit wird bis ans Ende meines Lebens andauern.

Zac und Conner. Ivy und Olivia. Meine Boys und Girls. Sie waren gemeinsam mit Andrea meine allergrösste Motivation, um wieder aus der Dunkelheit zu finden und keine egoistische Tat zu begehen. Die Kraft, die sie mir geben. Die Geduld und das Verständnis, die sie zeigen. Olivia versteht, dass ich im Gegensatz zu anderen Daddys ihr keine Bücher vorlesen kann. Spielen wir, hilft sie mir sogar. Beim Bingo setzt sie auch auf meine Karte die Steine, wenn gerade das richtige Tier gezogen wurde, zum Beispiel ein Einhorn.

An meinen Söhnen mag ich auch ihre Ehrlichkeit und ihren Humor. Sie erinnern sich: «Aufstieg? Nicht schlecht für einen blinden Coach!» Humor ist in so vielen Situationen das richtige Mittel. Zac und Conner kannten im Gegensatz zu Ivy und vor allem Olivia schon mein «vorheriges Ich» sehr gut. Sie halfen mir ein Leben lang, ein besserer Mensch und damit ein besserer Coach zu werden. Dank ihnen wurde aus mir jemand mit besserem Verständnis für andere.

Und natürlich Andrea. Sie ist in allen Facetten präsent in meinem Leben und in meiner besonderen Geschichte. Loyalität, Vertrauen, Geduld, Verständnis, Hilfsbereitschaft, Ehrlichkeit, Respekt und Liebe. Sie stand zu mir, bevor alles passierte. Sie verstand, dass es für mich das Grösste ist, im Eishockey involviert zu sein, auch wenn das bedeutete, dass ich die meiste Zeit weg war.

Sie stand mir auch bei, als ich kaum noch etwas sah. Sie unternahm sofort alles, damit wir an allen möglichen Orten nach Hilfe suchten. Überall fand sie für mich Ärzte oder Therapien. Ein «Nein!» akzeptierte sie nie. Sie war unermüdlich, trieb mich an, liess gar nicht erst zu, dass